公元787年，唐封疆大吏马总集诸子精华，编著成《意林》一书6卷，流传至今
意林： 始于公元787年，距今1200余年

U0869530

意林®轻文库

青春最美，梦想出发

中国式好看轻小说优鲜品牌

意林轻文库

轻舞飞扬系列 002

发梢轻绾茉莉香

《意林·轻小说》编辑部 编

吉林摄影出版社

·长春·

图书在版编目（CIP）数据

发梢轻绾茉莉香 / 《意林·轻小说》编辑部编. -- 长春：吉林摄影出版社，2015.4

（意林轻文库. 轻舞飞扬系列；2）

ISBN 978-7-5498-2295-9

Ⅰ. ①发… Ⅱ. ①意… Ⅲ. ①中篇小说－小说集－中国－当代②短篇小说－小说集－中国－当代 Ⅳ. ①I247.7

中国版本图书馆CIP数据核字(2015)第074621号

发梢轻绾茉莉香

Fashao Qing Wan Moli Xiang

出版人　孙洪军

总策划　安 雅 张 星

责任编辑　施 岚 胡晓路

图书统筹　非 非 凉小葵 大 野 朱 颜 米 修 流 木

特约编辑　杨 宁 韩婷婷

封面绘图　雯 雯

书籍装帧　胡静梅

美术编辑　张云丽

开本　700mm×1000mm 1/16

字数　250千字

印张　13

版次　2015年4月第1版

印次　2017年4月第3次印刷

出版　吉林摄影出版社

发行　吉林摄影出版社

地址　长春市泰来街1825号

邮编：130062

电话　总编办：0431-86012616

发行科：0431-86012602

网址　www.jlsycbs.net

经销　全国各地新华书店

印刷　北京市兆成印刷有限责任公司

书号　ISBN 978-7-5498-2295-9　　**定价：**19.80元

版权所有侵权必究

如发现印装质量问题，请与印务部联系退换，电话：010-51908584

目　录
CONTENTS

记得要幸福，
我的小米粒
Written by | 咖啡杯里的茶
Painting by | 我是小弦

01

米粒是半夜晃荡的时候遇上倒霉事的，昏黄的街灯下，这条清冷的街上只有梧桐树在夜风中发出“沙沙”的声音。

背后的脚步声越来越快，米粒只感觉一道黑影闪过，肩上的包已经被一只大手捞走了。

只愣了两秒，米粒就知道自己遇上抢包的了！这个包自己都还没背热，怎么能让别人抢走！

“站住——把包还给我！”米粒撒开脚丫子追了上去。长手长脚的十六岁姑娘追了五条街，和抢包贼隔着街大眼瞪小眼地喘气，谁也跑不动了。

“把包还给我！”米粒咬着牙，完全不顾红灯，直接冲到了对街。那贼拔腿要跑，却一脚踩空，狠狠摔在了地上。

米粒揪住包，死命地扯，又怕把包弄坏了，只能扯着嗓子大喊：“救命啊！抢包啦！抢劫啊——”

不远处，一个高大的影子骑着车逆着光冲了过来，眨眼工夫已经踹翻了抢包贼，丢开山地车反扭住他的双手：“干什么！别动！走，去警局！”

米粒远远地站着，抱着包，在昏暗的路灯下，一双大眼睛像小鹿的眼睛一般明亮。她惊愕地看着宋亦南一连串帅气的动作，有些傻眼了。

“麻烦你拨打一下110……”宋亦南揪着抢匪的衣领，抬头看着吓傻了的小女孩。

米粒搂着包，往后退了退。

“欸，你——”宋亦南的话还未说完，米粒已经在步步后退。他这才发现地上有几滴鲜血，应该是那女孩受了伤。

他狐疑地望着女孩的背影，恍惚间，她已经飞快地消失在了黑暗中。

02

苏素只有十二岁，刚上初一就被各色坏女孩盯上，隔三岔五找她勒索。

她哭红了鼻子，抽抽搭搭地贴着墙，从口袋里掏出了两百块钱，又被扯了一会儿头发，才得以脱身。几个坏女孩把钱交到了米粒的手里，一群人叽叽喳喳地朝着便利店走去。

米粒站在斑马线上，看着一辆奥迪停在了路边，一个男人打开车门，飞快地走向苏素，一把将她搂在怀里慈爱地安慰着。

那是苏素的父亲苏永辉，一个高大的中年男人，衣着讲究，举止优雅，那双眼睛与苏素一模一样。

米粒遥遥看着，绿灯变成了红灯，一时间马路上刺耳的喇叭声此起彼伏，叫骂声也迅速把米粒淹没。她搂了搂包，缓缓地，沉重地走在车流中，耳畔只听得到一阵阵急促的刹车声。

翌日，米粒被气冲冲的班主任叫到了办公室。苏素坐在椅子上，红着眼睛怯怯地瞄了她一眼。

“成绩不好就算了……真要当女流氓还读什么书？你在外面这样是要坐牢的知道吗？”

班主任是个更年期大妈，盯着米粒的目光像正在扫射的机关枪，却在目光看向苏素时，瞬间转换成温柔的夕阳。

“你是不是拿了苏素的包？那款白色的古驰双肩小包！那是苏素的妈妈送她的生日礼物！赶紧还给人家！”

米粒用沉默对抗班主任的一切问话，依旧满不在乎地背着手在墙上抠来抠去，指甲缝里全是白色的墙屑。

“爸爸——”一声欢呼从苏素口中冲了出来。一个高大的影子逆着光站在门口，衣冠楚楚，温文尔雅地与班主任打招呼：“李老师，那几个孩子怎么回事？”

班主任用简短的几句话介绍了个大概，连带着检讨了自己与学校，并且对苏素同学遭受的一切感到自责和抱歉，保证再也不会出现这种情况。

米粒的嘴角带着冷冷的笑，她听到班主任在喊自己的名字，空空荡荡的声音像来自某个不知名的山谷。

“米粒……米粒！”

冬菇头齐刘海儿的少女，缓缓抬起头来，一双眼睛特别大，带着满不在乎的桀骜劲儿。她长手长脚的身体缩在宽大的校服中，带着青春期女孩特有的拘谨，却又刻意让自己显得不那么稚气，手上涂着黑漆漆的指甲油，指甲边缘是一圈儿乱糟糟的齿印，她有一紧张就啃指甲的坏毛病。

中年男人看着米粒缓缓抬起的头，惊讶得张大了嘴。米粒微微扬起嘴角，轻轻喊了一声：“爸——”

03

苏永辉疲倦地揉了揉额头，小声道：“你妈妈做得可真绝，把姓都给改了。”

米粒坐在副驾驶座上，偏着头望向窗外，此时已是黄昏，天边一片火烧云。鼻尖酸涩不已，米粒硬生生把胸腔中那股快要落泪的温热压了下去，满不在乎地搓了搓鼻尖。

“她是你妹妹，你不能欺负她。你如果喜欢那个包，我给你买就是了。”

苏永辉的声音带着低沉的沧桑，他不是很有勇气直视女儿的双眼：“我打电话给你，你妈把我的号码拉入了黑名单。想给你生活费，你妈直接把钱砸在我脸上……她压根儿就没有办法和我心平气和地相处……她不让我见你，说你恨死我了……你恨谁都可以，但你不能欺负你妹妹，她年纪小，什么都不懂……”

米粒趴在车窗上，摇了摇头：“不，你才是什么都不懂。”

苏永辉叹了一口气，看着女儿的后脑勺儿，此时手机响了，他压低声音接通了电话：“你好，张警官……哦哦，监控调出来了？是吗……嗯……张警官，我可以销案吗……”

很长一段时间，他的车总会被人无故划花，车窗被砸破，车胎也被人戳爆……他没什么仇人，生意上也没有得罪过什么人，实在想不出谁会用这种手段报复他，却不料报警后，监控视频中的凶手是个短头发齐刘海儿的女孩——他的女儿。

“米粒，爸爸有事要先走，我们改天再约好吗？”

苏永辉匆忙塞给米粒五百块钱下了逐客令，米粒点点头，面无表情地捏着钱打开车门走了下去。苏永辉的车没有一丝犹豫，绝尘而去。米粒突然想起了他与苏素每一次离别时，那个浅浅的拥抱。

苏永辉每天雷打不动地接送女儿，一次苏素忘记了拿早餐，苏永辉拿着面包和牛奶急急地追上去，一边焦急地望着红灯，一边喊着女儿的名字：“素素……素素……小心车！”

过马路时，他总是护着女儿的肩膀。下雨天的伞，永远朝着女儿倾斜。细心的他还会给女儿整理衣领。苏素的马尾散了，他站在女儿背后面带笑容小心翼翼地把头发拢起，然后用发圈绕了好几下。扎得很难看，可苏素似乎十分满意。

无论从哪个角度看，苏永辉都是一个无

懈可击的好父亲。

只是这个好，并没有分半点儿给米粒。

所以米粒才想要欺负她。看她被揪头发，东西被抢……只有看她红着鼻子哭，心里的郁气才会舒缓一些，可随之而来的，是更复杂的，带着怎么也说不清的……自责与后悔。这样的恶性循环，像周而复始的梦，折磨着米粒那颗并不强大的心脏。

当米粒知道自己被举报时，反而松了一口气。真好，反正这个复仇者的游戏也玩腻了。苏永辉认出她时，那惊讶得合不拢嘴的表情让一切都得到了回报。

米粒要的，就是这样的快意恩仇。

04

三天后，苏永辉约米粒在一家咖啡馆见面，同行的还有一个瘦高的年轻男子。他穿着深蓝色的外套，像突如其来的一片大海，双眼明亮又温和。他冲着米粒伸出右手，仿佛她是一个值得自己郑重其事对待的人物。

“你好，米粒，我是情感体验坊的工作人员宋亦南，你父亲希望我可以调节一下你们父女之间的关系，如果你不介意的话。”

米粒握着他温热的大手，扬眉一字一顿道：“你好，我、很、介、意。”

苏永辉苦笑一下，小声道：“我的女儿就拜托你了。米粒，有事随时给爸爸打电话。”

“嗯。”米粒低着头。“女儿”和“爸爸”这两个词语还是轻轻地撞在了她的心上。

“那天晚上……是你吧？”宋亦南坐在米粒对面，一眼就认出了她。

“嗯？”

“怎么跑得比贼都快？”宋亦南笑笑，“后来我想你可能伤到哪儿急匆匆去看医生了。”

“不是，那包是我抢我妹妹的，几千美元。虽然这个妹妹也许根本就不知道我的存在。”米粒的手指在桌上一圈圈转动着。

“这种行为已经构成犯罪了，下次不要这样了。”宋亦南的指尖重重地叩了叩桌面，表情十分严肃。

“知道了。”米粒难得听话地点了点头，她似乎有点儿无力抗拒这个人。应该是，她无力抗拒别人的温柔，因为对于米粒而言，温柔才是这个世界上最强大的力量。

“不要给自己任何犯错的借口。父母也好，家庭也好，这都不是一个人任性变坏的理由。很多时候，你根本不知道自己在以怎样的速度堕落——一切都是不动声色，一点点积累起来的。” 宋亦南说教的语气依旧十分轻柔，米粒撑着下巴看着他的眼睛，像两个深深的旋涡。

他头发很短，简单干净，一张白净的脸，眉毛浓重，眼睛却是细细的单眼皮，修长的睫毛像两扇窗，窗中是浩瀚的大海，在目光的浮沉中波光流转。

他双手修长，指甲修剪得整整齐齐，英伦风的毛衫中露出亚麻色的衬衣领，蓝色外套搭在椅子上沉默不语。

宋亦南仿佛是来自另一个星球的成年人。他文质彬彬，温和稳重，身上甚至散发着淡淡的香气，米粒一下就想到了雨后的温柔丛林。

“如果你相信我，可以和我聊一聊。很多青春期的问题孩子都是因为情绪找不到宣泄口，做事才容易走向极端，现在校园心理咨询师也不是太敬业。” 宋亦南温和的声音让米粒觉得也许自己可以和他聊一聊。

“我爸爸……在我很小的时候就离开我和妈妈了。”米粒盯着宋亦南的脸，如果他的表情露出哪怕一丝丝的不屑和不耐烦，她就立刻闭嘴。可宋亦南双手交叉着放在桌上，表情凝重，像是不愿意漏掉她说的任何一个字。

双手有些紧张地抓着膝盖，连嘴唇都像打了麻药似的，那些难以启齿的往事，米粒从未对任何人敞开心扉地聊起过。如雪球般长年累月滚动着的往事，经历了漫长的翻山越岭，已经把她紧紧锁在了黑暗中。

父亲和母亲的关系，从一开始就不是站在一条水平线上的。父亲是个大学生，母亲是个小护士，爷爷的病拖垮了一家人，而照顾他的小护士对病人的儿子一见倾心。父亲无可奈何地娶了这个“廉价”的老婆。

父亲温和敦厚，却带着那个年代知识分子特有的傲气，他无法忍受自己的妻子是个粗鄙的大嗓门女人。她除了还算持家有道，根本无法与他沟通。这是一段没有灵魂可言的婚姻，米粒的出生也没能改变这个可悲的事实。

父亲三十六岁那年，昂首阔步地走出了家门。他什么都没有要，穿着一身崭新的衣裤离开了家门。

母亲不是没有闹过，她当然明白丈夫的冷漠与不屑，却无知地把所有的怨气都归结于自己生了个女儿，她认为如果米粒是个儿子，丈夫就不会离开了。为了阻止丈夫出走，母亲抱着米粒伏在阳台上作势要跳楼。

父亲也只是淡淡地、冷冷地倚着门框看着这荒唐的一幕，说：“女儿是无辜的，要死自己死，不要拿这种套路来威胁我。”

偏偏米粒又与父亲长得像极了，母亲每每看到她就气不打一处来。她一边身不由己地折磨着女儿，一边痴痴等待自己的丈夫归来，她以为他一定会在漫长的岁月里明白自己朴素的美，直到她某次在街头看到他扶着大肚子的新婚妻子说笑着穿过马路时，那份等待才终于崩塌了。

“你妈妈是否对你有过激的行为？”宋亦南说得很委婉，他看到了米粒手腕上的伤口。那夜仓促逃离的小鹿和白日里咄咄逼人的叛逆少女，终于重合在了一起。

“怎样算过激？她生我养我，揍自己的孩子对父母来说不是理所当然的事吗？”

宋亦南无言以对。第一次，他无法说出那些冠冕堂皇的话，他无法对眼前的小女孩说什么“没有不爱子女的父母”又或是“血缘关系比什么都重要”这样无足轻重的话。

他眼前的米粒像脆弱不堪的瓷器，稍有不慎，就会在他手中摔得粉身碎骨。

他蹙着眉，有些心疼地望着她：“回家还是回学校？我送你。”米粒肩头有一根头发，宋亦南细心地帮她抚掉了。

“哪儿也不想回。”米粒把书包甩在肩头，大步走了出去。

灯火阑珊的街头，米粒像一只无家可归的流浪狗，路灯把她的影子拉得又细又长。宋亦南双手插在口袋里，不疾不徐地跟在她身后。米粒的手背偷偷抹着脸上的泪水，她走了多久，就哭了多久。

05

宋亦南给了米粒三条小金鱼，装在透明的口袋中，像一个圆鼓鼓的气球提在手中。

“不要喂太多饲料，水不能太干净，金鱼可以饿但不能饱，它们很容易撑死……”宋亦南一一叮嘱米粒，他想给这个问题少女找一些事情做，也许养些温暖的小动物可以让她开心起来。

“谢谢！”米粒笑得很开心，宋亦南连

鱼缸和鱼饲料都准备好了，把米粒和三条金鱼送到了楼下。

宋亦南挥手作别，米粒贴着墙壁，屏息看着他离去的背影，脸深深地埋进鱼缸中，双眼望着一无所知的金鱼，嘴角扬起了一个大大的笑容。

刚打开门，母亲便拉长着脸，劈头盖脸地骂道：“你买这些破玩意儿回来做什么？养你已经够费劲了！不把你放锅里，这三条鱼都不够一盘菜！”

米粒全当没听到，抱着鱼缸回了自己屋，母亲追上来问道：“送你回来的那男的是谁？你才多大？你不要脸我还要呢！”

米粒鼓着腮帮子，深吸了一口气，把金鱼倒入了鱼缸中，又丢了几颗饲料进去。金鱼鼓着大大的眼睛，摆动着尾巴游得十分欢快。

“我在问你话！你是哑巴吗？”母亲把门踢得“哐哐”响。

“哦，他是什么情感工作坊的人，爸爸请来的……”

一听到是苏永辉请的人，母亲沉默了一会儿，语气温和了不少：“那他送你鱼做什么？”

米粒笑道：“能为什么？大概是怕我长成一个心理扭曲的变态，所以送我点儿小动物陶冶陶冶情操吧。”

母亲不知道在门口站了多久，终于讪讪离去。米粒的余光落在空荡荡的门口，轻轻叹了一口气，追了出去，把五百块钱放在桌上：“那天，他给了我五百块钱。”

母亲瞄了钱一眼，别开头，也没有发怒的迹象，只是长长久久地望着窗外，有一只鸽子“咕咕”叫着踩在窗台上走来走去。

母女俩谁也没有再说话，只是一心一意望着那只孤单的鸽子，母亲伸出手，把钱攥在手心，摸索了一会儿，面无表情地揣进了口袋中。

06

米粒每天都给宋亦南汇报金鱼的状况。她给它们分别取名叫小黑、小橘和小红。喂了几颗饲料，吐了几个泡泡，小橘很活泼，小黑尾巴最大，小红很文静，一定是个小女生……

宋亦南也常常在米粒心情郁闷的时候安慰她。无论多晚，他的手机二十四小时为她开着，电话也好，短信也好，他永远在米粒需要的时候第一时间回复她。

宋亦南很长一段时间里都在充当米粒的心灵导师，她的冲浪青春在宋亦南的帮助下，一点点朝着海岸线前进。那时，米粒觉得自己是幸福的，至少在梦里是。

苏素转去了昂贵的私立学校，苏永辉打算把苏素送出国念高中，校园暴力深深伤害了女儿幼小的心灵。他与米粒的关系也不咸不淡地维持着，偶尔约她出来吃饭，聊聊彼此的生活，给米粒一些零花钱。

似乎一切都在朝着好的方向发展……如果米粒没有被当场逮住的话。

那天是星期四，米粒随便请了个病假离开学校去了宋亦南的家。那时候的米粒沾沾自喜于自己的小聪明，因为她偷偷配好了宋亦南家的钥匙。

宋亦南住在一个旧旧的小区，没有电梯，每栋楼只有六层，宋亦南住在A6-13。米粒熟门熟路地拿出钥匙打开了房门。

她把买好的沐浴液放在浴室，又给盆栽浇了水，才舒舒服服地躺在床上准备睡一个踏实的午觉。她睡得太熟了，压根儿就没有听到铁门打开时那巨大的嘎吱声。

“你是谁！”一声凶猛的尖叫后，米粒

睁开了眼睛，卧室门口站着一个漂亮的年轻姑娘，她一边质问米粒，一边从包里掏手机。

米粒跳下床要跑，被死死拉住。米粒拼命挣扎，眼里噙着泪水，急得满脸通红，猛地推开她，拔腿就跑。

“你别跑！给我说清楚！站住——”

米粒踉踉跄跄下楼，脚滑了，直接从第五级阶梯上滚了下去。她听到脚踝处传来一声清脆的“咔嚓”声，拖着痛得要死的右腿坐上出租车时，宋亦南的女朋友没有追上来。

米粒只听到她在阳台上尖叫着打电话：“宋亦南！你给我立刻回来把话说清楚！”

米粒怕得要死，她不知道要怎么解释才能让宋亦南相信自己不是贼，不是去偷东西……那把备用钥匙是她偷偷配的，她跟踪过宋亦南很多次，工作、吃饭、回家、约会、看电影……她知道宋亦南穿42码的鞋子，XL号的衣服，L号的裤子……宋亦南喜欢蓝色，他的窗帘是蓝色，被套是蓝色，沙发也是蓝色，墙上还挂着一张大海的照片。她在他蓝色的海洋中徜徉，沉迷，无法自拔。

07

宋亦南似乎一点儿都没有怀疑过登堂入室的人是米粒，两个人还是像以前一样每天发着短信，聊聊金鱼，聊聊人生。米粒悬了许久的心，终于落了下来。

脚踝上的肿胀一星期后消散了，米粒发短信约宋亦南出来吃饭，她说自己的期末成绩进步了十五名，连老师都表扬了她。宋亦南回复说晚上工作坊要开会，可能晚上都不能回来。

米粒回家把成绩单给母亲看时，母亲面无表情地点了点头，锅里炖着一只乌鸡，她舀了一碗汤给米粒，把成绩单看了又看，嘴角扬起了一个细微到几乎看不清的笑容。她准许米粒吃完饭就去“朋友”家玩。

她哼着歌拖地，擦灰尘，整理乱糟糟的茶几和沙发……末了，背着双手，弯着腰一点点欣赏他桌上的照片。婴儿时的宋亦南，少年时的宋亦南，大学时期的宋亦南……那么多个宋亦南被整整齐齐地摆放在一起，仿佛她一眼就看完了他的前半生。

清瘦的脸庞，浓密的眉毛，细长的眼睛，高挺的鼻梁，紧紧抿着的嘴唇……又温柔又严肃。米粒像欣赏一件件艺术品，害怕错过分毫的亮点。其实早就看过无数遍了，可每一次看都会发现一些新的东西。

她不知道此刻宋亦南一直站在落地窗后，静静地看着她这位忙碌的田螺姑娘。

直到米粒哼着欢快的歌进了卫生间，宋亦南才轻手轻脚地走了出来，他坐在天台上发了许久的呆。遥远的地平线，像科幻电影中的世界末日，雾气蒙蒙中透着紫红色的光。

他一直以为是薇薇来帮自己整理屋子，填充一切需要的生活用品……他特别开心，因为女友一直嫌弃他这个小小的旧房子，也不喜欢他的职业。

那天他匆匆赶回来时，薇薇已经把屋子里所有能砸的东西都砸了一遍。

宋亦南坐在沙发上，无言以对。薇薇被宋亦南的沉默激怒了，索性坐在地上号啕大哭起来，脸上精致的妆容彻底花了。

宋亦南弯下腰，扶她起来，打开房门，声音很小地说：“薇薇，我们分手吧。”

08

一个小时后，宋亦南推开门时，米粒坐

在沙发上可怜巴巴地望着他。

她从卫生间出来后，看到了宋亦南远去的背影——他没有冲她大吼，也没有赶她走。

“对……对不起……”嗓子里像堵着一个果冻，吞不进去，吐不出来，噎得她眼泪都快出来了。

“没关系，其实也要谢谢你。”宋亦南一点儿责怪她的意思都没有，只是拍了拍米粒颤抖的膝盖，试图让她放轻松。

“我真的不是变态……”米粒最怕的，是宋亦南把她想成心理扭曲的人，可她真的不是那样。

两个人第三次一起约着吃饭时，宋亦南有急事离开后他的钥匙落在了桌上……鬼使神差地，米粒把所有的钥匙都配了一把，她最初的想法也不过是万一哪天宋亦南钥匙丢了，她这里还有备份……

第一次打开房门的时候，那种做贼的感觉让她又紧张又害怕，可那些情绪很快就被好奇和开心替代了。 小小的屋子像是一个大大的宋亦南，每一寸空气都是他的手臂……有宋亦南的地方，对于她来说，就是光明的，美好得一塌糊涂的。以至于米粒一想到这个世界上还有宋亦南，就立刻原谅了它原本可憎的面目。

她是这样幼稚地，不可自拔地……深深地喜欢着一个人。

“我知道。”宋亦南轻轻蹲下来，温柔地看着米粒。

“不要告诉我爸爸……我不会再来了。”

“不会的，现在照顾你、关心你是我的工作，你爸爸有付钱的。而且，我们是朋友，不是吗？米粒，原谅你爸爸吧，成年人的世界不是你们可以明白的。而且一段不和谐的婚姻对所有家庭成员都没有任何好处。一段婚姻的破裂，夫妻二人都有责任，不能把所有的问题都归结于你的父亲。”宋亦南仰着头，声音很轻却充满了力量。

米粒的胸腔闷得像压了一块石头，却还是点了点头，那些道理其实她都懂，只是想不通。

“把钥匙还给我吧。”

米粒非常老实地把钥匙放在了他的手心：“所以你一点儿都不喜欢我，只是因为我爸爸拜托你，你才假装有耐心地做我的朋友吗？”宋亦南于心不忍地解释道：“不是不喜欢你，也不是假装和你做朋友。米粒，我是真心希望你能开心一些，你看，这样的你就很好啊。”

“一点儿都不好！我才不会祝你幸福！我祝你们早日分手！”米粒倔强地别开脸，大声说道，“喜欢就是喜欢！不喜欢就是不喜欢！什么叫‘不是不喜欢’？！”

米粒才十六岁，她的世界里非黑即白，宋亦南不知对她复杂的情愫该作何解释。有疼惜，有爱怜，有于心不忍……有很多很多。但他知道，那些都不是爱情的爱。他无法对一个小女生描述什么才是爱情，他可以做的，就是拒绝。

“不要说什么同情我！同情分不能加在爱情里！那是犯规！”米粒像是看穿了他的想法，索性把脸埋在膝盖里，大哭起来。

那些每天作为聊天话题的金鱼，其实在第二天就死了。米粒又去买了三条一样的小橘、小红和小黑……可是她都养不长久，它们总会因为这样或者那样的原因死掉，此时在鱼缸里游荡的，早已经不知道是第几号替身了。

她是那么喜欢他，喜欢到根本无暇顾及他是否喜欢自己。

“对不起……”宋亦南递给她一盒面巾

纸，手足无措地道歉。米粒拍掉他手中的纸巾盒，像一只仓皇的小鹿，夺门而出。

回到家，母亲正在择韭菜，湿漉漉的手停顿在半空中望着泪流满面的米粒。米粒不知所措地站在原地，进也不是，退也不是，只有脸上的泪怎么也止不住地往下落。

“来，帮我择菜吧。”母亲什么也没问，只是冲她招招手，“想着你爱吃韭菜馅儿饺子，所以想一次多包点儿。”

“嗯。”米粒草草擦掉泪水，乖乖坐在了小凳子上。

“你爸说让你周末跟他吃个饭，真难得，这么多年了，第一次在电话里心平气和地聊天……我们都觉得你变乖了，听话了，你爸也高兴……”母亲的声音像柔软的棉花，每一个字都妥帖地印在了米粒身上每一个疲倦的地方。

米粒的手轻轻撕着韭菜表面透明的薄膜，余光瞄到了母亲粗糙的大手，指甲边泛着粗糙的表皮，那吞咽下去的泪水又泛了出来。

“你爸说啊，只要你好好学习，以后也把你送出国读书……”

鸽子扑棱翅膀的声音越来越响，欢快的“咕咕”声蜂拥而来。

“妈……”米粒望着窗外，小声道，“鸽子回家了呢。”

09

苏素出国前，苏永辉带着她与米粒吃了一顿饭。苏素把那个包郑重其事地送给了米粒。她全然没有怪罪米粒的意思，反而很高兴自己有了一个姐姐，离别时很可爱地把手指头做成电话的手势竖在耳边，笑着说：“要经常联络哦。”

苏永辉轻轻拍了拍米粒的肩膀：“要听妈妈的话，有什么困难随时找爸爸。”

米粒的手缓缓地、小心翼翼地环住了父亲的腰，轻声道：“谢谢爸爸……”

苏永辉揉揉她的小脑袋，叹了一口气，眼中似有泪光闪烁。

那日后，米粒再未打扰过宋亦南，听说他与薇薇分分合合几次后终于获得了女方家长的首肯，未来，他们也许会结婚吧。

米粒伸出手，一枚柳絮落在了她的掌心。是春天了呢。米粒把柳絮紧紧握在手中，那一刻，她突然愿意祝福宋亦南。

痛苦，煎熬，不舍，眼泪……当这些都过去后，米粒已经十七岁了，单恋这一页从人生中轻飘飘地翻了过去。它曾重如泰山，压在她心中无法喘息，如今却似柳絮般轻巧，她已经可以目送宋亦南远去了。

那天晚上，她给宋亦南发了最后一条短信：下辈子，你的人生记得要分一点儿给我。我要早点儿出生，快点儿长大，这样，才可以先遇上你。

好，一言为定。宋亦南轻轻摩挲着手机屏幕，然后一个字一个字地删除了这条短信。

米粒是小女生，他知道分寸。可是这个约定，谁也不会忘记。

偶尔，他也会梦到米粒，裹着厚厚的围巾，不知从哪里突然蹿出来，冲着他“哇”地大叫一声，然后跳到他的背上。

“宋！亦！南！”她喊他的名字，总是一字一顿，咬得特别清晰。

“嗯。”他轻轻答应着，然后就醒了。

“再见，宋亦南。”她在大雾弥漫中冲他挥手道别，一步步后退着，最后消失在了浓雾中。

再见，小米粒。轻

Q镜头 Funny Scene

编辑部故事

发梢轻绾茉莉香

步摇记

Written by | 大 野
Painting by | Easiyu羽

追忆上一季的糗事

新书上市了！
撒花
撒花
应该会卖得很好吧！
我们去书店看看售卖情况吧！
行是行，得变个装吧？不然太显眼了！
行！现在回家换衣服，等会儿书店见！
嘀嗒
嘀嗒
累死了……什么都没看到！
虚脱
怎么会？卖得不好吗？！
摇
救命！我差点儿被踩死！
砰！
我去！你怎么穿成这样？
我是为了应景才穿这个的啊！《毛毛熊的浪漫樱花雨》嘛！
你们两个是白痴吗！
这白痴穿成这样被当成吉祥物了，被拉着跳了一天舞！
不关我的事啊！
哇，双刀女侠！快跑！
站住受死！
偷笑

周末小聚

周末全体聚餐！每人带一道菜！必须是自己做的！
修修，你带什么啊？
我做个糖醋排骨！
我炖只鸡！
我卤个肘子！
唆
唆
我带韩国料理！
真的？野哥好棒！
周末到了……
哇~这么多好吃的！
哥来了！
吡
哥的韩国料理现场制作！
打开
火腿肠
榨菜
方便面
热锅沸水
哼哼~
嚓嚓！
完成！韩式部队锅！我们交换着吃吧！
嗯嗯，好像就是一锅方便面。
给我揍他！
呵呵呵呵

风住过的街道
Written by 苏画弦
Painting by 碳烤的茄子

001 米花街的风筝

如果用放大镜在市级地图上搜寻一圈，可能看不到“米花街”三个字，但你一定能看到米花风力发电厂。

这家威名远扬的发电厂归米花街上最富有的许家所管。

许家的独女许阿娇因无法无天的性子而家喻户晓。几乎米花街的小孩儿一出生，都会被千叮咛万嘱咐：防火、防盗、防阿娇。

2008年初夏，许家搬进了一位新住客，从此阿娇有了一个过继来的哥哥：许霖风。

那一年丹青、阿娇、许霖风都十五岁。

许霖风入住许家的那一天，整条米花街都铺满了火红的炮竹。正拿着木棍在沙地上作画的丹青懊恼地捂住了耳朵，她不喜欢与许家有关的任何人和事。

之后的一周里，丹青总能远远地看到阿娇在夕阳下散步，而在她身后不远处，总跟着一道颀长的身影，亦步亦趋，距离恰到好处。

傍晚在厨房帮妈妈择菜的丹青终于忍不住吐槽道：“妈，我每天看到阿娇带着她哥出门，就像带着一条可以炫耀的狗……欸，很痛啊。”

皱着眉揉脑袋的丹青见妈妈朝她努了努嘴，她扭头一看，只见阴沉沉的天空下，一个消瘦的身影从窗外一晃而过。光线太暗，以至于丹青以为自己看花了眼，她依稀觉得刚刚看到了一双眼睛，黯黑的瞳孔里闪着孤寂的光。

不知怎么，她的心像是被狠狠戳了一下。

从那以后，丹青在心中组织了好几番道歉的话，然而许阿娇和许霖风如同绑定般形影不离。

丹青没好气地朝他们的背影翻了个白眼，却不想隔天傍晚就看到从空中坠落的风筝，不偏不倚，恰好落在她的头顶。

抱着这个从天而降的礼物，丹青在许家院子的门外看见了坐在屋顶上的许霖风。他穿着简单的白色T恤，手里的白线反而显得有些暗淡。

“你下来，我把风筝还给你。”

许霖风这才注意到立于门边的女孩，他想也没想，淡淡道：“丢了吧。”

丹青被他的态度弄得有些跳脚，她不由得单手一指道：“你这是什么态度？”

丹青的话似乎起了点儿作用，不过是一会儿的工夫，屋顶上的许霖风便徐徐朝她走来。

许霖风在距丹青一米的位置站定：“这风筝断了线，便不能再捡回来，会有灾祸。”

丹青并不知他曾在捡了爸爸掉落的风筝后，父母便出了意外的事，只讪讪地笑：“没想到你还这么迷信。”然而话音刚落，便见许霖风神色一凛，夺过她手中的风筝便扔进了垃圾桶里。

许霖风什么也没解释，转身便进了门。

但丹青怎么也没想到，第二天一睁眼便看到窗户外放着一头竹条编制的小牛，散发着竹子的清香。她突然想起妈妈曾提到过，许霖风家三代都曾是有名的民间艺人，父母因意外事故丧生。他的父亲是许父的旧友，他这才被许家收养。寄人篱下的日子如履薄冰，偏偏许阿娇又是个蛮横的千金小姐。

望着手里的小牛，丹青的脑海中顿时浮现许霖风坐在屋顶上发呆的场景。

002

盛夏最后的阳光

夏日将尽，丹青的父亲突然早出晚归起来。妈妈对她说，爸爸正在为她上高中的学费四处奔波，并嘱咐她要刻苦一些。

几日后，去街角小店拿竹条的许霖风被一个突然蹿出来的身影生生拦住。

双手将画递上的丹青有些不自然地解释道："喏……上次你送我小牛，这个算是谢礼，你要是觉得不好看可以丢掉。"说完，一见许霖风接过画，丹青便转身离开了。

一周之后，丹青几乎淡忘了这件事。直到某日午后，她鬼使神差般地走到了许家后院，偏巧大门敞开，像是在邀请她进去一样。

"你怎么在这儿？"丹青回过头，便看到抱着一捆竹条的许霖风正定定地望着她。

"路过。"丹青镇定地说。

许霖风没再理会她，而是径直走进了后院，很快便挑出几根竹条扎绑起骨架来。纤细的竹条在他的手中显得十分乖顺，丹青一时看傻了眼。

之后每逢周六，趁着阿娇去外婆家，丹青都会去许家后院看许霖风扎风筝，有时她也会忍不住试试手，可扎出来的骨架总是七扭八歪。

许霖风渐渐不再像刚认识时那样惜字如金，他闲下来时便会耐心地跟丹青讲绑扎的技巧。

丹青将竹条扎成十字状，正要用线固定，便见一只骨节分明的手将风筝接了过去。

许霖风一边示范一边蹙眉道："这里的交叉处要扎紧，否则风筝会飞不起来。"

而一旁的丹青却有些心不在焉，只觉得他身上的味道真好闻，这样想着，身体就不禁往上凑了凑。

"喂！你们在干什么！"

尖细的女声将丹青吓了一跳，她忙退开几步。只见阿娇正怒气冲冲地站在门边，她瞪了一眼丹青，便趾高气扬地对许霖风说："我妈叫你进屋去。"

许霖风张了张口，他想说什么，但终究什么也没说。

丹青看到阿娇进门前回头瞥了一眼石台上放着的风筝，那目光让她不寒而栗。

当天晚上，阿娇便将许霖风和丹青合力完成的风筝画得面目全非。丹青第二天悄悄溜到后院，见许霖风正抓着一只风筝坐在石台上发呆。

"我有办法。"她小声冲他喊了一句。

许霖风将信将疑地把风筝递给丹青，只见她将包里的东西悉数倒了出来，她挑了几管颜料和几支画笔冲他扬了扬："你就等着看吧。"

午后的阳光细碎地铺洒下来，为坐在草丛中画画的丹青描摹出一层暖黄色的光晕，许霖风靠着树干打量着她。

等丹青画完后回过头，却发现树下的少年正抱着双臂闭眼休息，形状各异的光斑落在他白色的T恤上，倒像是印上去的一幅画。她临走前将风筝轻轻地放到了他的手边。

当天丹青的爸爸难得早早下班，晚饭后将一沓钱放到了桌上，他笑着拍了拍丹青的肩膀："这下你上艺校有钱了。"

003

寒冰融化的声音

有了这笔钱，丹青便全身心地开始准备

艺考。

但丹青并未想到，自那日给风筝上色后，许霖风便会趁阿娇外出时，隔三岔五地带着新扎好的风筝来找她，无非是让她提些关于颜色搭配的建议。

每每丹青托着下巴皱眉思索时，许霖风总会将目光投在她身上，漫出大片的温柔。

除了风筝，他们也偶尔谈起喜欢的电影和书，时常聊着聊着就忘了时间，匆忙告别时，两个人的脸都被太阳晒得通透。

临报考学校前，丹青对许霖风谈起艺校，对方竟毫不在意地说起毗邻艺校的私立高中。

他对她说："喏，等我上了这所学校，我们见面就不用东躲西藏了。"

良久，丹青喃喃地答了一声"好"。

丹青怎么也没想到，她会在某天看《米花日报》时，看到重点高中的录取名单，上面同时出现了许霖风和许阿娇的名字。

偏巧她出门撞上了许阿娇，对方趾高气扬地朝她打了声招呼，然后佯装不经意地说："你也看到报纸了吧？霖风哥被选进了实验班，昨天就接到通知去学校集训了，说是一个月后有竞赛。"

"哦，恭喜。"丹青脸上维持的笑容在转身的那一刹那消失殆尽。

骗子，她心想。

深冬。

进入高中的丹青家境贫寒，而艺校的学生大多家境优越，她时常被孤立。半年间，除了得知许霖风获奖的消息，她只见过他一次。

那日路旁堆满了未化的雪，丹青不留神滑了一跤，她咬着牙站起来后，恰好看到穿着风衣的许霖风扶着自行车从许家大门里走了出来。

丹青连忙猫着身子躲到一旁的胡同里，她细细观察着不远处的身影，只觉他似乎长高了不少，五官更加俊朗。

丹青踌躇着要不要上前，却忽然看到许阿娇朝他奔了过去。她听到许霖风低沉的嗓音："地上滑，小心点儿。"

当丹青看到许阿娇坐在后座上，略显臃肿的胳膊环住男生的腰时，她逼着自己收回了视线。

她摸了摸摔痛的地方，一阵刺骨的寒。

几日后，丹青又见到了许霖风。

那时她刚拿到全市绘画比赛的一等奖，而她要领奖的地方正是许霖风所在的学校。

由于没有校牌，丹青被拦在了门口。

"今天在咱们学校有颁奖礼，不信你可以打电话问一下。"淡淡的口吻，却透着不容置疑。

丹青回过头，便看到背着书包的许霖风，他的鼻尖被冻得发红。

门卫狐疑地进去打了电话，出来时带着歉意的笑容，称自己临时替班，没有接到过通知。

丹青仍客气地对门卫说了声"谢谢"，之后跟在许霖风身后走进了校门。

丹青始终低着头，却听到旁边传来有些犹豫的声音："恭喜你拿了一等奖，我在宣传栏里看到的。"

丹青抬起头，刚想说什么，却见沉着脸的许阿娇从不远处跑了过来，她远远地就冲他们喊："霖风哥，我有事找你！"

趁着许霖风回头的瞬间，丹青掉头便往反方向走，她不想再听到许阿娇甜到发腻的声音。

领奖是在操场上，提到丹青的名字时，几乎没有掌声。她低头往主席台走去，却见不远处有一个熟悉的身影，他正在用力鼓掌。

不少人向他投去诧异的目光。

丹青只觉得在心中沉积已久的寒冰像是骤然裂开般，渗出丝丝暖意。

笨蛋，她在心里说。

004 无疾而终

春节。

正坐在屋内烤火的丹青忽然听到窗外传来细碎的声响，她寻了个借口走到门外。

“新年快乐！”许霖风将一只新扎的风筝递到了丹青手上。他穿得有些单薄，双手冻得发红。

丹青将风筝紧紧地攥在手里，她想问他为什么没有履行承诺，可此时此刻，她忽然发现答案或许没那么重要，他仍是他，从未改变。

“你没戴手套，快进屋去，外面冷……对了，记得别让风筝碰到水。”说完，许霖风便跟她挥了挥手，没一会儿便消失在弥漫着炮竹味儿的夜色中。

高一下学期，丹青的课程渐渐多起来，时常快要天黑才能回到家，每当她想起许霖风，便会望着桌上的小牛发呆。

当暑假如期而至时，米花街竟然破天荒地停了电，这在丹青的记忆里还是头一回。爸爸立时就接了电话，他神色古怪，之后便慌慌张张地出了门。

天气闷热，街坊邻里都纷纷离家走上街头。

丹青摸黑出门时，不知脚下蜷了一只猫，她被吓了一跳，踉跄了一步后被人稳稳地托住手臂。

借着如水的月光，她看到了一张棱角分明的脸。

“胆子这么小，还一个人往外跑。”许霖风放开她的胳膊，抬起手臂抹了抹汗。

丹青无奈地耸了耸肩，笑道：“家里太热啊。”

许霖风认同地点了点头，带着丹青走到了米花街的尽头。那里是一个废弃的港口，缓缓流动的海浪在黑夜里显得有些骇人。不远处的灯塔闪着微弱的光芒，许霖风问她：“这段时间过得怎么样？之前一直没机会问。”

丹青苦笑着摇摇头：“老样子，我每天都把自己关在画室里，除了画画还是画画。”

“我无聊时便对着满墙的风筝发呆。”许霖风发出长长的叹息。

“哎，天气预报说台风要登陆了。”他在她身后忽然张开双臂，像是要拥抱虚无的风。他蒙住丹青的眼睛。

“三、二、一……”他放开了手。

眼前的世界在刹那间灯火通明，丹青只觉得心“怦怦”直跳。

“许霖风！”

惨烈的叫声仿佛刺破了长空，霎时又恢复了平静。但当丹青看到许霖风急忙向远处跑去的那一刻，她忽然意识到，刚才的一切亮光都如同海市蜃楼般，那些无疾而终的温暖，自己终究抓不住。

005 漫长的夏天

那声惨叫来自许阿娇。

当时停电后出门找许霖风的许阿娇走到了桥上，恰好看到港口处立着两道身影。顾不得脚下的路，她踉踉跄跄地往桥下跑，刚喊了一声，便因踩空从桥上滚了下去。一切发生得太快，如同在米花市登陆的台风。

这一年的夏天似乎尤其漫长。

许阿娇出院后，谁都能看出她腿瘸了。那座桥因为还在施工，四周都是钢筋，许阿娇摔下去时恰好撞在了钢筋上。

丹青犹记得去医院看她时，发现她整个人瘦了一圈，平日里最爱瞪她的眼睛毫无生气。然而她却在看到自己的那一刻，抬手一指：“是你，都是因为你。”

丹青一怔，忽地想起多年前的一桩事，那实在算不上美好的记忆。

原本她与许阿娇是好朋友，从幼儿园到小学。那时许阿娇虽蛮横无理，但与丹青还算相处得不错。

直到有一次两个人去同学家玩，发生了意外。

那户人家一楼是饭馆，二楼是卧室。但因为条件不好，低矮的阁楼有一部分靠质量较差的三合板封口。

小孩子往往都对这种结构充满好奇，几个女生在楼上玩起捉迷藏来。已经找好藏身处的丹青对着焦急的许阿娇指了指角落，对方心领神会地躲到了电视机后。

而意外说来就来。

偷懒靠在三合板上的许阿娇直接从二楼掉到了一楼，幸亏楼不高，她只划破了嘴。

吓傻了的丹青站在裂开的大洞前往下望，只见嘴肿得发紫的许阿娇抬头指着她，说了句跟此时一模一样的话。

洗了水果进来的许霖风恰好听到这一句，他只是想为丹青说几句话，而之后的一切都变得一发不可收拾。

许妈妈本就憋了一肚子的气，她抬手便打了许霖风一耳光：“你呀你，我们许家待你不薄，你妹妹都这样了，你还胳膊肘朝外拐！”

挨了打的许霖风笔直地站在原地，他紧紧地抿着嘴，伸长手臂将丹青揽到了身后：“你们怎么怪我都可以，这件事与丹青无关。”

被这句话刺激的许阿娇挥手便将一杯开水泼向了丹青，许霖风连忙转过身，将丹青紧紧地护住。

丹青听到他一声闷哼，像是窗外隆隆的雷声，在她的心上轰然炸响。

不知从哪儿来的勇气，丹青拽了许霖风的手便往门外走：“有什么了不起，以后我的饭分一半给他，总能活下去！”

然而让丹青意外的是，许霖风将手慢慢地抽了出来，良久，他轻声说：“我就不送你了，路上小心。”

那是丹青第一次看到许霖风脸上露出那样的表情，夹杂了太多她看不真切的情绪。

那晚，丹青的爸爸又带回来一笔钱，妈妈一高兴便烧了一桌好菜，毫无胃口的丹青听到爸爸激动地对她说：“闺女，以后许阿娇有的，你都可以有，咱家不差钱！”

都可以有……那么许霖风呢？她可以有吗？

006 峰回路转

直到九月开学，丹青都没再见到许霖风，而街头巷尾却都在谈论着两件事。

许霖风每日陪着许阿娇去做复健。

丹青家一夜暴富。

当丹青看着自家原本破落的平房升级成复式小楼时，她也开始学着许阿娇的样子穿起了名牌衣服。

渐渐地，丹青发现班里的同学不再整日叫她土鳖，甚至有人会来问她的衣服是在哪家店买的。但丹青心里清楚，这些都是逢场作戏的朋友，她唯一在意的只有许霖风。

秋天来临时，丹青决定写信给许霖风。她曾无意间得知他们学校给每个人都配了信箱，只要在地址的末尾加上收件人的学号就行。

提笔时，丹青却又不知道写些什么，鸡毛蒜皮的小事在男生看来应该很八卦吧，那么说今天有人往她抽屉里塞了情书，他会是什么样的反应呢?

丹青寄出了信，却迟迟没有收到许霖风的回信。可每当自己有想对他说的话时，都忍不住记录在了信里。

圣诞节前夕，丹青所在的学校提前了两节课放学。她犹豫再三，还是决定去找许霖风。她抵达时正赶上放学的高峰，穿着清一色校服的人鱼贯而出，她聚精会神地寻找那个熟悉的身影，生怕一不留神就错过。

“丹青?”

听到熟悉的声音，丹青转过头，竟看到几个女生簇拥着许阿娇朝她走过来，她不觉后退了两步。

许阿娇的腿仍不利索，她鄙夷地打量了丹青一眼，忽地露出一抹阴森的笑容。

丹青心下一沉，她似乎预感到了什么。

“不要脸。”许阿娇从书包里取出一沓信封，毫不留情地悉数甩在丹青的脸上。

丹青并不知道，阿娇的信箱坏了后，她让朋友把明信片寄到许霖风的信箱里。许霖风平日从不开信箱，便将钥匙给了许阿娇。

而阿娇看了丹青的信后得知她要来找许霖风，便特意将所有的信一同带来，为的就是这一刻。

在一片唏嘘声中，白花花的信封掉了一地，而丹青的脸上渐渐现出几道细细的血痕。

“不要自己堕落了还拖累别人，霖风哥跟你是两条路上的人，你难道以为所有人都跟你一样蠢? 傻兮兮地以为他会报那种烂高中?”

丹青不知道自己是怎么回到家的，她将手里的信封连同许霖风送她的小牛和风筝一起丢进了垃圾筒。

不是因为许阿娇的那些话，而是当她遭人非议时，许霖风就站在人群中，他从始至终都没有站出来为她说一句话。

那晚丹青躲在被窝里哭得上气不接下气，不知何时哭累了睡了过去。第二天早上拉开窗帘，她惊喜地看到她扔掉的东西都完好无损地放在了窗台上，上面贴着一张字条：努力考上大学，就能摆脱这里的一切。

007 蓝脚鲣鸟的舞蹈

高考临近。

丹青白天要去上美术班，晚上才能复习专业课。背着画夹走在校园里的丹青时常会发现男生偷偷放了小礼物在她的抽屉里。

但丹青对这些都置若罔闻，偶尔在街上遇到许霖风和许阿娇，她便会灵敏地避开。有时躲迟了，三个人还是会迎面撞上，在看到许霖风和丹青形同陌路后，许阿娇便会得意扬扬地对丹青说：“嗨。”

转眼便到了最紧张的时候，因为丹青所在的学校同许霖风所在的学校这两年有项目上的合作，虽然双方的学生都看彼此不顺眼，但领导层见了面却都和和气气。

于是，打着“给高考生减压”的旗号而开展的春游成为了整个米花市为人津津乐道的事。考虑到人数，这次春游安排了两个地点，两校各自进行抽签。

当丹青得知自己所在的班级要去邻市的海洋馆时高兴得手舞足蹈起来，不仅是因为她从妈妈口中得知许霖风也要去海洋馆，更是因为她一直喜欢与海有关的一切，毕竟有海的地方，就有风。

那日正逢周末，海洋馆里人头攒动。她庆幸许阿娇被分去了另一个地点。

当丹青走到热带区时，她被角落里一种奇异的鸟类吸引了视线。

丹青从未见过这种鸟，只觉它们长得像改良版的企鹅，走起路来摇摇摆摆，像是要刻意展示那双与众不同的蓝脚。

趁着周围的人不多，丹青小心翼翼地拿出了手机。

“不能拍照，会吓到它们。”

许霖风一边示意丹青将手机收回去，一边递给她一张宣传单，上面详细介绍了这种鸟。

被人当场抓个正着的丹青红着脸抱怨道：“你说这么大声干吗？”

“抱歉，我刚刚看到有只鸟准备跳舞，如果你按闪光灯，一定会吓坏它。”许霖风解释道。

丹青听到“跳舞”两个字，顿时忘了刚刚的尴尬，连忙好奇地投去目光。只见一只鲣鸟一边弓着背，一边抬起脚，然后单腿跳了一下，之后另一只脚重复同样的动作。

“哇，好神奇，为什么跳舞呢？”

许霖风只觉丹青的一双眼睛又黑又亮，此时她的脸因为兴奋泛着红晕，整个人看上去光彩照人。他有些不自然地收回视线，正要开口解释，却听一旁有人叫丹青的名字。

丹青一听老师在点名，连忙丢下一句“你下次解释给我听”便快步跑走了。

看着消失在人群中的身影，许霖风只觉心蓦地漏跳了一拍。

午休时，丹青班上的文娱委员恰好和许霖风班上的文娱委员相熟，她们私下商量了一个游戏，组织力极强的两个女生很快让两个班的同学围成了圈。

而许霖风与丹青恰好处在对面，两人连起来便是一个圆的直径。他们的视线总会在空气中不经意地相撞，只是一秒的时间便各自扭过头，心跳得飞快。

游戏很老套，用了击鼓传花的方式，惩罚却别具匠心——模仿海洋馆中任意一种动物，被猜出来才算过关。

谁知第一轮许霖风就中招儿了。女生们都不约而同地起哄，瘦高的他有些局促地被推到圆圈中心。丹青望着他也不由得紧张了起来。

让人意外的是，许霖风跳了一段奇怪的舞蹈，与其说是舞蹈，倒不如说是由一堆零散的动作拼凑而成的。

有人猜企鹅，有人猜北极熊，当丹青看到许霖风投来充满期待的目光时轻声说：“蓝脚鲣鸟。”

许霖风朝她眨了眨眼，得意地弯起了嘴角：“答对了。”

丹青笑而不语。但她没想到，自己霎时被推上了风口浪尖。先是从对面班级传来的小声议论，渐渐泛滥成大范围的鄙夷声。

“就是她，还在一中门口丢过脸，听说是她害得许霖风的妹妹瘸了腿……”

丹青想要解释，却只能僵硬地低头坐在原地，望着自己无措的双手，她浑身不住地冒着冷汗。

视线中忽然横亘出一只手臂，下一秒她便被人从原地拉了起来。

许霖风在众目睽睽之下带着她离开了风暴的中心，身后是久久静默后突然爆发出的尖叫声和起哄声，然而此时的他们只看得到彼此。

“上次的事，不会再发生了。很快，再等一段时间，一切都会结束。”许霖风放开了她的手，但仍目光灼灼地望着她。

丹青犹豫地摇了摇头：“我可能考不上……”

“你知道黄昏为什么那么壮丽吗？因为它收集了整整一天的阳光。所以，努力了这么久的我们，一定可以实现它。”

她点了点头：“嗯，一定。”

008 不想便不见

高考之后的那天晚上，几乎所有的毕业生都充斥在米花市的大街小巷，他们的脸上都跳动着明艳的色彩。

而丹青不久前得知了许霖风和许阿娇即将赴美留学的事。

或许从那日许阿娇的一句“我妈叫你进屋去”开始，她便早已料到许霖风在许家的日子，如履薄冰、小心翼翼。他曾说，他喜欢风筝，是因为它能自由地翱翔于天际，但那不过是假象，它始终被一根线牢牢地抓在手里。

而这根线的主人，是许阿娇。

许阿娇近乎疯狂的占有欲让许霖风喘不过气来，丹青一开始就没说错，她把许霖风当作拿来炫耀的工具。每当她看到许霖风悉心教丹青扎风筝时，内心深处的嫉妒便如繁复的枝蔓般遍布全身各处。

瘸了腿，许阿娇也恨过，但很快她又庆幸起来，因为她可以在往后漫长的时光中以赎罪为名，将他永远困在自己身边。

但丹青并不知道的是，她没有料到许阿娇手中的另一张王牌。

丹青的爸爸手中的那些钱悉数来自偷工减料、偷卖厂里的公物，那年暑假停电便是导火线。原本许阿娇的爸爸并不想过分追究，只打算开除他了事，但许阿娇以此要挟许霖风跟她出国。

整个暑假，丹青都将自己关在家里。原来即便是这样小的街道，只要她不想，便可以再不见他。许霖风和许阿娇离开时，丹青没有去送他。

坐在港口上发呆的丹青忽然想起几日前最后一次见许霖风。妈妈不知何故，硬要拉着她去许家，提了大包小包的礼物。她以为，只是恭贺他们即将出国。

那日许阿娇和许霖风不在家，她误打误撞地走进了许霖风的房间，墙上挂满了各式风筝，而中间的位置上是他们二人曾经合力完成的风筝，而旁边便是一幅精心装裱的画。

这是许霖风一直视若珍宝的两样东西，挂在他躺着就能看到的地方。

“一直没找到机会跟你说，这幅画，我很喜欢。”

丹青什么也没说，她甚至不敢回头看他，只是努力地挤出一丝苦笑：“我现在画得比这个更好了呢。”话还没说完，她的眼泪就往下掉。

“你还会回来吗？”她带着哭腔。

冗长的静默。

之后，丹青便跑出了许家，甚至没有跟许霖风郑重地道一声再见。

009 拥抱海风

丹青考上了一所临海的大学，每逢闲暇，她都会去海边坐上一会儿，时而张开双臂，学着许霖风的样子拥抱海风。

公共课上，原本打瞌睡的丹青被幻灯片上的蓝脚鲣鸟吸引了视线。老师一边介绍，一边放了一段鲣鸟跳舞的视频。

“这种舞是它们的求偶舞，目的就是确保雌鸟能好好欣赏它的双脚。”

教室里又发出“哦——”的声音，老师被逗乐了，而丹青却听到身旁有人说：“呀，你怎么哭了？”

“没有，只是被风迷了眼。”

丹青揉了揉眼睛，却发现眼泪越来越多。

她骤然想起许霖风送她风筝时，曾再三叮嘱：“不要碰到水。”

那天回到宿舍的她翻出那只被她仔细包好的风筝，只见背面绕满竹条的交合处，有一排小字：风筝有风，我有丹青。

她忽然就笑了起来，脑海里浮现着他大力在操场一隅拍手的画面。

当晚，室友约了丹青去看新上映的电影，片中的男女主角最后还是因现实而分道扬镳。室友哭得毫无形象，丹青一边递去纸巾一边听女主角的独白，她这样说：无论悲喜，能记起，有回忆，就是你我最好的结局。

“别哭了，丢人。”

室友没好气地白了她一眼：“你不也哭了吗？”

丹青胡乱抹了抹，心想：或许，这已是我和许霖风最好的结局。轻

旧物收集者
Written by | 冷亦蓝
Painting by | Easiyu羽

Jiuwu Shoujizhe 一

吴菲菲又开始在旧物市场的地摊上淘货了。

吴菲菲，19岁，本地某大学大一新生，虽然年轻，却已经是圈内小有名气的作家。这个寒假她没回家，跑到学校旁边的旧物市场淘东西，遇上喜欢的就买下来，在寝室里把玩着不放，一抱就是一天。

然后第二天打开计算机，疯狂码字。

她有时写短篇，有时写长篇，在那些长长短短的故事之中寻找着感动别人和感动自己的情节，有人说她笔下的故事跌宕起伏、感人至深；有人说她写的故事情节新颖、文笔老练，有太多与她的阅历不符的细节；有人说必是有个团队在她身后替她代笔捉刀。众说纷纭、莫衷一是，吴菲菲丝毫不为流言所动，她只安静地写她的故事。

其实她有一个秘密，对谁都不能言说的秘密。

吴菲菲捧着一个掉了漆的搪瓷水杯，闭上眼睛，斑驳的场景如同电影默片一样映入眼帘：年老的母亲孤独地守在屋里，好不容易回来一次的儿子丢了她的搪瓷杯，换上一只进口保温杯，几十年的记忆一晃而过，儿子变成在襁褓中哇哇大哭的婴儿，年轻的母亲在事故中失去了丈夫，独自撑起一个家。

吴菲菲睁开眼睛，对摆摊老板说道："这个杯子我要了。"回去慢慢揣摩，还会有更多值得发掘的故事的，她想。

这是她的秘密，没有人知道，她淘的其实不是旧物，而是回忆。

她有看得到物品背后的故事的能力。

那些凝聚着人们回忆的东西，她只要碰触一下，就能看见过往之事，十年荏苒的故事她只需一天时间就能读完，再加一些合理想象和铺垫反转，一篇小说，很容易就写出来了。

这个秘密她不敢对任何人说，对于正常人而言她是个怪物，自从父母知道她有这个能力后，就不让她碰触他们的东西。再后来，妈妈悄悄地给菲菲一样东西，那是一只很寻常的打火机，妈妈问她看到了什么，她老实地回答说看到了爸爸和一个不认识的阿姨在一起。

之后，爸爸和妈妈就离了婚。她跟着爸爸生活，爸爸认为是她的古怪能力害得自己婚姻不幸，把她扔到了奶奶家，之后再也没有来看过她。

她曾经问过妈妈，为什么不带着她一起生活，妈妈说："带着你在身边，总觉得我好像一丝不挂一样，完全没有任何秘密。"那时的妈妈已经有了一个婴儿抱在怀里，妈妈看向她的眼神中，疏离间，有着一丝看怪物的惊恐。

从那以后，她知道了大家都很不喜欢被人读到自己的故事。每个人心里，总有一处不想被人碰触的空间，他们叫这空间为——隐私。

吴菲菲躺在床上把玩着那只搪瓷杯，正看到几十年前母亲养育儿子的各种片段，忽然眼前一黑，一切画面都瞬间黯然失色，彻底融化在黑暗之中，她又反复地摩挲了几次杯子，便有些失落地放下了。

这说明——杯子的原主人已经不在人世。她只能读到活着的人凝结在物品上的记忆，那个人如果已经死去，杯子上的记忆也会跟着自然清除。

她还是有些不甘心——那搪瓷杯即便没

有原主人的记忆，也至少会留一点儿经手人的琐碎印象，说不定，它上面还有什么能让她读出来。

视线追寻着杯子呈现出来的画面游走，在一家装潢得很有味道的小店前面停下了，推开门，一张斯文白净的脸映入眼帘。

那是一个年轻帅气的少年，手里摆弄着一些旧货，看见来人，他绽放了一个温暖悠长的笑容。

记忆到此戛然而止，接下来的是一片空白。

吴菲菲愣住了。她从来没有遇到过这种情况。

Jiuwu Shoujizhe 二

吴菲菲读取物品记忆的时候只见过两种情况：一是如同电影般的画面，二是主人死去，印记在物品上的记忆消失的长久黑暗。

可从来都没有过空白。也许这是一种新的情况？按理说这个杯子辗转到少年手里，应该沾染了他的记忆才对，可是没有，在进入那家小店之后，接下来的片段全是空白。

她决定找到那家小店一探究竟。

她费了很大力气才寻到那家躲在僻静之处的小店，小店的招牌是很复古的木质本色，只简单地写着几个字：旧东西。

完全让人不知道这家店是做什么的招牌。吴菲菲摸着搪瓷杯，反复比对画面中和面前小店的装潢——一样的石板台阶，一样破旧的玻璃门，一样挂在门上随风摆动的褪色风铃……

正在犹豫间，清脆的风铃响了，一个漂亮得似不食人间烟火的女孩走出来，女孩看了她一眼，勾起嘴角就笑了。

吴菲菲的视线不由得跟过去，愣了愣，再转回头时，正迎上男孩温暖的笑脸：

“客人，可以进来看看。”

没错，就是这个男孩。吴菲菲握紧了搪瓷杯，有点儿腼腆地低下头，从他身旁走了过去。

该怎么跟他谈呢？说自己有看得到物品记忆的能力？问他为什么记忆到了他这里就生生中断？这怎么说得出口？

她站在这间很有情怀的杂货店里，伸手抚摸上一只老式拨盘电话，发觉这看起来明明应该凝聚了很多故事回忆的老物品，竟然是雪白一片，就好像午夜后没有节目的电视台，白花花的雪花闪烁在荧幕上，枯燥且单调。

她忽然起了好奇的念头，她要留下来，好好弄明白这到底是怎么一回事。

“我想在这里打工。”她抬起头迎上对方那双清澈的眸子，顿了顿，说道，“不必付我薪水，供吃供住就行。”

本以为这样的提议可能会被拒绝，没想到对方看了她一眼，微笑着说道：“可以啊。”

这……这么容易就答应了？正当吴菲菲四下张望应该找点儿什么活儿来做的时候，那个笑容温暖的少年迅速调整成老板模式，两只脚搭在桌上，头舒适地枕向椅背，似笑非笑地把自己的水杯递给她：“怎么称呼你呢？新店员女士？”

吴菲菲红着脸接过水杯，去饮水机那里接了一杯水递给他，结结巴巴地做了自我介绍。少年对她笑笑说：“我叫薛岑，从今以后就是你的老板，请多指教。”

吴菲菲对他笑了一下，转身就去拿抹布擦拭店里的物品了。

握着抹布在水龙头下洗着的时候，吴菲菲发觉自己的手心似乎还有汗。对于这个叫薛岑的人，她打从心底抱着一丝敬畏。

因为刚才在为他接水的时候，试着看上面的记忆，结果，不出所料，那个水杯上也是一片空白。

明明是刚刚使用过的物品，怎么会没有任何记忆的痕迹？

Jiuwu Shoujizhe 三

这个叫薛岑的少年，不会在物品上留下任何记忆的痕迹。虽然很奇怪，但比起她这位能够读取东西记忆的特殊能力者而言，还有什么不能接受的奇怪之人呢？

慢慢地，吴菲菲在店里越来越如鱼得水，不能看见对方记忆的这种情况让她很放松，因为从小到大，她最苦恼的事情就是不能随时随地自如地控制自己的能力。

平时只要天气不是很热，吴菲菲都会戴着手套，能不借东西就不借，实在万不得已的话，她也会尽量不触发那项能力。

毕竟难免失手。让她印象最深的是，初中时有次忘记带练习册，她最好的朋友小芸很热情地借给她，她不小心看到了附着在书本上的记忆。

她看见小芸对对她有好感的男生说：“迟帅，吴菲菲这周六可没空呢，她约了隔壁班的某某，不如我陪你去书店好不好？”

隔壁班的某某是半个小混混儿，口碑很差，但凡女生跟他有一点儿联系都会被认为人品有问题。吴菲菲不明白小芸为什么这么说她，她们俩，明明那么要好……

她也终于明白了为什么对自己有好感的迟帅忽然疏远了她，并且和小芸走得很近，从那之后，她很少全无保留地结交朋友。

对于认识的人，吴菲菲本能地抗拒读取他们的记忆。但在薛岑面前，她不必有任何顾虑，每天面对着空白一片的旧物，心里竟然有了轻松的感觉，也就是这个时候，她才觉得自己不那么像怪物。

每天都会有一些人来这里对薛岑兜售旧物，而他对于旧物价格的评估似乎有些难以理解，比如现在，一位邋遢大叔神秘兮兮地从怀里掏出一串红宝石项链，吴菲菲虽然不辨真假，但项链漂亮的颜色和光泽还是让她不由得在心里赞叹了一下。

“要不是手头紧，这样的宝贝我也不会卖。这东西在市面上起码值十万块钱。”男人形容枯槁，压低了声音道。

薛岑来回打量了一番之后将项链放下，精致的面容上仍是一副温柔亲切的微笑：“五百块钱，先生。”

“什么？”男人瞪圆了眼睛，“你分明是打劫！”

薛岑笑了笑，示意吴菲菲接过项链，她放在手里把玩，最新的记忆画面映入眼帘：一位贵妇刚刚走下车，一个男人冲过来一把将项链扯下夺路而逃，跑过几条小街小巷后，径直来到了“旧东西”店铺。

吴菲菲吓得手一抖，红宝石项链“哗啦啦”地掉在地上，她大声喊道：“大叔，打劫的分明是你啊！”

男子眼中有败露的慌张，项链也来不及捡就夺路而逃，他刚刚跑到门口就被薛岑从后面抓住了手腕，一个干净利落的过肩摔后他便倒在地上，薛岑从口袋里掏出一沓钱，弯下腰轻轻放在男子的上衣口袋里，脸上仍是那温润不变的招牌笑容：

“客人，您忘了钱。”

男子惊惧颤抖地站起身来，确认他没有抓捕自己的意思，才小心翼翼地推开门，大步跑了出去。

没想到薛岑竟然身怀绝技，但他既然有如此本领，为什么不把坏人送入警局？

似乎是察觉到她的疑问，薛岑从地上捡起了项链，交到吴菲菲手上：“故事要看完前因后果才好不是吗？”

她满腹疑问地接过项链，接下来的画面淹没了她的思绪。

病床上虚弱的男孩反复地问询身边形容枯槁的父亲：“爸爸，我好难受……妈妈什么时候来看我？“

父亲正是抢夺项链的男子，他无声地捂住脸哭泣起来。

画面继续倒叙回去，烈日下，父亲用尽全力搬了一天的砖，而这点儿钱对于治疗儿子的病简直是杯水车薪。

再往前转，妈妈抛夫弃子离开了家，而那个美丽的女人，分明就是男人抢劫的贵妇！

记忆继续回转到儿子没有出生的时候，青年男女正在热恋，男人从地摊上花五元钱买下一串项链送给女人，憨憨地说道：“我以后有了钱，一定给你买串真的。”

女人眼中有转瞬即逝的失落，却仍接过了项链。

记忆读取结束，吴菲菲心中十分感慨，她把项链丢给了薛岑：“老板，你是不是……我的同类？”

项链在空中划了一个优美的弧线，薛岑背对着她伸出手准确地接在手里。

“不是。”他说。

Jiuwu Shoujizhe 四

他说他不是她的同类。吴菲菲心里有一丝说不出的寂寞和失落。

薛岑一手握着项链，一手对着计算机飞快地输入着她看不懂的代码，吴菲菲从来没有见过单手比她双手打字还快的人。

几分钟后，薛岑又把项链丢给了她：“店员，这个东西你可以随意处置了。”

只是几分钟而已，项链上的记忆……变成了空白。

吴菲菲瞪着眼睛看着薛岑：“你到底是什么人？”

薛岑仍是笑吟吟地看着她："剪切粘贴的机器而已。我不像你，我不能读出东西上的记忆，但我能把这些记忆转换成代码。"

"骗人！刚才你明明知道……"

他站起来，把那只搪瓷杯放在她手上："你不觉得……这个杯子上我留下的记忆很多吗？如果我真不想你看见这一切，大可以将这些记忆全都抹掉，我做出了很多这样的东西，终于等来了你。在看到你的那一刻我就知道，以后我所看到的都不仅仅是代码，而可以是一个个活生生的故事。"

"你想通过我……读这些东西上的故事？"吴菲菲忽然觉得对方有点儿烦人，"凭什么？"

薛岑敛了笑意，第一次用严肃的表情看她："你不想知道……我为什么要剪切物品上的记忆吗？"

为什么……吴菲菲此时才来得及思索这个问题，但有什么理由能让面前这个男孩每天守在店铺里，只为了剪切各种旧物上的记忆？

薛岑简单地跟她介绍了一下自己的工作。他说他来自两百年后的未来，未来的人类发明了许多东西。科学家想要事无巨细地了解过去的历史，而他，则是被特意做出来的物品记忆"收集者"，收集的方式是把所有经手的旧物上的记忆剪切下来发送过去。这些代码可以经由专门的机器读取还原，从而起到收集数据的作用。

"这些数据，有你根本想不到的用处。"薛岑定定地注视着她，"因为机器读取存在误差，在未来也有一些改变基因而特意做出来的记忆读取者，他们整天被囚禁在小屋中大批量记录数据。这些人跟机器没什么分别，也不被当人看待。你试想一下，如果让未来的人知道你是几百年前就拥有这种能力的人，他们会不会把你作为研究对象来制造出更多更完美的读取者呢？"

吴菲菲觉得身体颤抖了一下，后退几步说道："这才是……你的目的？"她的余光瞄到自己左手边的古董宝剑，如果用这个东西脱身的话……

"那把剑有三十斤重，别想了，你拿不动。"薛岑微笑了一下，"我只是想要找一个'山鲁佐德'而已。"

山鲁佐德？《一千零一夜》里为暴君讲故事的女子吗？

"我每天都在剪切这些枯燥的数据。我想要你为我先讲解一下，我每天剪切输送的，到底是怎样的记忆。"

说这话时，薛岑的脸上有一点儿寂寞，这种表情，吴菲菲再熟悉不过。

因为她时常会露出这种表情。

"被这样威胁，我也别无选择。"吴菲菲叹息了一声说道，"不过我有个要求。"

"什么？"

她对着他那一瞬间呆愣的表情吼了一声："我要薪水！"

薛岑忍不住"扑哧"笑出了声。

Jiuwu Shoujizhe 五

吴菲菲真心觉得，给薛岑讲故事比打扫店铺要好过多了。

她本身就是个不错的叙述者，不同的故事她会用不同的腔调进行演绎。好笑的故事会逗乐薛岑；感人的故事会让他沉默；惊悚的故事会让他瞪大眼睛；跌宕起伏的故事会吸引住他的视线，不时地被催促一句："后来呢？"

吴菲菲真心觉得写手不是最适合自己的

职业，她如果去天桥底下说书，一定大赚。

薛岑曾经说过他是被特意制作出来的剪切者，他的身体虽然是十九岁的少年，但大脑中早已被植入了几万本专业资料。在未来世界里，他不算是真正的人类，虽然比一般人要聪明漂亮，却不会受到一点儿尊重。

他从未体验过父母的亲情、朋友的友情，以及……伴侣的爱情。

他明明在很多方面无所不知，却偏偏在常人所经历的再平常不过的事情上，认知不如幼儿园的孩童。

但在听过这些故事之后，他也开始理解了很多事情，没事做的时候，薛岑会把脚放在桌上，脑袋枕在椅背上向后靠，手里捧着吴菲菲的书不时地挑剔：

“这里的感情很单薄啊，完全没渲染好。”

“男二号的心理活动不明确，他吃饱了撑的这样破坏女主的感情？”

“这里的情节走向完全不合理嘛，你说实话，这里是不是你自己瞎编的？”

相处熟了之后吴菲菲有时候真想一把掐死这个话痨，可是这个家伙只用了一天时间就把她这几年写过的所有长篇、短篇小说全都看了三遍，而且能够倒背如流，这真是让她无地自容。

“虽然说了你作品那么多毛病，但我觉得，情节还是不错的。”薛岑托着腮，漂亮的杏眼看着她。

吴菲菲被他似笑非笑地看着，心脏忍不住漏跳一拍。

他继续说下去：“因为情节不是你想的嘛！哈哈哈……”

“够了！”她扔下拖把就想去掐他的脖子。

“菲菲。”薛岑收了笑容，一把抓住她伸过来的手腕，“你的文章还有个问题，你知道吗？”

“什么？”她瞪着他问道。

“你笔下的爱情……少了一种真实感。”他慢慢地把她的掌心摊开，伸出修长的手指，轻轻地摩挲起来。

吴菲菲觉得自己的脸瞬间红了，呼吸也有点儿急促，她不回话，只是那么瞧着薛岑把他修长的手指和她的手指交叉着，十指相扣地握在了一起。

“我们两个体验一下吧。”他抬眼看她，眼眸清亮亮的，白皙的脸上，缀着一点儿好看的粉红。

她没看错吧？这个家伙……竟然也会脸红？

Jiuwu Shoujizhe 六

和一千零一夜的故事结局一样，吴菲菲在给薛岑讲述了几个故事之后，两个人的感情也一路庸俗化地发展了下去。

薛岑这个家伙做她男朋友绝对够资格：他很聪明，很懂她的心，又十分温柔体贴，而且他本来就好看，稍微打扮一下，英俊得惨绝人寰。两个人手牵手去逛街、吃饭、看电影，薛岑帅得令所有经过的路人一脸诧异。

是的，所有路过的女生都会回头看一眼，眼中有艳羡、桃心、嫉恨交织在一处的复杂心思，一般路过的男生也会看一眼，看她的成分比较多，那讶异的眼神在吴菲菲读取来就是“这女生何德何能怎么追求到这样一个男神做男朋友的”。

好吧，吴菲菲每天都对自己催眠：我才

不在乎外人的眼神！

这个春节，吴菲菲和薛岑在店里一起过，电视里放着春节联欢晚会。吴菲菲看到喜欢的小品忍不住前仰后合，笑过之余，捅了捅身边的薛岑：“哎，两百年以后还有春晚吗？”

薛岑笑了：“我也不知道啊。除了工作，我没有任何娱乐的机会。”

说这话时，他脸上有淡淡的落寞，吴菲菲一阵心疼，轻轻地握住了他的手：“没关系，以后的日子，都有我在你身边。”

那天他们一起在店外放烟火，薛岑用烟花画了个心形，想了想，又以烟花为笔，在明朗的星空下写了一个“forever（永远）”。

烟花映着他生动的脸，那一刻，吴菲菲发觉这已经不是最初约定的体验了，她是真的喜欢薛岑。

几天之后是情人节，他们当然不会放过这么好的日子，虽然这天的玫瑰花贵得离谱，街上的情侣多得挤死人，他们还是毅然决然地出发了。华灯初上时吴菲菲想看最近热映的电影，但看到电影院门口长长的人龙，她忍不住打了退堂鼓。

薛岑却让她在电影院门口等他，只身消失在人海之中。

独自站在电影院门口有点儿寂寞，天气很冷，她没戴手套，一边跺着脚一边不停搓着手。正等着呢，迎面走过来一对情侣，其中的女生见到她，表情很夸张地叫道：

“菲菲？你也在这里？”

真是冤家路窄，虽然过了这么多年，她仍一眼就认出来人是小芸，而小芸另一只手挽着的，不正是初中时对她曾有好感的迟帅？

他们竟然真的修成正果了。

“怎么一个人？”小芸笑得眉眼都弯了，另一只手更用力地把迟帅拉近。吴菲菲明显看出迟帅脸上有点儿不情愿，却碍于面子没有拒绝。

“也不是……在等男朋友……”吴菲菲真想马上走人，却又怕薛岑回来找不到她，只好硬着头皮等。

“今天人多，你男朋友买不到票吧？”小芸脸上有毫不掩饰的得意，“我家迟帅早早就在网上订好了票，好厉害呢！对了，好久没见，叫你男朋友一起吃个饭好吗？我也想见见他。”说完，她上下打量了吴菲菲一番。

“呵……”她真不知道该说什么，但毫无疑问不想跟他们一起吃饭，“不了，我男朋友比较内向。”

小芸看了看身边的迟帅，迟帅比初中时高了不少，似乎也更加精神了，她加深了笑意说道：“我也不勉强，让我瞧一眼就行，我们陪你等！”

吴菲菲一口血差点儿没喷出来，就在她刚想发作的时候，只见小芸的视线忽然调转了，花痴一般呆呆地看着一个方向，吴菲菲循着小芸的视线看过去：那不是薛岑吗！

薛岑远远地走过来，笑着朝她挥挥手，阳光俊帅的样子像极了韩剧中的男主角。

小芸以为薛岑是朝自己挥手，兴奋得整个人都要跳起来了，她迅速地甩掉迟帅的胳膊，也兴高采烈地转身招手，可下一刻，薛岑已经走过来拉住了吴菲菲：

“让你久等了，冻坏了吧？”

他温热的大手把她冰冷的小手紧紧包裹住，满眼温柔：“都是我不好！晚上我们去吃火锅！”

小芸不甘地插嘴：“啊！晚上我们一起去吧！”

“哦？”薛岑神情淡漠地看过去。

只见小芸满脸谄媚：“帅哥，我是你女朋友最好的朋友哦！你不想听听她以前的事情吗？”

小芸还想说她坏话吗……看她这副满脸八卦不吐不快的样子，吴菲菲只觉得头疼。

“不好意思，你挡住门了。”薛岑拥着吴菲菲从小芸身后转过去，只留给她一个帅气的背影。

走了没几步吴菲菲就听见了迟帅的怒吼：“你一起跟过去好了！”接下来二人的争吵声她就再没听清楚。

身边的薛岑看着她笑了一下：

“情人节快乐。”

Jiuwu Shoujizhe 七

托薛岑的福，这个情人节过得实在太完美了，就好像把之前孤单的情人节的“好运”都用光了一样，美好得像电影一样，让吴菲菲反复回想，每次都忍不住扬起笑容。

而情人节之后，薛岑似乎有点儿不一样了，他时常对着计算机发呆，手停在键盘上一动不动，时间过去一个小时，手也不动一下。

“怎么了？”吴菲菲察觉到他的异常，扶着他的肩膀问道。

“没什么。”他对她笑了笑，“上次你不是说想去游乐园吗？”

吴菲菲开心地跟他去了游乐园玩，两个人一起玩了卡丁车，薛岑开得很快，转了几个弯就不见了，吴菲菲虽然不甘心，却也在后面慢慢地追赶。

下了车，却没有在终点看到他的身影。

难不成出去了？她跑出卡丁车场，夕阳拉长了她的影子，她左顾右盼，也没有找到他。她握紧了手机，却发觉，她根本没有薛岑的电话号码。

她在游乐园登了五次寻人广播，坐在游乐园门口等到星光满天，也没有等到他。

“小姐，这是最后一班回市区的车了哦。”大巴车司机好心提醒她。吴菲菲揉了揉眼睛，一个人走上了大巴车。

就这么走回去，她发现店里还亮着灯，几步跑过去，刚刚走到门口就忽然停下脚步，愣愣地看着里面的人。

里面有两个人：薛岑，和一个很漂亮的女孩。他们面对面坐着，薛岑在对她笑，而女孩正是她第一次来店里时遇到的那位，她坐在他面前，唇角带着淡淡的笑，漂亮得好像不属于这个世界似的。

吴菲菲愣了一会儿，鼓起勇气推门而入，风铃敲击门框的声音在夜里很响，但薛岑没有转过头来看她。

“我在游乐园等了你很久……”她明明应该是来兴师问罪的，可对方的态度让她在气势上矮了一头，她嗫嚅道，“你……为什么……”

“我觉得够了。”薛岑忽然站起来，他终于将视线投在她身上，面容露出听不进去的不耐烦，“该体验的，我已经了解过了，我们的关系没必要持续下去，你走吧。”

他说，你走吧。

其实吴菲菲在心里无数次地虚拟了他们分手的场景，说好了相处只是体验而已，但这样突如其来的分离还是让她猝不及防。

眼泪毫无预兆地冲出眼眶，她越想控制就越汹涌，一如，她对他的感情。

薛岑把一只纸箱交给了她：“这是你的东西，别再来了。我不想再见到你。”

说这话时，他脸上没什么表情，吴菲菲

忍不住泪水，伸出手抓住了他的衣袖，他愣了愣，眼神冰冷地看她一眼，一言不发地甩开。

然后，他拉起身边那漂亮女孩的手，从她眼前离开了。

吴菲菲呆呆地抱着箱子站立了很久，才慢慢地走出了小店。

她不知道是怎么回的寝室，坐在床上，慢慢打开箱子，发现里面塞了许多报纸，拨开报纸，偌大的箱子里，只有一只熟悉的搪瓷杯。委屈一瞬间淹没了她，她合上箱子，伏在上面放声大哭。

这是他店里唯一属于她的东西，她的生活又回到了原点，她和他之间的相遇，他们相遇后的故事，那么多开心的片段，源自一只杯子，最后却也以它终结。

薛岑真是分得清楚。她在这店里只有这一样东西，亏他整理得这么仔细，现在只要看到这只搪瓷杯，她就无法控制地想起很多，既然已经走到尽头，那这些让人伤神的回忆……

不如不要。

箱子被她深深地推进了床底，这个寒假与那个笑容温暖的男孩有关的一切回忆，全都被她深深地藏了起来。

她要忘了他。

Jiuwu Shoujizhe 八

眼前这个美丽的女孩，是他的上司。

薛岑竭尽全力让自己保持冷静，嘴角依然带着习惯性的微笑："那个女孩，只是店员而已。"

她呵呵笑了一声："你们今天在游乐园玩得很开心吗？"

"只是玩玩而已。"他笑了笑，嘴角有一点儿僵硬。

她站起身来，抱着胳膊在屋子里走来走去："你的能力消失了，是不是因为她？"

"不是。"他的额头上渗出一丝汗意。

"总部记忆读取者又失去了两个。我让你寻找接替者的事情，有没有着落？"她寒着脸，眼神如箭镞般犀利。

"没有找到。"他冷静地吐出这句话，抬起头，神情安然地看着她。

"你现在对我们已经没有用处，你可知道，等待你的是什么？"

"知道。"他笑了一下，"对于我这枯燥的人生而言，未尝不是解脱。"

"既然你有此觉悟，那么，再见吧。"她把手按在他的额头上，轻笑一声：

"不，应该是永别。"

白光袭来的一瞬间，薛岑好像在一片光辉之中看见了那熟悉的身影。那是菲菲，她调皮地对着他笑，他想说他因为她失去了剪切记忆的能力，却终于可以在东西上留下印记，他和她的回忆，还有他想说的话，都留在那只杯子上了。

他想伸手去触摸她的脸颊，手腕抬起到半空，却重重地垂了下去。空空的掌心留着一个小小的空隙，看起来就好像——

握着谁的手一样。

Jiuwu Shoujizhe 九

时光飞逝，转眼间，吴菲菲就要毕业了。她完成了论文答辩，完成了毕业实习，大学的这几年中，她再也没有谈过一次恋爱。也不是没有不错的对象追求，但在初期交往时，她就退缩了。

菲菲时常会想起那个寂寞温柔的男孩，

想起他曾经给予过自己的短暂温暖，即便他和她分手之后再也没有找过她，但她还是在等，好像他第二天就会来找自己，对她说他还是喜欢她。

后来她又去了几次“旧东西”，那家店已经被别人盘下来改成了超市，她在里面逛了很久，认识了超市胖胖的老板娘，问起上一任店主，老板娘说是一个漂亮的姑娘盘给她的。

她再也没有见到过他。

从那之后，薛岑就变成了一个符号，一段让她怀念的记忆。虽然他们没有缘分在一起，但她觉得并不遗憾。

她觉得能够认识他，就已经足够幸运。

她鼓起勇气把床底下满是尘埃的箱子拖出来，打开之后，层层叠叠的报纸之中，有一只破旧的搪瓷杯。

“菲菲，快点儿，要来不及赶火车了。”室友在门口催促着她。

她伸手捧住了杯子，发觉映入眼帘的是无尽的黑暗，没有任何可以读取的信息。

一片漆黑。

意识到这一点的吴菲菲，泪如雨下。

她终是，永远失去了他。轻

遇见
温姑娘
Written by | 吾 玉
Painting by | 虚镜游灵

有了电话不再会面，有了网络不再写信，纸笔搁浅，鸿雁老去。

时代发展得太快，快到情怀跟不上来，心也渐渐枯萎。

以前的日子很慢，车马信笺都慢，一生只够爱一个人。

【1】逢人不说人间事，便是世间无事人

白念生是温禾见过的最清秀的少年，也是最能打的少年。

剧组里的武术替身那么多，他年纪最小，功底却偏偏最扎实，换上民国青衫站在雾霭里，衣袂飞扬，就像从那个年代徐徐走出一般。

戏的名字叫《乱世家国梦》，一听就对内容一览无余，闭着眼睛也知道讲些什么。

温禾是这部大戏的女一号，×影在校大三学生，从没真正演过戏，一上来却是众星捧月的大制作，这中间要没点儿关系，说出去没人会信。

剧组私下多有腹诽，看温禾的眼神很不一般，温禾时常如坐针毡。

而越紧张，反而越出错，对戏时她NG（没通过，重新拍）最多，拖到饭点都过了，弄得大家都没好脸色。

导演脾气暴，谁都吼，就是不吼她，反而让她带着盒饭跟剧本到他车里坐一坐，单独给她“开小灶”。

这样一来，大伙面面相觑，眼神更加精彩纷呈了。

其中骂得最厉害的是白小瑶，她是白念生的同门师妹，也是从白家班里出来的，还是温禾这部戏的武术替身。

她看不惯温禾很久了，背地里都阴阳怪气地叫她“大小姐”，讽刺她演技烂，长相淡，一无是处，纯靠关系。

就像两个不同的阶层，总要有点儿阶级仇视才合理，白小瑶散工后最大的爱好就是捧着本《红楼梦》，感慨自己命如晴雯。

晴雯什么命？心比天高，命比纸薄。

白念生在一旁听了不说话，只是默默伸手把书拿下来，看了一眼白小瑶。

“再想下去人要疯魔了，何苦呢？”

白小瑶对这个和她一起长大、看似文弱的师兄很了解，撇撇嘴：“就是不甘心嘛，明明条件一点儿都不比人家差，却偏偏还要给人家当替身，打来打去，打得一身伤，最后还落不下一个镜头，想想真没劲。”

而最重要的原因不仅是这些，还在于一个人：苏岩。

苏岩就是这部大戏的导演，年纪轻轻就得过无数大奖，新生代导演中的第一人，多大的腕儿他都不给面子，却唯独对温禾照顾有加。

白小瑶想想都恨得不行——是的，她喜欢苏岩。

苏岩是她跟过的组里最俊的导演，也是最傲的导演，性情疏狂，谁都不放在眼里，她就喜欢他那股傲劲。

如果他能在温禾下次NG的时候，对她发顿火，她想，她会更加喜欢他的。

“大小姐又去导演车里了，还拿着剧本装模作样呢，谁知道是不是真在请教……”

这日饭点，白小瑶又开始了，白念生叹了口气，敲了敲她的饭盒，清秀的眉眼透着一丝无奈。

“逢人不说人间事，便是世间无事人。”

温禾下车走过来时，恰好听见他们的对话。

她一愣，白念生抬首，便那样不期而然地四目相对。

风掠长空，心跳瞬间都漏了几拍。

她略拘谨地点头笑了笑，若无其事地走过去，却把手里做了无数笔记的剧本稍稍扬起，背脊也比平时挺得格外直一些。

她知道，他在身后注视着她的背影。

旁人怎么说不要紧，至少她希望，在他眼里，她的形象能稍微好那么一点儿。

【2】

自然是信的，温姑娘

温禾注意白念生很久了。

起初是惊诧，一个武生，长得居然比男主还要秀气几分，瘦削的身形拍起动作戏来却又那样有力。

然后是感触，他是整个剧组唯一没在背后议论过她的人，永远都是少说话，多做事，安安静静地站在那儿。

而真正让她心动的，是一次在练功房里的偶遇。

那是个夕阳漫天的黄昏，剧组放假休息，而她却悄悄跑到练功房，反复练着不久将要拍的一个动作。

《乱世家国梦》这部戏主打民国传奇，武打戏份尤其多，虽然大部分由替身做了，但如果某些镜头主角能够亲自上场，效果会好很多。

白念生来练功房拿道具时，便正好撞见温禾在压腿，她一声不吭地咬牙练着，背后的衣裳都湿了大半。

他一愣，试探着开口："温姑娘？"

因为剧里的角色也正好姓"温"，所以大家便都叫温禾"温姑娘"，可因为交集过少，这样听白念生轻轻叫出来，温禾还是第一次。

她冷不防回头，面露惊色，却是身子没扭好，"咔嚓"一声，眼见着就要摔到地上。

说时迟那时快，白念生一阵风掠来，一把将她接住，她一扭头，便对上他近在咫尺的一双眸。

清秀的，漆黑的，纤尘不染，如春水摇曳的眼眸。

不知怎么，她第一反应不是腿上传来的疼痛，居然是脸上透出的热度。

"是，是你啊。"

多么没水平的开场白，后来每次回想，她都能在心底将自己埋怨上千百遍。

夕阳笼罩着练功房，和风轻拂，天地间静悄悄的。

面对白念生，温禾有两点没有想到，一是他居然会"接骨"，二是他居然随身带着药酒。

但一想到他是个武生，这些便不足为奇了。

温禾扭到的腿被他一推一按，速度快到还来不及觉察疼，一眨眼已经归了原位。

至于揉药酒，只能温禾自己来了，她低着头，脸上有点儿烧，裤脚高高挽起，露出一截白皙修长的小腿。

白念生把目光挪开了，许久，淡淡开口。

"这个动作女孩子做起来本来就不是那么容易，没有多年功底想要一蹴而就几乎不可能。温姑娘，其实你已经做得很好了，不用太难为自己。"

温禾把头埋下去，鼻音闷闷地"嗯"了一声，夕阳透过窗口，将她的身影拖得很长很长，她心里忽然就柔软得一塌糊涂。

这还是拍戏以来，第一次有人告诉她，她已经做得很好了，不用太难为自己。

即使有安慰的成分在，她也觉得心里暖暖的。

抬起头，温禾微眯了眼，定定望着白念生，声音轻柔。

"可是，我觉得，我还可以更好的，你信不信？"

白念生向她望去，夕阳在她身上染了层金边，她唇边的笑意若隐若现，脸庞似乎都在发光，透着一股不显山不露水的坚韧。

他心头忽然便一动，语气也跟着放柔，在暮色四合中微笑："自然是信的，温姑娘。"

【3】

你放心，有我在，不会让你有事的

那晚回去后，温禾便做了一个梦。

梦里有面目清秀的少年，站在民国黄昏的街头，唤她"温姑娘"，笑意清浅。

仿佛从那以后，温禾便有了自己的秘密。

她更有动力了，拍起戏来更为认真，甚至连苏岩安排的一场爆破戏，她都坚持要自己上。

爆破戏安排在仓库里，男主要抱着女主跑出来，随之身后的仓库会轰然一声爆炸，燃起熊熊火焰。

这场戏有一定的危险性，由于剧情需要，女主可以用替身，男主却得露出正脸来，镜头效果才会逼真。

但在拍戏前不久，意外地出了一个岔子，男主忽然不肯拍了。

"我也得用替身，这么危险，万一把我炸伤了怎么办？"

饰演男主的是个外形偏阴柔的当红小生，走人气偶像路线，格外在乎皮相，身上最缺的就是男子的阳刚气概，苏岩早就看他百般不顺眼了，这下更来火了。

"男女主必须得有一个露脸，你要是用替身了，那不是得温姑娘亲自上场了，你还是不是男人啊？"

男主不敢顶撞苏岩，只是望了眼温禾，冷冷一哼，嘴里嘀咕了句："我可是投资方指名的男主，这位温姑娘打哪儿来的就不知道了，都是主演，谁比谁高贵啊？"

他声音不大，但恰到好处地能让在场每个人都听清，一时间，所有人都望向了温禾，脸色精彩纷呈。

苏岩气得就要上前："你说什么，别以为有投资方撑腰就敢在我面前横，我要换人是分分钟的事！"

男主被这一吼，气焰瞬间下去了，埋着头不说话了，只是赌气地依旧不肯换戏服。

一场僵持在剧组里无声地蔓延开来，无数目光注视下的温禾，俨然成了众矢之的，人群里的白念生也默默地望向她，眸中隐含关切。

就在气氛剑拔弩张到顶点，苏岩即将爆发之时，温禾抢先一步站了出来。

"导演，我……我觉得这个镜头还是女主露脸比较好。"

她声音怯怯的，手却已经去摸戏服了。苏岩一声吼："胡闹，回去！"

温禾吓了一跳，手却没有停住，反而

对着苏岩笑了笑："我仔细研究过这场戏，真的是女主露脸比较好，男主只要从身后拍一个背影的远镜头就行了，是可以用替身的。"

她话音未落，苏岩还没表态呢，一旁的男主已经急不可耐："对对对，我也研究过这场戏，是这个意思没错，导演，你看，这可是温姑娘自己发话了！"

事实证明，苏岩对温禾总是没办法的，他比谁都了解她骨子里那股犟劲。从车里下来后，温禾脸上带着隐隐的笑意，身后的苏岩却垂头丧气，冲那些望过来的好奇目光吼道：

"看什么看，通通给我去做事，这场戏要出了什么差池谁都别想好过！"

当温禾换好戏服，在仓库门前看见白念生时，明显一愣："这……这场戏是你来替？"

白念生点点头，眉眼淡然："是的，温姑娘。"

人群里的白小瑶却吐了口瓜子，恨恨一哼："师兄的脑子真是被驴踢了。"

在后台换戏服时，她亲眼看见师兄走到原本的武替身旁，不知说了些什么，那武替把衣服往他怀里一塞，求之不得，夸张地拱手道谢："兄弟太体贴了，回头请你吃饭。"

她又惊又奇，上去问师兄，师兄却轻描淡写道："几个武替里我身手最灵活，保险一些。"

保险什么！如今站在人群里，看着四目相对的白念生与温禾，白小瑶才算明白些什么，不由得更加担心与愤怒。

而这些，仓库门前的温禾通通不知道，她只知道，对向白念生清俊的眉眼时，一颗心忽然奇异地定了下来。

两人并肩走入仓库，白念生在温禾耳边轻声说了一句：

"你放心，有我在，不会让你有事的。"

【4】

总有一天，会被承认的吧？

意外发生的时候，所有人都措手不及，唯独白念生反应奇快，抱起温禾就往外头冲。

爆破的时间提早了几秒，这点儿微小的偏差却是会要人命的。

巨大的轰隆声中，白念生飞掠出仓库，大火在他们身后熊熊燃起，众人尖叫失措，他却将温禾护得严严实实，衣袂飞扬中，有力的双臂将她紧紧圈在怀中，用后背为她挡住了一片天。

白小瑶两眼一黑，撕心裂肺："师兄！"

如一面水镜支离破碎，温禾耳中轰鸣，最后的意识是白念生温热跳动的胸膛，与在她头顶响起的一声闷哼。

许是老天仁慈，一场飞来横祸，不幸中有万幸，白念生身手敏捷，像一阵风似的掠出了仓库，不仅护得温禾周全，自己也只是后背炸伤了一点儿，没什么大碍。

但即便是这样，温禾在病房里看见白念生背后的纱布时，眼泪仍是簌簌而下。

夕阳透过落地窗温暖地洒进来，为白念生俊秀的眉目染了层金边，他久久听不见身后的动静，这才回过头来，却被温禾捂住嘴、泪如雨下的模样吓住了。

他手忙脚乱地放下衣服，一时间不知道怎么开口，倒有些哭笑不得。

“这点儿皮外伤就唬住温姑娘了呀，白家班里三天两头的训练可比这厉害多了，真的……”

温禾摇头，仍是泪眼蒙眬。白念生赶紧从床上下来，弯下腰，像个无措的孩子般凑近温禾，不知从哪里安慰起。

“真的，你信我，不过被溅出的玻璃碴儿擦伤了点儿，院都不用住，换几次纱布就没事了，医生说我体质好，伤疤都不会留一块，温姑娘，快别哭了……”

絮絮安抚中，温禾忽然伸手，一把抱住了白念生。

整个病房刹那间安静了下来。

夕阳投在他们身上，将两个交叠的影子拉得很长很长，空中有细小的尘埃扑簌着，宛如流光飞舞。

白念生一动也不敢动，长睫微颤，整个人都怔住了。

温禾将头靠在他的胸膛，深吸了口气。

“我听你师妹说，原本的武术替身不是你，是你临时跟别人换的，你为什么……为什么要这样做……”

温禾的声音在病房里轻轻响起，白念生眨了眨眼，好半天才犹豫着开口：“因为……我有过这样的经验，遇上危险能尽量避过，就像现在，谁也没有出大事，不是吗？”

温禾颤了颤，没有说话，白念生只感觉胸口温热一片。

不知过了多久，他终是叹了口气，自顾自般道：“小时候在白家班练功时，谁也不理我，因为我看起来弱不禁风，他们想不通为什么师父要收我……被所有人排挤的滋味，我很小时就已经懂得了。

“其实一个人也没什么不好，那样才能更加心无旁骛，我想，只要付出比别人更多的时间，更多的精力，总有一天，会被承认的吧？”

就像那天，暮色四合中，他看见她一个人在练功房里压腿，背后的衣裳都湿了大半，仿佛光影逆转，瞧见了曾经咬牙倔强的自己。

她说：“我还可以更好的，你信不信？”

他当然信，他看过她标注得密密麻麻的剧本，看过她早上5点捧着咖啡去定妆，看过她紧张NG后，一个人躲起来掉眼泪，甚至看过她为了剧中一场只有30秒的舞蹈镜头，独自在空地上练到脚都肿起……

她不是他见过最出色的演员，相反，她很青涩，很没经验，很小心翼翼，但她是他见过的最不计较的演员。

不计较非议，不计较挫败，转头就能以全新的状态再次出发，脸上永远挂着好脾气的笑，人如其名，温和而认真。

他的心一直比别人要细，观察到的东西也比别人要多，可他从来不说，因为他知道，老天也会看到的，不会否定和辜负任何一份日夜以付的努力。

病房里，徐徐道来的话触及了温禾心底，她埋头靠在白念生胸口，泪流不止。

门边的苏岩不知站了多久，微眯了眼，在夕阳中若有所思。

【5】

那一瞬，天旋地转，她的泪水夺眶而出

白念生的伤果然好得很快，温禾也放下

心来，调整好状态投入拍摄中。

不知是那日在病房的触动，还是努力付出得到的回报，总之当白念生再回到片场时，所见到的温禾已经和从前很不一样了。

她对戏越来越自然，情感越来越流畅，褪去青涩后的演技让人刮目相看。

白念生心里为她高兴，面上却也不显露什么，只是两人偶尔遥遥对望一眼，心照不宣。

就在一切越来越好的时候，又一场意外发生了——

温禾被男主的狂热粉丝泼了“硫酸”！

许是温禾上次的“挺身而出”，又发生了那样的事故，男主自觉她为他挡了一劫，对她的态度好了不少。

再加上温禾对戏进步神速，男主对她的印象大为改观，甚至眼底有了些欣赏，还约她散戏后去吃饭，谈剧本。

就是这次吃饭，被来探班的男主的粉丝撞见，惹出了一场不该有的风波。

那个神情异样的粉丝过来时，白念生便已觉得不太对劲，多年的训练让他比别人更警觉，他紧紧盯着她，一丝一毫的变化都不放过。

终于，在苏岩喊一声咔、温禾笑着走出布景时，那粉丝激动地从包里掏出一样东西，几步并作一步地上前就一泼，白念生瞳孔骤缩，惊叫着扑了上去——

“小心！”

满场顿乱，有人尖声道：“泼硫酸了，泼硫酸了！”

电光石火间，像部一帧帧放大剪慢的电影，四个人的反应同时定格。

男主惊恐地一把推开了温禾，为自己挡住迎面袭来的危险；

苏岩一下站起，逆着人潮冲上前，一脚踢翻了设备都没注意到；

温禾被男主一推，脚步踉跄地向前倒去，那“硫酸”直朝她面门而来，她却在下一秒撞入了一个人怀里；

白念生风一般地掠来，双手一把接住了温禾，垂首抵在她头顶，高瘦的身影为她挡得严严实实，那满满一瓶的“硫酸”瞬间尽数泼在了他后背。

“哗啦”一声，温禾头顶响起白念生的闷哼，她手脚发颤，一下子慌了，想推开为她以身相挡的白念生，却被他的双臂紧紧圈在怀中，只听得见他胸膛里滚烫的心跳。

那一瞬，天旋地转，她的泪水夺眶而出。

“我每天给你写一封信，贴在胸口的位置放着，想等到仗打完了，我从前线回来，亲手交给你。”

“世道这样混乱，风雨飘零，人人朝不保夕，但我总还想给你一个家，一个每天都能看见你笑的家。”

“如果我不幸回不来了，你一定不要再等下去，记得我同你说的，活着比什么都重要，你要代我过上以后那些安稳的岁月。”

“但如果硝烟散去时，我还能回来，不管是缺胳膊还是少腿，我都很想自私一回，当面地问你一句。”

“温姑娘，我有娶你的福气吗？”

戏里的台词不断回旋在温禾的耳畔，出事前一刻，男主还这样深情地对她说道，但当意外来临，他却毫不犹豫地把她推开，上前接住她的是白念生。

第二次以身相挡、后背为她受伤的白念

生。

如果那泼出来的真的是硫酸，温禾想，她大概会不顾苏岩的阻止，照顾白念生一辈子。

所幸上天终究是仁慈的。

闹事的粉丝很快被带走，那人人色变的“硫酸”其实是特制的辣椒水，虚惊一场中，苏岩发了好大的火。

“你的粉丝来闹事，你居然还把人家姑娘往前推，这回不管投资方说什么，我也要把你这孬种换下来！”

怒不可遏的吼声响彻片场，人人噤若寒蝉，戏服都还没换下来的男主煞白了脸，求救般望向温禾，温禾却坐在白念生身旁，心疼地望着他又添上的纱布，眼睛抬都未抬一下。

在苏岩的极力坚持下，剧组停工三天，从投资方那儿回来时，苏岩神清气爽，对温禾说的第一句话便是：“你有什么想合作的男演员吗？”

【6】

温姑娘，我有娶你的福气吗？

白念生被叫进屋中时，不明所以，屋里只有温禾一个人，她把戏服和剧本递给他，笑得温柔：

“新定的男主角还没来，你先陪我对下戏，好不好？”

白念生看了眼剧本，又看了眼温禾，她还穿着剧里的水湖色旗袍，长发垂在腰间，粉面淡妆，古典又温婉，就像真的从那个年代走出来一般。

白念生有些恍惚，眨了眨眼，修长的手接过剧本，轻轻点头：“好。”

这个温禾见过的最清秀，也最能打的少年，念起台词来却不疾不徐，温朗如玉，声音意外地动情好听。

“我每天给你写一封信，贴在胸口的位置放着，想等到仗打完了，我从前线回来，亲手交给你。”

……

“但如果硝烟散去时，我还能回来，不管是缺胳膊还是少腿，我都很想自私一回，当面地问你一句。”

台词说到这，白念生望了眼温禾，俊秀的脸颊微微一红，眸光却更加深情，一字一句，小心翼翼，珍而重之。

“温姑娘，我有娶你的福气吗？”

温禾眼眶一涩，喜极而泣般，身子几不可察地颤动着，她仰头一步步上前，在白念生漆黑瞳孔的注视下，一头扎进了他怀中，紧紧贴在他胸口，满满的真情流露。

“有，当然有，你都不知道，遇见你，我有多么幸运。”

白念生一颤，温禾却没有放开他，按照剧本的流程走，而是双手又紧了紧，自顾自地接着道：

“我第一次遇见你是在街上，被人抢了钱包，追上去不小心摔到了腿，你不仅帮我拿回了钱包，还背着我走了好长一段路，那时腿虽然是疼的，可我是开心的。

“后来被日本人绑进仓库里时，谁也不敢来救我，我以为我会死在那儿，可你冒着爆炸的危险来了，世上那么多人，只有你肯为我来送命。

“温公馆的舞会上，我得罪了法总夫人，他们都离我远远的，生怕惹祸上身，没有人肯跟我来跳舞，我像个小丑在众目睽睽下，收到的只有嘲笑与奚落，而你又来了。

"你每次都挡在我前面，都为我出头，我时常在想，我怎么会这样幸运呢？幸运到我都害怕问你这句话，害怕一切只是场梦。"

声音在屋里回荡着，这是段完全自我发挥的台词，和剧情丝丝入扣，十分相贴，只是当泪水落下的时候，屋里两个男人都长睫微颤，始料未及地怔住了。

"白念生，我有嫁给你的福气吗？"

胸口温热一片，屋子中像久久地静了下来，风拍窗棂，直到白念生眨了眨眼，入戏般一点点伸手，想回抱住温禾开口时，一道人影从屏风后走了出来。

"行了行了，不喊'咔'还不停了是吧？瞎编什么台词，牙齿都酸掉了……"

正是在后面听了许久的苏岩，他在白念生惊诧的目光中，一把拉开温禾，看着她满脸的泪痕，好笑又无奈，啧啧摇头："我倒没瞧出你戏感这么好，还能自编自演自导，把自个儿都感动了吧？温姑娘。"

说完，他转身看向白念生，上下打量了一番后，微眯了眼："这段戏还算马马虎虎凑合吧，戏服就不用脱了，明天开工，准时准点，可以吗？"

【7】你的温姑娘只活在戏中

如果说对于演戏，温禾是块上等的璞玉，稍经雕琢就能流光溢彩，散发出属于她一人的独特魅力。

那么白念生就完全是靠真情流露了，他没演过戏，他看温禾的眼神从来都不是演出来的，漆黑的双眸像一汪湖，简直深情到能让人溺死在里面。

有了白念生的意外加入，整部戏画风陡变，每个镜头都充满了情深刻骨的味道，完全符合乱世下的那份生死相依，动人不已，剧组里人人看了都直嚷着好想谈恋爱，一扫原来的男主那份生硬与不自然。

那大概是温禾最快乐的一段时光，戏里在硝烟战火中与挚爱不离不弃，戏外也与喜欢的那个人朝夕相处，一转头就能望见他清隽的眉。

白念生亦是如此，日子好像一下过得很慢，或者说是他们舍不得一下过完。

直到有一天，白小瑶神情古怪地找到了白念生："师兄，你是同那温姑娘好上了吧？"

白念生正在看剧本，还没来得及开口，白小瑶已经蹲到他面前，左右望了望，义愤填膺地小声道："你可不要上她的当，她对你根本就不是认真的，我昨天亲眼瞧见，她上了导演的车，开到了一处别墅，两人一起进去了，天黑了都没出来过！"

昨天白小瑶离开剧组办点儿事，骑着自己的电动车，回来的途中，恰好撞见温禾坐在苏岩的车里，两人有说有笑，举止亲昵，比在剧组里更甚。

她心头又疑又气，当即跟了上去，在外头守了大半宿，今早顶着两个黑眼圈就跑来找白念生了。

简直欺人太甚！不知是为师兄打抱不平，还是她自己心有不甘，白小瑶一字一顿说得咬牙切齿："这我要是没发现，还真以为这温姑娘有多好呢，又把你推荐上来当男主，平日里又对你情有独钟的样子，谁晓得知人知面不知心，她背地里居然是个表里不一的人……"

白小瑶恨恨的话还没说完，白念生已经

起身，面无表情地打断道："有些话不能乱说，事实是怎样谁也不知道，温姑娘和导演都是好戏之人，研究剧本晚了忘记时间也不是不可能，他们光明磊落，绝不是你猜测的那种人。"

看着白念生头也不回地离去后，白小瑶在他身后张大了嘴，半天没回过神来。

"真是，真是猪油蒙了心！"她气得不知如何是好，从小到大，这还是白念生第一次这样厉色对她说话，果然陷入恋爱中的男人根本没有智商可言啊。

"什么温姑娘，你等着，我一定要拆穿你的真面目！"

在立秋来临时，这部寄托了太多人心血的戏终于杀青了，杀青当晚也是温禾的生日，一帮人在剧组里热闹庆祝着，吃完饭后还订了个大包厢欢天喜地地唱歌。

完美演完整部戏的温禾得到了大家的肯定与接纳，包厢里大伙起哄着她和白念生，白小瑶在一旁冷冷看着。

直到离别感伤的气氛渐渐涌上，苏岩拿了外套出去吹风，不多时，温禾也跟着出去了，白小瑶这才兴奋起来，挪了位子去扯白念生，向他使了个眼色。

天台上，夜风习习，温禾坐到了苏岩身旁，一拍他肩膀。

"大导演怎么躲到这儿来了，别是一个人在悄悄哭吧？"

苏岩揉了揉眼睛，扭头朝温禾一哼："什么语气，戏拍完了就不用尊重导演了是吧？"

温禾才不怕呢，继续笑嘻嘻地凑上去："听说某人每拍完一部戏都要好久才能走出来，来，让本姑娘看看，是不是真这么依依不舍……"

她掏出手机，作势要将苏岩的窘态拍下，苏岩被她弄得离愁别绪一扫而光，伸手就要去抢她的手机："死丫头，别闹！"

两人你追我赶着，笑声回荡在满天繁星下，暗处的白小瑶得意扬扬，望了一眼白念生，白念生薄唇紧抿，没有说话，只听那头继续传来——

"你都不知道，我憋了多久，在片场装着对你这位大导演敬重有加，其实心里都笑死了，你什么样我没见过呀……"

"别闹了，跟你说件正事，过些天有场新闻发布会，到时我会当着所有记者的面宣布你的身份，让你正式进入大家的视野……"

声音飘在风中，那两道背影与满天星辰，一并入了白念生无悲无喜的眼。

白小瑶在他耳边小声道："瞧见没，师兄，我没骗你吧，戏是戏，现实是现实，你的温姑娘只活在戏中，在最后一场戏拍完时就已经不存在了。"

【8】

车马信笺都慢，一生只够爱一个人

白念生消失了。

一场新闻发布会，只有女主与导演在场，男主却无影无踪了。

电话打不通，派出去的人也找不到，温禾担心极了，苏岩拍拍她的手。

"这么大的人还会丢了不成？"

事实上，白念生真的丢了，不是丢了自己，而是丢了他曾想要呵护一生的姑娘。

立秋后的雨丝中已经有几分萧索的寒意，白念生走在街头，没有打伞，身上是温禾曾经递给他试戏的那套衣服，他不顾路人纷纷投来的目光，就那样沉浸在过往中，仿佛走在另外一个时空。

“温姑娘，我有娶你的福气吗？”

他曾经觉得，最好的生活是每天都能看见她，不管是戏里还是戏外；

他曾经觉得，现代社会发展得太快，快到不可能再有戏里那种爱情发生，但她偏偏出现了，给了他一场跨越时空的美梦；

他曾经觉得，以前的日子很慢，车马信笺都慢，一生只够爱一个人，所以他也要开始每天给她写信，告诉她，他也想这样慢慢地去爱一个人……

可人生如戏，戏终究是要散场的，那个做了太久的梦也要醒了。

走过荒草丛生的年头，走回满目疮痍的现实，雨丝落在发梢、眉眼、肩头，落满了白念生整颗心。

巨大的广场屏幕上正直播着一场新闻发布会，年度最受关注的传奇大戏，最炙手可热的新晋导演，以及万众瞩目的女主角——

“现在终于可以正式向大家介绍了，对，温禾是我的妹妹，亲妹妹，我们一个随父姓，一个随母姓，她在我的推荐下担当了女主角，也幸不辱命地完成了拍摄……”

苏岩的声音透过屏幕清晰地传入白念生耳中，他身子一颤，一点点抬起头，在雨中望向屏幕，难以置信。

路过广场的行人见到了惊奇的一幕，一个穿着民国青衫的俊秀少年，又哭又笑，风一般地奔跑在雨中，而他身后的电子屏幕里，长相温婉的女主角正对着闪光灯道：

“除了感谢哥哥以外，我最要谢的还有一个人，如果没有他就没有这部戏了，遇上他是我最大的福气，不管是戏里的温姑娘，还是戏外的温姑娘……”

她让他觉得，在高速运转的现代社会，日子也过得细水长流起来，每天都是最好的生活，同她在一起什么都变得很慢，车马信笺都慢，一生只够爱一个人。轻

盛夏的水晶鞋
Written by | 苏缠绵
Painting by | 暖气团

盛夏的水晶鞋

什么？要她下跪道歉？

盛夏后退一步，不可置信地望着面前倚靠在门边的娇艳女生。不过是想请求这位美女姐姐改掉给网店的中评，犯不着这样为难她吧？

唯一的解释是，美女给她中评根本就是故意刁难。莫非自己曾在哪儿得罪过她？

虽然眼前的美女确实似曾相识，然而盛夏在脑中搜了一番，还是想不出究竟何时见过她。

美女姐姐突然轻笑一声，本是艳丽的笑颜此时在盛夏眼里有种说不出的诡异。

“你的破店，早该关门了。”

盛夏双手握紧，恨不得上前挥她一拳。说自己呕心沥血坚持了三个月的店是破店？那感觉就和说自己的孩子是笨蛋差不多。

岂料先动手的人却不是她。只见美女姐姐迈出一步，胳膊一抡就朝她打来。

什么情况？盛夏被这一幕惊得傻了，居然忘了躲闪，站在原地等着巴掌扇上脸。

紧急关头，侧面天降神兵般地出现一只手，大掌一握，干脆利落地掐住了美女姐姐的手腕。

画面定格了三秒。

“顾驰……你怎么会在这儿？”刚才还盛气凌人的美女瞬间蔫儿了。

“邻居门前这么大动静，我怎能不来凑热闹？”一道低沉的男声传进耳朵里，这听起来似乎……有一丁点儿熟悉。

盛夏略微侧头，便瞧见一旁的男生眉头皱起，眼神冷厉，像藏着深沉的怒意。

仿佛感应到她的目光，他也朝盛夏看过来。四目在空气中交会，一丝火光在盛夏心中点燃。

这这……这不是三个月前逼得她丢掉打工饭碗，以至于她不得不踏上某宝这条心酸路的罪魁祸首，她的“老板”顾驰学长吗！虽然早知他家就在这座城市因此并不住校，可没想到居然会在林肯公寓这样高档的小区里碰到他。

冤孽啊！盛夏头大了，身形摇摇欲坠，转身就跑。中评什么的无所谓，美女姐姐与自己到底有什么瓜葛甚至要打人都是浮云。

与在他面前丢人比起来，一切都不值一提。

盛夏的水晶鞋

大一下学期，盛夏无意间在学校论坛上看见了“光威工作室”发布的招聘帖。

这间工作室让周围所有同学都津津乐道。

据说它最初是由两名计算机系的学长联合成立的，意在为学校开发一些教学应用程序。后来在学长们的努力下，工作室的业务慢慢发展到了校外，于是又逐步招纳了几名有热情、有能力，又有意勤工俭学的校友。

到如今，工作室已成为一个十几人的团队，年收益过百万的校内精英小组，还在计算机学院大楼里特批获得了一间专属办公室。

盛夏当时就忙不迭地向“光威工作室”投递了申请。如果能加入，不仅可以锻炼自己的能力，还能挣到不菲的生活费，她就不必再去做家教或发传单了。

工作室本次招聘的岗位是一名文案。面试颇为严格，当她靠着一半运气一半实力突破重围，终于顺利被录取时，高兴得好几天睡不着觉。

报到那天，盛夏早早地就来到工作室。为了给前辈们留下好印象，她还特意带了自己头天亲手做的小点心。

前辈们都对她的手艺赞不绝口，连连夸道："这么美味，比校外甜品店卖的还好吃呢！"

还有一个学姐本着吃人嘴软、投桃报李的原则，悄悄透露了一个八卦给她——原来与她同一时间通过面试杀入终选的候选人还有法律系大名鼎鼎的系花吴倩如，谁知却被工作室创始人之一顾驰毫不留情地"咔嚓"掉，反而选择了她这个大一新生。

她一早就听室友们感叹过，这位顾驰学长可谓学校传奇，他学习好，能力强，长得俊帅有型，据说还一直单身，除了脾气臭点儿，他简直堪称完美。

盛夏一度以为自己是幸运的，直到正式开始她的打工生涯，当她按照顾驰的要求把一份电子档打印出来时——

顾驰一边打着电话一边从盛夏手里接过文件，只是看了一眼神色就变了，以雷霆之势把文件狠狠甩向她，砸得盛夏胳膊生疼。

"我说过，文件里不允许有任何错字！"伴随着这句低吼，盛夏彻底蒙了。

房间里瞬间安静下来，她感觉到数道同情的目光聚集在她身上。盛夏撇撇嘴，忍住眼泪，蹲下把文件拾起："我今天第一天来，请多包涵，我这就重打一份。"说完再不敢看学长的脸色，转身回到座位。

她没能看见身后的顾驰微露惊讶之色，一遍遍打量着她的背影。

盛夏将文件重印之后托一个学姐交给顾驰，而自己冲到楼下洗手间，在暗格里忍不住撒下几颗金豆子。

说不委屈是假的，但她盛夏又岂是小小挫折就能击败的？

哭够了，她擦干眼泪，拍拍脸颊，心情松快了不少。

盛夏迈着轻盈的步子上楼，做好了重新投入战斗的准备。嗯，没错，从今以后她要把每一次面对顾驰的场合看作一场战斗，而她就是不畏艰难的美少女战士！

"哎呀！"得意过了头，盛夏跳上最后一级台阶时鞋跟被楼梯一绊，鞋子脱脚，顺着楼梯"咚咚咚"往下滚，然后——

砸到了底下正在爬楼的谁的腿上。

"对不起！"她连忙道歉，目光顺着那条穿休闲裤的腿往上移——便瞧见了顾驰纠在一起的眉头。盛夏本能地一抖，恨不得立马缩小成灰尘。

怎么办怎么办，刚从老虎爪牙下逃开，现在又踩到老虎尾巴，她一定完蛋了……

"你是不是永远都穿不好高跟鞋？"顾驰略带讽刺的话拉回了她神游天外的意识。

嗯？虽然她确实号称高跟鞋终结者，仅有的几次"高跟经历"也是以崴断鞋跟或鞋子脱脚砸人收场。甚至上学期她在学校活动中心二楼排练礼仪形态时，不小心一个踢腿，一只鞋便从二楼窗户飞了出去。可待她匆匆跑到楼下寻找，鞋子却不翼而飞……

今天如果不是因为她想给顾驰和其他前辈留下一个"挺拔"的好印象，她才不要穿高跟鞋呢！只是没想到适得其反，发生了这样的悲剧……

盛夏光着一只脚，进也不是退也不是，挣扎犹疑了半晌，却见顾驰突然弯腰用手指将鞋子钩起来，噌噌几步便走到盛夏跟前，又躬身把鞋子放在她脚边。

行云流水的动作，她几乎有了他会把鞋子直接为她穿上的错觉。她心跳加快，脸上热得像被蒸汽熏过。

“你眼睛哭肿了。”顾驰的声音淡淡的，听不出一丝起伏。

盛夏小小的心灵上却划起了一圈涟漪。

盛夏的水晶鞋

从那以后，盛夏不断提醒自己要多加小心，所有顾驰交代的事情她总是全力以赴。作为一个新人，她做得比其他前辈还要多。

但不知为何仍时常触动到顾驰那根敏锐的神经。

虽然顾驰没有再凶过她，但依然会毫不留情地指出她做的表格里一个小小的数据错误；会眼尖地发掘出她做的文档里一个不起眼的格式问题。

盛夏在默默承受着各种委屈之余还百思不得其解，顾学长不是每天都很忙吗？除了忙工作室的事，他还会一节不落地上课，为何他会有时间揪住自己不放呢？

她几乎快失去自信了。

很快到了大一期末。盛夏家在外地，暑假要回去，不得已提出了两个月的请假申请。见顾驰痛快地在请假单上签好字，没有多问一句，她的心里反而涌起淡淡的失落。

两个月啊。对他来说，大概自己真是那么可有可无吧。

盛夏默默拿好请假单，刚回身走了几步——

“盛夏。”他突然出声叫住了她。

脚步一顿，却不敢回头。

“在家待够了就早点儿回来。”

早点儿回来……

盛夏脑袋里嗡的一声，像点燃了万千炫目的烟火。天知道她有多怕听见他说“暑假后就不用再来了”这种话，那样她真的会当场飙泪。

她激动得绽放了一个大大的笑脸，不是因为她下学期依然有工可打，而是因为她终于得到了他的认可。

盛夏的第一个大学暑假过得百无聊赖，好像在家做什么都兴致缺缺。一个月之后，她决定提前返校，给父母的理由是“要打工赚下学期的生活费”。

只有她自己知道，她只是偷偷希望能早一点儿见到顾驰。

回到学校后，盛夏又特意用宿舍里简易的厨具做了一些蛋糕和布丁，然后兴冲冲地跑到计算机学院大楼里。一边上楼一边忐忑，一会儿见到顾驰她应该摆出什么样的表情呢？是微笑着说“我给你做了些点心”，还是冷酷地说“做太多吃不完便宜你了”？

走到光威办公室门口，门开着，盛夏探头朝里望，却没见顾驰，只瞅见一个陌生男生的背影。

“请问你是……”

那个男生听见声音回过头来，将她从头到脚打量一番，又瞥了瞥她手上拎着的食盒，突然恍然大悟般笑道：“莫非你就是大家口中的美食天才，那个新加入咱们工作室的文案，盛夏学妹？”

这……自己何时被冠上这种名号了？

盛夏懵懂地点了点头，又听男生自我介绍道：“我是计算机系大三的路森，初次见面。”

他礼貌地伸出一只手来，她也只好礼貌地握上去。

路森，这个名字盛夏是知道的。他原本

也是跟顾驰一起创建光威工作室的合伙人，可是自从升上大三后便加入了学生会，基本不再出现。但她听说有不少校外的项目都是由路森学长谈回来的，因此对他不免有几分好奇，忍不住多看了几眼。

但这手似乎……握得太久了。盛夏试图抽开，却听学长不疾不徐地说了一句：“我能尝尝你做的点心吗？”手上还被学长戏谑似的用力一捏。

盛夏脸上噌地热起来，连忙抽手跑到内间沏了一壶茶，再出来时见路森学长居然已经自顾自地吃上了，还连连赞道：“好吃好吃！果然名不虚传！”

做各类点心原本就是盛夏从小到大的兴趣，每当有人夸赞好吃都能带给她莫大的愉悦和满足。盛夏开心地为他斟上一杯茶：“学长如果喜欢就多过来，我经常会做了带来的。”

路森先是眼眸一亮，随即又遗憾地叹道：“可惜，我下学期就要去国外留学了——”

突然，他似灵光一闪，激动地一拍腿，“不如你开个网店吧，这样我在国外也能上网买了。”

盛夏被这个突如其来的提议吓了一跳，本能地摆手道：“不行呀，宿舍地方太小，只能置备几样简单的厨具，能做的东西很有限。”

“这还不好办。”学长从兜里掏出一个钥匙包，“我的公寓就在学校附近，你可以把需要的设备都搬到我那儿，以后就给你当厨房和仓库。”

“啊？”盛夏彻底惊呆了，学长在做什么？把家里的房子钥匙交给自己这个第一次见面的陌生人？

只见路森又从另一个兜里掏出一把车钥匙：“还有我的车，我父母都在国外，这些东西我出国后也用不着，原本今天来就是想托顾驰代为看管，现在交给你也是一样的。”

他不容分说地把钥匙一股脑塞进了她放在一旁的挎包里。盛夏急忙想推拒，却一回头，看见一道挺拔的身影僵直地站在门外，脸色发黑，五官发硬，一身冷意。

顾驰……他怎么会在这儿？他来多久了？盛夏心脏蓦地一紧。

路森一脸阳光灿烂：“我还有事，就先走了。”出门时还拍了拍顾驰的肩膀。

盛夏汗颜，钥匙交给她真的不太合适，既然学长说本要托顾驰保管，她就拿给顾驰吧。

这么想着，她走到门口，开心地问：“你什么时候来的？”

得到的却是顾驰投来的一个可以杀人的眼神，吓得她身子一抖，怏怏地低下了头。

顾驰的手机“嘀嘀”响动，他拿起来，一条微信跃入眼中：小盛夏很可爱啊，如果不是因为要出国我就追她了，哈哈。

火气控制不住地越蹿越高。刚才听楼下一个老师说有个女生去了三楼光威的办公室，他猜或许是盛夏提前回来了，不禁兴高采烈地三步并作两步跑上了楼。

结果呢？

他看见的是一幕她和别人谈笑风生、喝茶聊天的场景。更重要的是，路森居然把钥匙放进了她包里！他们到底是什么关系？

盛夏好不容易鼓足勇气抬头，才发现顾驰正定定地瞪着她，那双眼睛看似幽深冷冽，底下却藏着波涛汹涌的怒气，眼看就要喷发。

果然。

“你很有本事，在我的工作室和别人说笑。”

盛夏不料他会说出这样难听的话，瞬间就不淡定了：“我没有！”

“没有？”顾驰似是怒极反笑，“我在外面看得很清楚，端茶送点心你主动得很，还拿了人家家里的钥匙。”

盛夏也急了：“不是！明明是他硬塞给我的，你没看全。”

他劈头吼道：“我看了十分钟，够全了！”

她不假思索地回敬：“十分钟？你是偷窥狂吗？”

“盛夏！”他握紧拳头，青筋暴起，“你还想不想在工作室干了？”

“你这个学长除了会发脾气还会什么？我还不爱伺候了！”

顾驰几乎咬牙切齿：“对，有假洋鬼子送车送房，当然不用打工了！”

这句话彻底触到了她的底线。似乎他也知道话说得太不合适，一时安静无言。

“你浑蛋！”两行热泪涌出时，盛夏一把推开顾驰，哭着跑了出去。半年了，不是没有见识过他的脾气，不是没有受过他的委屈，却从来没有一次，让她觉得如此伤心。

盛夏的水晶鞋

逃回宿舍的盛夏将自己狠狠甩进了小床的怀抱。脑袋在一团乱的情况下还一遍遍放映着与顾驰对峙的画面。她真没用啊，刚才逃走的姿势一定狼狈不堪吧。

只是在扭头狂奔时，她仿佛听见身后顾驰喊的那声“盛夏，别走”。

他为什么不让她走，难不成还想像那时一样羞辱自己？

之后，盛夏像是赌气一般真的用上了路森的公寓。她用之前攒下的生活费购置了一批新厨具，然后开起了这家“滋味滋味”美食网店。白天接单，下课后便到公寓烹饪和发货，日子过得忙碌而充实。

本以为这三个月已经远离光威的一切，然而今天遭遇了吴倩如的刁难，莫非她是看见自己在学校论坛发的店铺小广告，来报当初的夺岗之仇了？

盛夏越想越混乱，索性登上了网店的工作旺旺。

刚一亮灯便收到了老顾客“购煤拉森”发来的消息。这位顾客自她开店以来便一直追随，他的肯定和鼓励大概是她能坚持三个月的最大动力了。

“嗨，老板，又拍了些东西。”

盛夏一看后台，顿时呆了，“购煤拉森”竟然洋洋洒洒拍了四千多块的食品，够她没日没夜地做上好几天了。

她不免疑惑：“亲，这么多东西，您吃得完吗？要是浪费了多不好……”

消息发过去后一片沉寂。半小时过去，就在盛夏忐忑自己是不是多管闲事惹顾客生气时，对方终于答道：“是这样，周日中午我要举办一场午餐会，所以才买了这么多。”

真是好有耐心的顾客！她连忙回了一个大大的笑脸表情：“没问题没问题，一定准时送达！”

心情刹那间有了一种拨云见日的晴朗。她开始忙不迭地测算这笔单子需要用到的食材。什么顾驰、吴倩如的，此刻统统抛到了脑后。

但盛夏还是低估了需要花费的时间。当各种手工美食做完包好后已是周六晚上九点，她错过了当天快递的最晚的收件时间。

于是周日早晨，盛夏硬着头皮开出了路森留下的经济型代步小车。还好她的爸爸是货车司机，虎父无犬女，她在高中毕业的暑假就早早拿到了驾照。也幸好这个老顾客是个同城买家，她才可以亲自将东西送去。

四千多块的美食塞满了后备厢与后排座。盛夏以龟速在这座城市的道路上缓缓挪动着，待到达目的地停好车时，已经十点半了。

天辉路99号。她抬头看着大门上方的标志，没想到这个地址居然是天辉养老院所在。这位顾客莫非是一位会网购的老人？

她快步迈入内门，只见进门处左手边摆放了一张大幅喷绘海报，上面印着漂亮的广告字——夕阳红相亲大会。

再看院子里立着几张圆形小桌，另外一边列着一长排自助餐台，盛夏将自己手上的袋子搁在桌旁。

搬了好几趟才算完。她掏出电话输入收货人“林先生”的号码，刚按下拨出键，背后传来一个声音：“请问您找哪位？”

一回头，盛夏便瞧见一位年逾花甲的老爷爷，他身形微胖，慈眉善目，正笑眯眯地打量着她。

正想答话，老爷爷手上的手机恰到好处地响起。盛夏微微一愣，旋即明白眼前的老爷爷就是那个忠实的老顾客“购煤拉森”！

一时激动，盛夏连忙鞠躬：“我是滋味滋味手工美食的店主盛夏。上周日您预订的食品我送来了。”

老爷爷豪迈地咧嘴笑了：“哎呀呀，店主原来是个这么漂亮可爱的小姑娘啊！”

他目光灼灼地打量了她一番，继而追问：“你有男朋友吗？”

她微微窘迫：“呃，没有没有，我还在上学……”

“好好好！”老爷爷轻快地拍手，“那你别走了，你看啊，今天我们联合了五家敬老院共同举办这次活动，人手紧缺得很！你留在这里帮忙行吗？”

盛夏汗颜，帮忙她倒十分愿意，但这跟她有没有男朋友有关系吗？

正想答应时，一旁飘来一个妩媚慵懒的声音：“院长，咱们义工完全够了，又何必劳烦这位同学呢？”婷婷袅袅的身影走近，盛夏眼光一扫，心下“咯噔”一声。

赫然是吴倩如。她仍是那副媚眼如丝的样子，射向盛夏的目光里能读出昭然的敌意。

女孩的那点儿心思盛夏并非不明白，只是吴倩如大概搞错对象了，顾驰与自己根本就没有任何瓜葛。

老爷爷打了个哈哈：“人多力量大嘛。”

吴倩如双手抱在胸前不屑地一哼：“让一个陌生人进来，不怕咱们丢东西？”

这话实在过分。盛

夏忍了又忍，不愿与她纠缠，于是只能告辞。

回到车上，她麻利地点火启动，只想赶快回宿舍补个回笼觉平复心底的不爽。刚放下手刹，却听“咚”的一声，车身猛地往前一耸，她险些磕到方向盘。

也不知是谁这么缺德，在停车间距这么宽的情况下竟然追了她的尾！

盛夏气呼呼地下车，冲到后车驾驶座旁叉腰站立，摆出一副“跟你没完”的造型。

却见司机慢条斯理地整理了一下仪容才悠悠打开车门——

她眼珠子差点儿瞪出来，这缺德司机不是顾驰还能是谁！最近怎么总跟他冤家路窄啊！

顾驰表情神秘莫测，眼里似有亮芒一闪而过，而后化作嘴角狡黠的弧度：“嗨。”他若无其事地打招呼，仿佛他们之间毫无芥蒂。

盛夏忍住逃的冲动，佯装强势地顶了一句：“你故意的？”

本只是壮胆的一句话，不料顾驰却双手一摊大方承认了：“是啊，我是故意的。”

更令她大跌眼镜的是他居然上前两步，用那双曾经怒火滔天，如今却含情脉脉的眼睛望着她说：“这样你就不会逃了。”

这样你就不会逃了。

盛夏的脑袋嗡嗡轰鸣，她明明就听清了他说的每一个字，可是为什么，她觉得自己一点儿也听不懂这些字组成的句子？

她连忙别开目光，不经意透过挡风玻璃瞧见了他车内后视镜上悬着的吊坠。

一个小小的十字绣平安符。针法蹩脚，配色丑陋，她怎能不一眼认出，那正是她为了答谢“购煤拉森”长期支持她的生意，在感恩节那天随订单一起邮出的、她亲手绣的平安符。

呼吸狠狠一窒。

脑海中慢慢浮现出敬老院院长意味深长的笑容，吴倩如的中评和敌意，甚至连“购煤拉森”这个ID（账号）的意义她也在此刻领悟。

她什么都明白了，原来顾驰才是真正的“购煤拉森”！

又听顾驰轻轻叹气：“我其实一直想当面向你说对不起。”

“购煤拉森”正是日语“对不起”的谐音。

顾驰早以迂回的方式向她道了歉啊。也是直到此刻，她才顿悟自己在潜意识中一直怀揣希望，在等待着顾驰的道歉。

盛夏的水晶鞋

顾驰正要再开口时，却见院长爷爷快步跑出来大喊：“不好了！倩如出事了！”

怎么回事？盛夏与顾驰连忙锁车往大门赶，刚进敬老院，就看见一个人蜷在地上，手捂腹部，满头是汗地抽搐。

顾驰扶起吴倩如，让她靠在他肩上。

“好痛……好痛啊……”声音显得那么虚弱无力。

在如此紧急的情况下，盛夏心里居然有点儿酸楚。她鄙视了自己的小心眼儿，把目光稍微移开——才见一旁的地上散落着打翻的蛋糕。

心跳顿时紊乱，难道说，她是因为吃了自己做的东西才——

顾驰应该也是瞧见了，他略一沉吟，道：“刚刚才吃下去，吐出来比较好。”

片刻后只听“哇”的一声，吴倩如俯身

吐出了秽物，有一些甚至弄脏了他的裤脚。但他却眉头也不皱地把她挪到椅子上坐好，直到救护车呼啸赶来。

医护人员简单检查后认为可能是食物中毒。随后便将吴倩如抬上了车。车门关上前，盛夏听见吴倩如有气无力地哼哼：“是那家店铺的食物有问题……”

顾驰回头看了盛夏一眼：“你先回去。”而后也大步跨上了车。

盛夏不觉红了眼眶，也不知是因为担心自己做的食物有问题，还是因为看见他对吴倩如的这番紧张和照顾。

余下的人对盛夏指指点点，倒是院长拍了拍她的肩膀道：“有顾驰在，没事的。”

老爷爷说顾驰每次在她店里买东西都让他当收货人掩人耳目，还说顾驰担心上次吴倩如的为难会让她难过，因此才拍了大额订单安慰她，又见她在意食物浪费，于是在半个小时内打了数通电话火速联络了这次相亲会。

他为她做的，远超她的想象。

盛夏的水晶鞋

失魂落魄的盛夏不愿回宿舍，于是回到了路森的公寓。她在客厅呆呆地坐着，手机就在身旁，她生怕错过顾驰任何一条短信或电话。只是许久也没有他的消息。

“叮咚”。

清脆的门铃声让她一个激灵从沙发上弹起。会是他吗？她连拖鞋都来不及穿便急切地打开门——

门口站着一个彪形大汉，以极不友好的眼神睥睨她。

盛夏一惊，连忙想关门，却被对方一掌推开险些摔倒。门被狠狠一甩撞在墙上，“咚”的一声巨响，震得她头皮发麻。

“你要干什么？”眼见大块头挤进门来，她唯有不断往后退。

那个人凶神恶煞地瞪着她说：“你让我妹妹食物中毒，我是来讨个说法的！”

盛夏退到沙发边，摸到手机。

然而盛夏还没来得及拨号，就被大块头发现，他大步上前夺过，将手机砸在地上。

“你的店铺没有经营许可，贩卖三无产品致人中毒，如果我报警，恐怕你免不了要进局子走一遭。”大块头笑得可怖，“我给你个机会，只要你现在立马收拾行李滚出这座城市，今后离小妹和她男朋友远远的，我就放过你。”

男朋友是指顾驰吗？盛夏不禁皱眉，她原本还为吴倩如的状况而内疚，可是现下他居然还有心情提到顾驰，她反而觉得这不过是一个陷阱。

深吸一口气，盛夏略微缓和了心跳，傲然抬头道：“如果我不走呢？”

大块头似是没料到她竟然是个硬骨头，但他显然还有第二套方案。

“那你就等着接受警察的盘问吧！不过在那之前，免不了还得吃点儿苦头。”

他探手取出了藏在外套里的木棍。棍子虽不大，但若真敲在盛夏身上也够她喝一壶的。眼见大块头逼近，她害怕得要命，但若要她痛哭着求饶并离开，她却宁愿挨打。

盛夏捂住头伏在沙发上，做视死如归状：“我不会走的！”

大汉气得暴跳如雷，她心里刚想着“完蛋了”，却听耳旁响起那熟悉的声音：“住手！”

回首，她见顾驰再次如天降神兵般出现，拯救她于水火之中。

顾驰愤怒得像要吃人，一掌掐住大块头拿木棍的手，用力一拧，便见大块头吃痛地松开了手；紧接着一记漂亮的过肩摔，盛夏还没看清怎么回事，大块头已经被顾驰死死按住。

"你妹妹是对鸡蛋过敏引起的肠痉挛，不是食物中毒。"

挣扎的大块头在听见这句话后漏了底气，有些心虚地嚷嚷："我……我不管！要不是你昨晚对她说那些绝情的话，她也不会走这一步！"

顾驰冷哼一声："刚才你威胁她的情景我已经拍了视频，如果不想被警察找，就回去管好你妹妹，别再整天琢磨着陷害我女朋友。"

大块头彻底蔫儿了。

"滚。"只是低沉的一个音，却透出无比凌厉的寒意。盛夏第一次觉得，坏脾气的学长是如此地让她心里踏实，如沐春风。

大块头离去后，顾驰急忙扶她坐好，又焦急地上下看了个遍，哪里还有刚才的狠劲。

"没事吧？"

盛夏脸上一热，轻轻摇头："你真的拍视频啦？"

他曲起手指在她额上一弹："你的情况都那么危急了，我怎么能有闲情逸致拍视频？"

她呵呵笑了，果然是唬人的。

"吴倩如……到底怎么回事？"

"她明知自己对鸡蛋过敏，还挑了你做的蛋糕来吃。要不是我拿完化验单回病房时刚好听到她给她哥哥打电话下指示……"

顾驰语气微沉，想到刚才的一幕仍心有余悸。倘若来迟一步，棍子真落下来，恐怕他会失去理智的。

"可是你那么紧张她！"盛夏别开头，嘴唇微微嘟起。

她自己都没发现这句话带有多大醋味。顾驰眯起眼勾起嘴角："你想太多了，我只是不能让她出事影响到你。"

盛夏一听又"咻"地扭回了头，看他一眼，欲言又止地弱弱道："刚才你干吗胡说我是你女朋友……"

"嗯？"顾驰挑眉，"你否认也没关系，早晚的事。"

来日方长，他有的是耐心。

盛夏的水晶鞋

盛夏在顾驰的邀请下回到光威工作室，吴倩如也再未出现过。

其他学长学姐一致感叹："坏脾气的顾驰居然变温柔了，这个世界是哪里不对啊？"

日子波澜不惊地流逝，一转眼便到了顾驰毕业的日子。工作室全票通过，决定为他筹办一个小型毕业晚宴。

晚宴之上免不了喝一点儿酒。盛夏闷闷地坐在一旁，看着顾驰被大家众星拱月般地包围着，心情免不了有些低落。毕业后他就会离开工作室，自己今后恐怕再也无法时常见到他。

酒过三巡，大家借着酒意一致要求今天的主角顾驰站起来讲几句。

顾驰大方地站到台前，说了几句无关痛痒的话之后，突然双手击掌两声。原本晚宴播放的庆祝毕业的欢快乐曲戛然而止。

全场安静，所有人皆预感有好戏即将上

演。

只见顾驰左手一扬，一位学姐从角落捧来一方木制托盘。托盘正中，摆放着一只似曾相识的高跟鞋。

这只鞋……盛夏心中一颤，除了鞋面用水晶镶了一对桃心外，怎么看都像极了她曾经弄丢的那只！

“一年多前，我有一天路过学校活动中心时，突然一只鞋从天而降砸在我头上。没多久便见一个光着脚的女孩来找鞋，让我玩心大起，将鞋子藏在了身后。本打算让她急一阵就还给她，谁知那丫头没耐性，看了一圈就急吼吼地跑了。

“我一直保管着这只鞋，再后来，我在申请加入光威的简历上看见了那丫头的照片。”

在场所有人发出阵阵惊呼尖叫，原来看似正经的顾学长早就将罪恶的爪牙伸向了无辜的小盛夏呀！

在盛夏惊愕、惊喜、惊呆的目光中，顾驰一只手捧着鞋子，另一只手朝她所在的方向伸出来。

鞋面上的水晶在灯光的照射下发出五颜六色的光芒，盛夏便在绚丽的光芒中不自觉沉沦。

原来他们之间的羁绊比她所以为的还要来得早，来得深。

在一阵幸福的眩晕里，盛夏又是娇羞又是喜悦地朝顾驰走去，走向她五彩斑斓的未来。轻

我们从来不怕黑

Written by | 韩十三
Painting by | 踏月锦

彼时的我们从来不怕黑，因为，我们心里装满了微蓝星光。

因为我们知道，天就算黑了，终究还会亮的。

一、如今的北安镇早已面目全非，连同那一个个要强抑或懦弱的少年

“看见那些网吧了吗？还有那间怪异的酒吧，还记得以前那些厂房的样子吗？”

2013年8月，重新回到北安镇的江海，避开建筑工人的目光，跟我一起偷偷爬到了一座在建的高楼顶层，指着脚下那排“焕然一新”的厂房问我。

我怎么会不记得呢？彼时脚下还是那个由一座座低矮的出檐瓦房和平房组成的小镇，每个院子里都种满了蔷薇、夹竹桃之类的花草。房子和房子之间是连接着的。

那时候，我们几个调皮的小男孩，可以从江海家的竹梯爬上他家房顶，然后踩着屋脊走很远，连绵不断的房屋围绕着袅袅炊烟。我们还会在月亮圆满的夜晚，躺在某一家的平房上沉沉睡去。

而现在，脚下的北安镇老居所已经改建成了一个新型的商业中心。就连不远处，原本生产电视机的厂房，也被临时改建成了各类网吧。有人用喷涂染料在原本油漆斑驳的铁皮厂房上喷满了各种怪异的图案，北安镇早已不是记忆里的模样。

“唉。”江海叹了一口气，风从他白色衬衣的领口灌入，又从下摆处涌出，带动衣襟发出“吧嗒吧嗒”的声响，似乎要将足有一米八二的他整个抛起来一般。从国外回来以后，这家伙的皮肤变得比先前更黑了，也许，这跟他初中毕业以后去的国家有关。说到他的出国，总有点儿让人忍俊不禁的感觉，别家孩子跟爸爸出国都是去高大上的欧美国家，而他却跟着爸爸去了越南。

当时，电视机厂的业务已经拓展到了越南，作为销售部经理的江爸爸被派到越南开拓那边的市场，从小在单亲家庭长大的江海自己无法生活，自然被一同带去。

其实啊，大家心知肚明，那时候，江海的妈妈跟程一诺的妈妈是同一个人，江海一岁半的时候，妈妈因为种种原因跟爸爸离婚，改嫁到了程家，一年后，生下了女儿程一诺。

我印象中最深刻的是，那时比我们低了两年级的程一诺，总会像一条小尾巴一样跟在江海身后，给他带妈妈做的饭，妈妈帮他织的毛衣等。而江海却不领情，他妄图与程家人划清界限。有一次，江海还将程一诺推倒在地，然后故作决绝地呵斥所有人：“谁都不许扶！”除此之外，因为成绩优秀，小学四年级时，程一诺连跳两级，进入了我们班。

初中时的江海以好勇斗狠著称，望着倒在地上的程一诺，几乎没人敢忤逆他的意思。只有我，躬下身轻轻地将泪流满面一脸委屈的程一诺扶了起来，并且帮她收拾好了散落在地上的饭盒，饭盒里装的是程妈妈专门为江海做的红烧肉。当然，那一次，江海为了挽回面子，把我臭骂了一顿。然而，晚上江海偷偷找到我，让我将一枚创可贴带给程一诺，因为她的膝盖摔伤了。

如今七年已过，江海的眉目间早已褪去了当初的稚嫩与暴躁，就连语气也比原来平和了不少。

“陈路轩，知道那么多年来，很多朋友我都已经不联系了，为什么偏偏跟你做兄弟吗？”

说到这儿，他轻轻地闭上了眼睛，没等我回答又继续说道："因为那时候，只有你愿意帮她，只有你敢违背我的意愿。"

我知道他口中的"她"指的正是程一诺。

我记得清清楚楚，江海临去越南的前一天，是偷偷一个人爬上过房顶的。彼时，正在房间里写作业的我听见了房顶瓦片被踩动的声音，于是，悄悄地沿着梯子爬了上去。然后，我便借着微薄的月光看见江海那蹑手蹑脚的身影了。我将身体隐藏在一个房檐下，看他躬身缩背，在程一诺家的平房上俯下身来，悄悄地伸出了脑袋。

我知道，那是他在偷看程妈妈了，他的肩膀一抖一抖，像是哭了。

他走以后，我曾偷偷跑到他趴过的房顶看过，我看见一片瓦下压着树叶，他在一片飘落的树叶上写了一行字。

我走了。

我知道，那是江海在向妈妈告别了，因为在这行字的前面还有两个字，虽然已经被绿色的汁液涂抹成了一团乱麻，但是，我知道，那两个字是"妈妈"。

而彼时的程妈妈在干什么呢？她正一个人坐在窗前轻轻抽泣，大门被打开，程爸爸带着程一诺走进院子时，她连忙揩了一下眼睛，装作什么事情都没发生的样子。

"呼。"

多年以后，曾经极力掩饰对程一诺关心的江海，眉宇间已经褪去了暴烈与稚嫩，长长地叹了一口气，打断了我的思绪：

"听说她们已经搬去了新家，不知道过得怎样。"

我缓缓地向他走去，拍着他的肩膀，坐在了他的身边。

我想要告诉他一切都还是原来的样子，鼻子却是那样酸涩，明明，如今的北安镇早已面目全非，连同那一个个要强抑或懦弱的少年。

二、回家的路上偶尔也会遇到狗

高中时，我是偷偷地喜欢过被公认为校花的程一诺的。

这一点，我没敢在寄往异国他乡的信中告诉江海，因为他在信中曾不止一次地交代过我："不要告诉我她们的任何一点儿消息，她们已经在我的世界里死了。"

可是，十六岁的程一诺不但没有死，而且变得异常优秀。

周末，她时常会找各种理由来我家，然后，在我面前摊开双手，调皮地眨着眼睛："快点儿交出来，江海哥哥又给你写信了吧。"

彼时，每座老房子的墙壁上虽然都用刺目的红漆刷下了一个大大的"拆"字，但是房子还没有拆去。我曾在她家房顶上，看见过程一诺和妈妈依偎在一起，一起读"哥哥"来信时的模样。

我还曾将她们的样子拍进手机里，存进了一个特殊的U盘，打算以后寄给江海。

程妈妈喜欢为女儿扎很多细小的辫子，所以那些年的程一诺总是拥有其他女生艳羡不已的发型，这让她整个人看起来更加与众不同。

那时候，我喜欢转过身，躺在房顶上，看着秋日里蔚蓝高远的天空，想象彼时的江海在干什么。青春懵懂，我不知道，在遥远的越南，有没有程一诺这样的女孩，能使他像我一样，不知不觉就失了神，不知不觉就笑出了声来。

江海在的时候，镇子上的男孩子都畏惧他，自然对程一诺也敬而远之。

而江海一走，因为长得漂亮，很多男孩开始有意无意地接近程一诺。

我告诉自己，作为江海最好的兄弟，有责任帮他担负起保护程一诺的重担。这个借口虽然看起来有些扯，但是，让我成功地说服了自己，一步步向程一诺走近。要知道，平常我在班里都很少跟其他女孩子说话的。我想，这一点源自我的不自信，我相貌平平，身高也不如江海，也许，从小就隐藏在他的光芒之下的我，永远不会像他那样注定生来就成为万众瞩目的焦点吧。

好在，我没有他那样的野心，我只想平平淡淡地过完一生。

而江海就不同了，五岁时，幼儿园里争抢着跟他一起过家家的小女孩就大有人在。初中时，他最大的梦想，就是化学老师在教室里做实验的时候，能够发生一次大爆炸，然后，全班同学变异，具备超能力，在他的带领下，统治全球，铲除一切罪恶。

彼时，在他的世界里，最大的恶人便是程一诺的爸爸了。

程一诺的爸爸程天宇是电视机厂的厂长，官衔比他爸要高得多，他固执地认为，正是因为这样，当初妈妈才会弃江爸爸而去。最主要的，他觉得，那次江爸爸被派去越南，也是程爸爸从中搞鬼。彼时，未经世事的江海，还理解不了太多大人们之间那种复杂的情感。所以，他把愤怒全都发泄在了程爸爸身上，捎带着，也恨程一诺。

江海出国之前，干了一件惊天动地的大事。

他用一根锥子，戳破了程爸爸那辆工厂给他配发的小汽车的所有轮胎，还把锥子当飞镖，飞到了程家大门上。他把整个过程用手机拍下来，发到了自己的网络空间里，以此来证明自己有多英雄。奇怪的是，这件事情程爸爸却并没有追究，他甚至在自掏腰包将汽车修好后，让司机用那辆小轿车将江爸爸父子俩送到了机场。同一天，死缠烂打跟我一起去为江海送行的程一诺，送给他一份奇怪的礼物——十几瓶味道刺鼻的花露水。她也不知道从哪里得知，越南的蚊子有蜻蜓那么大。而那时的江海干了什么啊，他居然拧开盖子，将一瓶瓶花露水“咕咚咕咚”地倒进了河里。程一诺红了眼圈，想要说什么，最终也没有说出口，而是捂着嘴巴跑了。她走后，江海将最后一瓶花露水顺手丢进背包里，悻悻地骂道：“脑袋被门挤过了吧，不知道花露水是易燃易爆品吗？飞机上根本不让带。”

想来，江海是在去到越南两年后主动删掉空间里的那篇名为“复仇大作战”的日志的，同一天他的签名改成了——曾拿无知当个性，莫把良善当好欺。

那一天江爸爸告诉了儿子一件事情。当年江爸爸和江妈妈分开根本就与程天宇无关，他们离婚完全是因为感情破裂，还有其他琐事。我们无法得知，当时的程天宇，要顶着多大的压力，才敢把江妈妈留在身边，留在这个满是流言蜚语的北安镇。

当然，这都是很久很久以后我才得知的事情了。

而那时的我在干什么呢？以前，放学后总是早早走出教室的我，开始磨蹭到很晚才走出教室。然后，与教室在二楼，身为生活委员，每天都负责锁门的程一诺“偶遇”，一起骑单车回家。

回家的路上，程一诺最喜欢的话题就是有关江海的种种，有一次，她甚至托我为江海寄去了最新款的运动鞋，我当然知道，那其实是程妈妈买的。这样的秘密，我乐于保守。

当然，回家的路上偶尔也会遇到麻烦。

比如，七班那个名叫周铁的男孩。我知道，平常在学校里，他总喜欢没事就往程一诺他们班蹭，我也知道他的鬼心思。如今，也许看到我和程一诺走得太近，感到了威胁，原本住在太白区的他，居然在放学后骑车来城东堵截我们。

他穿了一条破了洞的牛仔裤，耳朵里塞着冒牌苹果耳机，以一种自以为很帅的姿势斜跨在一辆山地车上，横在我们必经的巷子口，挡住了我和程一诺的去路。刚刚下过一场暴雨，路面的积水里倒映出了他那微微有些驼背的身影。

我看得清清楚楚，程一诺的眼中充满了反感。

此时，肾上腺素分泌急剧增多的我，猛地向前，将单车横在了他们两个人之间。

曾有传闻说“刺儿头”周铁跟校外的社会青年有联系，所以他在学校里几乎是横着走。可是，我歪着脑袋左看右看，真的没发现他哪里长了六条腿。似乎，程一诺也在担心我的安全似的，从背后轻轻地拉了拉我的衣襟，这样一来，我就更加不能退缩了，正好有机会在她面前好好表现一番。

这样想着，我用单车撞了撞他的单车：“我听说过你，周铁，但我陈路轩根本没把你放在眼里，既然正好遇到了，那我就郑重地告诉你，以后不要再烦程一诺了，她很讨厌你。”

“讨厌你”这三个字，我刻意加重了语气，我看见周铁那有条小伤疤的嘴唇像被电击一样轻轻地抽搐了几下，鼻孔里传来了冷笑：“你哪根葱啊，别以为老子怕你，以前那是因为有江海在，现在他都去爪哇国了，谁还把你们这群电视机厂的纨绔子弟放在眼里？哦，对了，你们厂就快倒闭了吧，哈哈哈。”

周铁的样子极其嚣张。我突然想起了小学五年级时他被江海教训时的窝囊样，那时候的周铁无原则、无品位，居然连女孩子都欺负。终于有一天，他惹到了程一诺，偷偷往她文具盒里放了一只青蛙，吓得程一诺在课堂上大哭了起来。你知道听说了这件事情的江海做了什么吗？他居然到宠物市场买了一只另类的宠物，放学后，瞒着程一诺，伙同我堵住了周铁。他嬉皮笑脸地对周铁说：“听说你书包里有只青蛙，我放只天敌去帮你捉出来好不好？”

然后，他便把一条早就被宠物店老板拔掉了牙齿的宠物蛇丢进了周铁的书包。

那一天，一动不动站在原地的周铁脸都白了，完全不像现在这般牛气哄哄的样子。

但周铁说得没错，电视机厂是因为经营不善面临倒闭的境况，太多牌子的彩电几年间蜂拥而出，几乎挤垮了这个曾经辉煌一时的厂子。这也难怪，电视机厂不懂技术革新，在别的厂家相继推出各种功能的智能电视时，还一直因循守旧，自然会被市场淘汰。与最主要的国内业务相比，反而是在越南开展业务的江爸爸把生意做得风生水起。

这些话，深深刺痛了我这个“电视机厂遗少”的某根神经，我索性把单车摔在地上，走上前去，恶狠狠地瞪着他：“你敢说自己不是看着我们厂的电视长大的！”

“呵。”

周铁冷笑一声，上前推了我一下。

眼看战争就要爆发，好在此时一辆农用小卡车拉着满满一车配件，从电视机厂里出来后，故意选择了这条隐蔽的小巷子。我知道，那又是厂子里的中层管理人员在偷偷低价卖配件了。电视机厂已经半年发不出工资，现在，很多人都想方设法搞钱，大有树倒猢狲散的趋势。

小卡车不停地按着喇叭。

我们只好相继骑出了巷口，巷子外面是一片嘈杂的市场，学校里很多老师放学后都会来这里买菜。在这种地方，周铁自然不敢造次，于是，悻悻地骂了几句，骑上山地车一溜烟驶离了我们的视线。

想来，身材瘦弱的程一诺就是那个时候呈大字形横在巷口，拦住那辆小卡车的。

她一边拦住汽车，一边大声对我喊：“快给我爸爸打电话，不能让这些倒卖厂子财产的家伙得逞。”

卡车里的司机自然知道我们两个人的身份，也许由于心里有鬼，那一刻，慌张不已的他脑袋一热居然猛踩油门。眼看摇摇晃晃的小卡车像一头怪兽一般喘着粗气向程一诺撞过去，我脑袋里一片空白，甚至都已忘记自己是怎样冲上前去把她推开的了。

我在车子即将撞上自己前一秒猛地匍匐在地，感到屁股处传来一阵火辣辣的疼痛，头皮一麻，小卡车已经贴着我的脑袋冲上了对面宽阔的马路。

那一次，小卡车底盘蹭破了我的牛仔裤，捎带着把我的屁股蹭去一块肉。

我心有余悸地站起身来，于是看见程一诺羞了一个大红脸。

那一天，我是把校服脱下来系在屁股上，一瘸一拐推着车跟程一诺一起回家的。分别的时候，我从程一诺的眼中，第一次发现了一种异样的神情，这一点让我很欣喜，我觉得，屁股上的肉多吃几顿好的就长回来了，这样的买卖似乎很划算。

那一天，我将有人倒卖厂子资产的事情写在信中寄给了江海，我本以为他会义愤填膺，而半个月后，他打电话来时，语气却是那样平淡。

他轻叹一口气：“听天由命吧，陈路轩，曾经的电视机厂已经病入膏肓。”

三、就如同，清晨的一颗露珠，让蔷薇开出花朵

北安镇上很多人赖以生存的电视机厂宣布正式倒闭，是在高二那年冬天。

成百上千人一哄而上，在法院贴上破产封条之前，冲进厂子里，把能拿的、能搬的全都搬走了。

对于此，厂长程天宇采取了睁一只眼闭一只眼的态度，毕竟，工人们已经很久没领到工资了，这是他能为工人们做的唯一一件事情了。

彼时，我和程一诺就肩并肩地站在乱成一团的厂门口，我看见程一诺的眼圈红了，于是，下意识地向她靠近一些，想以此来安慰他。

她轻轻地问我：“你说，江海哥如果在的话，他们还敢不敢这么嚣张？”

我微微一笑，没有把江海前几天对于厂子的态度告诉她。

在她的心目中，哥哥永远是个高大威武的英雄，如今，就算他已变了模样，我也不希望程一诺心中的城堡轰然倒塌。

那一天，我们两个人爬上了即将拆除的小镇老房子的房顶。

身下的小镇早在两个月前就已经搬空了，镇子的另一边，巨大的施工车辆已经轰隆隆地开了进来。

房顶上，闭着眼睛的程一诺一脸畅想的神情。

小时候，她最大的梦想就是有朝一日能跟我们一起爬上房顶，然而江海从来不愿意带着她。江海甚至不愿意让别人看见他跟程一诺在一起，可是只有我知道，这家伙曾经偷偷趴在程一诺家的房顶上，偷看他妈妈。

我想，我将永远记得，我将这件事情告诉程一诺时她的表情。

她先是惊讶地张大了嘴巴，然后猛地用双手捂住嘴，透明的泪珠，自一双漂亮的大眼睛中"吧嗒吧嗒"无声落下。

她像一个孩子似的，不顾危险在连绵不绝，仿佛能伸展到世界尽头的房顶上蹦蹦跳跳，大喊大叫着对我说："你知道吗，陈路轩，我要把这件事情告诉妈妈，她不知道会有多高兴。"

那一天，忘情的她甚至不经意间拉了我的手。

我的手心里满是黏黏的汗，我没有告诉她的是，其实，小时候我最大的梦想就是像今天这样，和她一起坐在房顶，静静地看天色明暗。这正是我初中时超爱周杰伦的原因，我喜欢他那首名叫《屋顶》的歌。我曾经把那盘专辑借给程一诺听，我希望她能明白我的心思，就算，我们彼此谁也不说明。其次，我另外一个梦想是，江海能放下仇恨，重新接受妈妈的疼爱以及程一诺的关心。无论书信或者电话中，我总是捎带着说些程一诺的事情，以及程一诺对他的关心，当然，我的分寸必须拿捏得很好，才能保证他不生气。

令人欣慰的是，上一次，江海在MSN（微软公司推出的即时消息软件）上跟我聊天的时候居然主动问起了程一诺，虽然随后又忙不迭转移了话题，但我仿佛看见了冗长夜里的一点儿星光。

我再次加大了握住程一诺右手的力度，嘴角露出一个微笑："不要哭，程一诺，一切都会好起来的，世界上根本就没有一成不变的东西。"

我说："不久以后，江海就会回到北安了，你小时候不是一直期望有一天能跟我们一起坐在这里唱歌吗？"

听到这话，程一诺猛地抽开了手，站起身来，一脸兴奋地看着我："你说的是真的吗，江海哥真的愿意理我吗？"

面带微笑的我笃定地点头，我想用这种方式给她一个承诺，就如同，清晨的一颗露珠，让蔷薇开出花朵。

出人意料的是，江海并没有很快回到国内。

江爸爸利用厂子里的资源，在越南的生意风生水起，电视机厂倒闭后，国内很多其他牌子的电视机厂商看中了他手上的客户资源，纷纷向他伸出了橄榄枝。不到两年时间，他已成为另外一个牌子的越南总代理。

而程一诺的爸爸程天宇就不同了，由于电视机厂是在他手中倒闭的，两年来，要账的总是挤破他家房门，并且在新房的墙壁上，用各种颜色的油漆喷满了讨债标语。

很多次放学后，程一诺都不敢回家。

这其中，闹得最凶的就是已经辍学在家的周铁。

这家伙追求程一诺不成功，便把所有的

仇恨记在了程爸爸头上，居然纠集一帮混混儿，成立了一个小型的讨债公司，专门为那些曾经天天求着程天宇的供应商讨债。

我曾眼睁睁地看着剃了阴阳头的周铁搬着程一诺的笔记本电脑，趾高气扬地从她家走出来。在经过送程一诺回家的我身边时，他故意用肩膀将我撞一个趔趄，用一副无赖腔调对程一诺说：“你瞧啊，程一诺，拿人钱财替人消灾，我也没办法，欠债还钱自古天经地义。”

说到此，他往前走一步，却又突然想到了什么似的，转身补充道：“不过，你要是我女朋友的话，我就有责任保护你了，我周铁保证从此以后，连一只蚂蚁都不敢来你家叼走半粒面包屑。”

说话间，他已经扬长而去。

他那是赤裸裸的威胁了。

我大口大口地喘着粗气，弯腰，捡起散落在地上的一段电线正准备冲过去跟他拼命，胳膊却被程一诺紧紧地抓住了。

红着眼圈的她微笑着摇摇头。

“狗咬你一口，你也要咬他一口吗？”

很明显，时下，程一诺的做法是对的，眼前不光是条狗，还是一群狗。彼时彼刻，我若冲上去，也只能落得一个铩羽而归，伤痕累累的下场。

四、她们到底去了哪里？

想来，程一诺答应周铁的要求，是在我们高考以后。

那一次的高考中，原本成绩很好的她发挥失常，连最起码的专科都没有考上，其实没人比我更清楚，家里被搬得空空如也的程天宇，已经没办法再供她继续上学了。

前一天，程一诺来告诉我这个消息的时候，我暴跳如雷地怒吼：“程一诺，你是不是疯了？”

而穿着一条漂亮的粉色连衣裙的程一诺却一直笑，一直笑，笑着笑着就掉下了眼泪。

最后，她轻轻地抽了抽鼻子：“这是我家的事情啦，陈路轩，我家的事情与你无关。”

她说：“我只是想请求你，不要将这件事情告诉江海，我希望他一直以为我和妈妈过得很好，我知道，他不恨我们。”

我定定地看着她，拳头握得咯咯作响。

她说：“我知道你想去找周铁，但是你根本不是他的对手，你好好想一想，那样能换来什么。我爸妈已经被他折磨得快要疯了，身为女儿，我只想让他们过得平静一些，难道这也有错吗，难道还有其他更好的方法吗？我求求你了，陈路轩，答应我好不好？”

我依然不说话，我觉得自己的两颗眼珠就快要喷出火来了，全身不停颤抖。

“好不好？”

“好不好？”

“好不好！”最后，程一诺几乎是声嘶力竭地大喊道，我从未见她这么大声呼喊过，终于，我不得不放开握紧的双拳，轻轻地扶起了暴喝一声后就像个泄了气的皮球一样委顿在地上的她。

我说：“好吧，程一诺，我答应你。”

如果我还没能力好好地保护一个人，如果靠近她只能给她和她的家人带去无尽的伤害，我还有什么资格向她靠近？

我看着程一诺远去，用拳头重重地捶向了一旁的墙壁，我绞尽脑汁也想不出可以挽留她的借口和方法。我开始讨厌那个叫陈路轩的家伙了，自始至终，他都是那样懦弱。

我犹豫着要不要将这件事情告诉江海，可是我明明已经答应了程一诺。

优柔寡断的我，用了整整一个月时间，也没能痛下决定。

而那个月里发生的事情，却让我再也没有机会了——某一天的傍晚，穿着西装，刮了胡子，去楼下的小理发店理了一个新发型的程天宇，从废弃的电视机厂办公楼楼顶一跃而下，永远地离开了这片他为之奋斗了几十年的土地。

那一天，大喊大叫着扒开人群，冲进警察封锁线的程一诺，在看见爸爸的样子后，大叫一声昏了过去。

我抱起她拼命地冲向医院。

她醒来后，就再也没有说过一句话。

她住院期间，周铁因为组织黑社会性质的小团伙被警察抓了，可是，这一切似乎都已经晚了。

静静地坐在病床上的程一诺不再说话，眼睛里一片茫然，早已不再是当年那个笑声清脆，像一只铃铛似的跟在我和江海身后的小姑娘。

“程一诺，程一诺。”

我在耳边轻轻地呼唤她的名字，她却始终不回答。

不仅如此，就连她妈妈跟她说话的时候，她的眼神也依旧是那样呆滞。

后来，她转院去了一家专门收治抑郁症患者的医院，在那家医院里接受了为期整整半年的治疗，也不见任何起色。

再后来，她便被妈妈接了出来，卖掉了房子，去了另外一座城市。这是医生的建议，医生说北安容易让她想起很多不好的事情，换一个环境，也许对她的病情有帮助。

医生说，从此以后，最好不要再来北安，不要见她曾经熟悉、能引发不好回忆的任何人，免得再次受到严重刺激。

从此以后，程一诺就真的从我的世界里消失了。

我知道她去了哪座城市，我有她的QQ号、微信号、电话号码，甚至知道她家住在哪个小区，几号楼，某单元的某套房。

可是，我没有联系过她。

既然，曾经她最需要我保护的时候，我没能挺身而出，现在，我又怎能允许自己再去伤害她？

那些年，北安镇发生着天翻地覆的变化，老房子被一栋栋拆掉，厂房也暂时出租变成了网吧之类的娱乐场所。

那些年，关于程一诺的种种，我一直对远在越南的江海保密，我怕性格暴躁的他听说这些事情后，会再次打扰程一诺平静的生活，使她想起那些不好的往事。

一直，到我大二，江海从越南回国。

……

“她们到底去了哪里？我问了很多人，都说不清她们的具体住处。”

望着前方的江海再次说道：“小时候我不懂事，也不知道伤她们有多深，我只想跟她们说声对不起，没别的意思。”

看着他落寞的身影，我有几次都想开口告诉他程一诺的去处，可最终还是忍了下来。直到他从怀里掏出一张照片，微笑着举到眼前时，我终于忍不住，哽咽着对他说出了实情。

那张照片是在房顶用手机偷拍的，照片中的程妈妈正在洗衣服，而身后的程一诺正将她洗好的衣服晾在院子里的铁丝上，彼时的她笑得那样灿烂。

五、天就算黑了，终究还会亮的

2013年9月，在狠狠地揍了我一拳之后，脖子上青筋暴出的江海决定跟我一起去找程一诺了。

当然，我的条件是，只在远处偷偷地看一眼，等以后时机成熟才能真正见面。

那一天，我们是在楼下的小花园里遇见程一诺母女俩的。

令人欣喜的是，彼时的程一诺已经重新开口说话了，她的脸上带着微笑，正搀着妈妈在小花园里散步。只不过，这时的她已经剪去了那头好看的长发，留着一头清爽的短发。

我和江海像两个小贼似的猫在一片灌木丛后面，看她们两个人在距我们不远处缓缓经过。

我们悄悄地跟踪她们，我们本打算看过以后就潜回北安的，可是江海最终还是没忍住，大叫了一声："妈妈。"

因为，我们刚刚清清楚楚地听到了程妈妈跟女儿的谈话。

她叹了一口气，说："也不知道你哥哥在越南怎么样了。"

听到这话以后，江海就不淡定了。

一声哽咽着的"妈妈"叫出口后，我们四个人都站在了原地。

我看见程一诺唰地回转身来，再看时，双眼已经盈满泪水。

她缓缓地蹲在妈妈身下，双手捂住脸放声大哭，就像一个曾被父母抛弃，如今又回到了家乡的无助孩童。

那也是我第一次看到江海的眼泪，他一把鼻涕一把泪，哭相很难看。

他一遍遍地对紧紧相拥的妈妈和妹妹说着对不起。

他说："程一诺，哥哥回来了，以后再也没人敢欺负你！"

……

落日的瑰红色光芒静静地落在三个人的身上，看样子，天就要黑了。

2013年9月，从越南回来的江海不顾爸爸的劝解，固执地留在了妹妹程一诺所在的城市，开了一家专门修理老电视的维修厂。

除此之外，他还自作主张地帮程一诺报了一所高中的补习班。偶尔，精神越来越好的程一诺还会通过视频向我请教一些题目。

坐在江海亲手组装的"超级"电脑旁的我，忍不住会心微笑，我想起了小时候瓦房屋顶上的月光，想起了那一个个自以为能够飞檐走壁、仗剑天涯的少年。长大后我们才知道，很多时候，我们改变不了这个世界，却能让这个世界变得稍微美好那么一点点。

彼时的我们从来不怕黑，因为，我们心里装满了微蓝星光。

因为我们知道，天就算黑了，终究还会亮的。轻

Written by | 麦 九
Painting by | JYU

挥手告别小时光（连载谢幕篇）

Goodbye little time

前情回顾：自从与叶一诺定下二十五步之约，夏欢颜真的很用心地在学习。期末考，夏欢颜的努力得到了回报，她进步了七名，只有她才了解这七步的辛酸。夏八爷从剧组回来了，夏家三口吵吵闹闹的美好生活又将开始，乔乔看着欢乐温馨的一家人，眼里全是羡慕。夏欢颜、叶一诺、谢有雪、乔乔……他们青春纯白的时光正在变得越来越五彩斑斓。

19 因为我不想让你一个人

乔乔给谢有雪打了电话，约他出来。

她本可以直接去找他的，不过她真的想他的眼里只有自己，哪怕只是一会儿。

她知道，她比不过她，不过就这一会儿，她就满足了。

他们约在学校附近经常一起去的奶茶店，谢有雪很快就到了。

当思念的少年，出现在小小的奶茶屋，乔乔觉得他的到来，像把整间屋子都照亮了。放假了，谢有雪没有穿校服，就穿着洗白的牛仔裤和经典款的毛呢外套，简简单单，可一走进门，就吸引了店里所有女孩的目光，多俊俏的少年啊。

他看了一圈，看到乔乔，露出一个很浅的微笑。

乔乔站了起来，轻轻喊一声："有雪，在这儿！"

如果眼神有形，她敢说她现在被眼刀插成刺猬了。多招人嫉妒，这风华正茂的少年只看到她，可她喜欢这种感觉。乔乔着迷地看着谢有雪走近，他话不多，爱笑，眼神带着柔光，如他的名字，如雪般纯净清澈的少年。

"这么突然，有急事吗？"谢有雪坐下来，不解地问。

乔乔把盒子递上去，看着他，轻声说："新年礼物。"

"啊？"谢有雪不解，但还是在她的示意下打开，并没有多余的装饰，原木方盒打开后，映入眼帘的是三个放在深色绸缎上的小陶人，乔乔、欢颜，还有自己。做得很像，神采飞扬，自己骑着自行车载着乔乔，欢颜在后面追。谢有雪拿在手里端详，低垂着眼睑："你自己做的？"

"嗯。"乔乔点头。

这是份很用心的礼物，谢有雪有些窘迫，支吾着："我——"

"你没准备礼物，是吧，"乔乔露出"我就知道会这样"的眼神，咬着嘴唇，半开玩笑半认真地说，"那陪我一天当礼物吧。"

她本是随意说的，没想到谢有雪竟点头，很干脆地说："好啊。"

这次轮到乔乔诧异，谢有雪把木盒仔细收好，放进背包，才抬头问："我们去哪儿？"

"花巷吧。"乔乔傻傻地说，随意报了个地方，幸福来得太忽然了。

花巷是当地出了名的小吃街，但也特别挤。

两个人到了花巷，都吓了一跳，忘了是年关，这里更是人山人海。乔乔不好意思地吐吐舌头，正想说我们换个地方，有人经过撞了她一下，她连退好几步，谢有雪扶住她，拉着她的手没再放开，他望着前方："小心，别被挤丢了。"

乔乔敢说，那一天是妈妈离开后，她过

得最快乐的一天。

一切都那么不真实，又那么真实。谢有雪拉着她的手，手心传来他潮湿的温度，他转过脸，温柔地问她“喜欢吃什么”，他拉着她，在人潮中前进。他们仿佛穿越千山万水，乔乔什么都不用怕，不用担心，只要跟着他就好了。

直到许多年后，乔乔还清楚地记得这天的点点滴滴。那时，她站在大厦的顶层，透过落地窗，望向外面巨大的明星广告牌，有时，一看就是一晚上，那么近，又那么远，谁也想不到，这两个站在顶端的人曾经靠得那么近。

而她也不知道，当她拿出礼物，小心翼翼地观察自己的神情，谢有雪内心的触动。

只有太在乎一个人，才会如此小心，看着她，谢有雪仿佛看到另一个自己，他对欢颜何尝不是如此？谢有雪望着陶瓷小人儿，什么都明白了，被这么优秀的女孩爱慕，不感动是骗人的。陶瓷微凉的瓷面刺痛他的心，一刹那，他突然想对这个女孩好。

对夏欢颜日积月累却说不出口的喜欢，压得他太累，他想放松一下，虽然对乔乔很不公平，但他还是做了。人果然是自私的吧，谢有雪拉着乔乔，看着她欢喜满足的眉眼，心揪起来，有点儿疼，他骗了她。

那天，两个人玩了一天，一起去吃小吃，买了很多小玩意儿。可夜幕降临，城市似乎更热闹，两个人要说分离，乔乔的脸红扑扑的，顺直的长发被吹得有些乱，却很开心：“这是我过得最开心的年。谢谢你，有雪。”

谢有雪没回答：“我送你回去吧。”

“不用了，就几步。”乔乔摇头，其实她不想让他看到自己冷冰冰的家。

“那你自己小心，到家了给我打电话。”

谢有雪看着她离开，乔乔走几步又回头，冲他摆手说“回去吧”。谢有雪点头，仍站着不动，她又走几步，又摆手，不知为何，有些难受，谢有雪猛然想起她曾讲过家里的事，那过年她不是一个人？想到这儿，他大喊一声：“乔乔！”

“啊？”风送来乔乔的声音。

“和我回家过年。”谢有雪边喊边跑，跑到她面前，喘着气，“和我们一起过年吧。”

“为什么？”乔乔傻傻地问，过年一般不是只有家人相聚，外人不便掺和吗？

因为我不想让你一个人，谢有雪差点儿脱口而出，他说：“过年人多比较热闹。”

乔乔直直看着他，可在他眼里只看到真诚的关心，好久，她才展颜一笑：“好吧！”

和谢有雪并肩走在一起，乔乔抬头看天，看到了吗？妈妈，我有好多朋友，也有喜欢的人，以后我不会再寂寞了。我很好，你放心。

而谢有雪向前走，觉得心里轻松了好多。他想起夏欢颜，她焦急地等着叶一诺电话的神情，甚至为了赶上他，过年都关在家里复习不出来凑热闹，又看看身边的女孩，也许，是时候放手了。

他对她再好，也只是哥哥，就算再不舍，妹妹总有一天会遇见对的人。

而他也会遇见自己的幸福，就算不是乔乔，也有其他人。

所以就这样吧，谢有雪望向乔乔，有些苦，但有些释然。

或许这就是成长，总有些割舍不下，但

又不得不放弃。

20 最坚固的五人组

过完年，很快又开学，接下来是兵荒马乱的高考。

连夏八爷都只在离宫影视城接些短期的活儿，专心留在家里照顾要高考的谢有雪。夏欢颜也一样，凡事以谢有雪为重，她一向吵吵闹闹惯了，不过怕打扰哥哥复习，也收敛了不少。

有时候夏八爷看着坐在一起学习的儿女，忍不住老泪纵横，他上辈子一定是折翼的天使，才换来一对这么乖巧懂事的孩子。

这半年，大家都感受到一种无形的压力，高考的压力。

每天的倒计时，就像一把不断往下滑的刀，再不向前跑，刀就要掉下来了。

六月七日、八日，当最后一科铃响了，广播里传来“考试结束”的提示，考生走出教室。

谢有雪一出来，夏欢颜就冲过去：“怎样？怎样？”

见哥哥绷着脸没说话，她又说：“没事，考完就好，考完就好！”

谢有雪笑了：“放心，挺好的！”

夏欢颜心里的石头放下了，乔乔也笑了。

谢有雪冲她点点头：“我先去收拾下课本！”

“嗯嗯！”夏欢颜点头，对身边的包子、乔乔说，“我就知道有雪没问题！”

“也不知道刚才谁急得说有雪会不会突然肚子痛手抽筋写不了字。”包子幽幽道。

夏欢颜：“……”

正等着，教学楼上突然发出无数声撕心裂肺的嘶吼，下一秒，整个学校都疯了。

漫天的试卷、课本从楼上扔下来，像下雪般纷纷扬扬散落一地，高三的学生疯了！昔日只有读书声的重点中学，此时全是青春的呐喊声。他们要离开了，他们毕业了，做不完的作业，考不完的考试都结束了，发泄持续了很久，有人往下扔课本，有人趁机表白，大喊“××，我喜欢你”，再不说就都迟了。

夏欢颜也跟着喊了声：“叶一诺，你终有一天会从了我！”

不过完全被高三生的呐喊盖住了，她又喊了几声，还是敌不过，被包子笑了半天。

站在底楼，看着漫天的试卷，夏欢颜恨恨地说：“明年，明年就轮到我们了！”

“这扔的不是书，是钱啊，”包子随手接了本，《×××黄金宝典》，定价56.4元，她朝楼上喊，“喂，楼上的，这么厚的书也砸下来，就算没砸到花花草草，砸到柔弱可爱的小学妹怎么办？”

回答她的是更多“哗啦啦”往下掉的书，包子眼睛绿了，转头对着两位好友。

“我们去捡吧！”

“啊？”

“捡了卖了，给有雪庆祝！”

这下夏欢颜眼睛也绿了，这扔的不是书，是漫天的小金币呢。

于是，三个小伙伴打着伞，热火朝天地捡起来，很快就捡了小山般的一堆，正捡得起劲，一本复习资料被踩住。夏欢颜抬头，是姚荣荣，她居高临下地望着她，眼里全是鄙夷：“真丢人！”

夏欢颜气得要反驳，有人站到一旁，说：“不偷不抢，有什么好丢人的。”

是叶一诺，姚荣荣一看到他，愣了下就转身走了。叶一诺捡起书，递给夏欢颜，眼睛里全是笑意："赚钱了，变成土豪，不要忘了我哦，小财迷。"

说完，他插着裤袋，悠然走了，留下夏欢颜捂着脸："呜呜呜，讨厌，被英雄救美了！"

她更卖力地捡课本，同时想，神啊，再来几个恶毒的女配来蹂躏柔弱的我吧，让我心中的英雄踩着七色云彩来救我！

当然，这等不要脸的祈求，神会自动过滤掉。

三个人捡了大半天，等谢有雪出来，用自行车载去卖，最后竟卖了一百零八块大洋。拿着生平第一次赚的钱，包子紧紧握着："一不小心成了土豪，怎么办，我这么有钱，会不会有人抢劫我？欢颜，保护我！"

"你够了！"

四个人拿着钱，又凑了些，去超市买东西，准备回家庆祝一下。夏欢颜想想，也把叶一诺叫上。叶一诺很快赶来了，五个人浩浩荡荡地向夏家走去，夕阳把他们的影子拉得长长的，夏欢颜看看小伙伴们，胸中升起万分豪气，真好，大家都在一起！

21 因为，你就是我的梦想

夏八爷允许大家放纵一晚："这半年，大家陪着谢有雪一起备考，确实不容易，有雪最辛苦。"

大家吃吃喝喝，打打闹闹，最后坐在一起说话，说有雪要上大学了，以后不能再一起上学、上晚自习，又有些伤感。包子说："有雪，你毕业了，是脱离苦海了，我们四个还在苦水里泡着，一想到还有一年那么长，我就觉得好想死啊！"

"没事的，挺过来，明年的这一天，我就回来给你们庆祝！"

"明年，好遥远……"

"很快的，很快你们也能毕业，像我们这样，把书本扔掉！"

"是吗？"

四个人有些傻傻地问，就算是如叶一诺这样的学霸，对繁重的高三也有些吃不消，高考是真的累。夜有些晚了，大家闹了一天，又累又兴奋，稚嫩的脸上红扑扑的，眼神有些迷离，一想到明年他们也可以大喊，扔书，对来不及表白的人说喜欢，好像又有些期待。

夏欢颜傻傻地问："毕业了，是不是想做什么就可以做什么？"

她一想，还挺美的，一脸向往地问："叶一诺，到时候我们在一起好不好？"

"……"叶一诺脸一红，不好意思地别过脸。

大家笑成一团，毕业，听着真好，可以光明正大谈恋爱，不用像做贼般连拉手都不敢，电脑不会被上密码锁，不会被严格规定上网时间，有自己的手机，不会电话打久一点儿就被查户口般盘问，不用多玩一会儿就被念叨着要去做作业，不用担心考试考砸了，怎么向父母交代……好多好多，毕业真好。

"啊啊啊，我们什么时候能毕业？"包子又开始吼叫了。

连乔乔的眼神也充满期待："如果我们毕业了，大家都想做什么？"

包子举起手："我想嫁个厨师，叫他天天八大菜系中西结合做好吃的给我吃！"

"果然在吃货眼里，什么都等于食

物。”夏欢颜凉凉地说。

“怎么？你看不起我的梦想？”包子不满道，“我敢打赌，你的梦想一定是嫁给叶一诺！”

叶一诺大窘，夏欢颜却说：“少瞧不起人了，这只是我的追求，我还有个终极梦想！”

“什么终极梦想？”

夏欢颜站起来，走到客厅，指着墙壁上的照片，是夏八爷的婚纱照，夏妈妈一袭洁白的婚妙，虽然只是最简单的设计，相对于现在的婚纱显得那么普通，可也把她衬得温婉美丽，特别动人。

夏欢颜指着照片：“这是我妈妈，美吧？”

大家点头，夏欢颜有些难过地说：“可惜我从来没见过她，她就给我留了这一张照片。以前我小时候，夏八爷欺负我，我就跟她说话，无论我跟她说什么，说多久，妈妈都温柔地看着我，从不生气，也不觉得我烦，我看着她，觉得穿婚纱的女人最漂亮，我妈妈是全世界最美的妈妈。”

可能是第一次在大家面前说起自己的梦想，夏欢颜也难得有些害羞，说：“我的终极梦想就是做一名婚纱设计师，给每个女孩设计独一无二的婚纱，让她们美美地嫁出去，幸福一辈子！”

想不到这个大大咧咧的女孩心里却有着最纯白的梦想，叶一诺想起她送的绘本，美术功底很好，也在默默努力着吧，他说：“那可要好好努力，梦想可不是说说而已。”

“当然，我是谁，”夏欢颜骄傲地抬起头，她搂着乔乔和包子的肩，豪气万千，“你们两个，将来的婚纱我包了！我一定会让你们变成最美的新娘！”

乔乔和包子感动得不行，包子提议：“我们做个约定吧，将来不管谁结婚，都要做彼此的伴娘！”

“好！”

“好！”

三双手紧紧握在一起，许下关于未来的第一个约定。看着彼此，眼里都是暖暖的笑意。谁也不曾想过，多年以后，他们会分崩离析，不再联系，而许下的约定也成了年少的一场风，吹过心间，来过，暖过，最后却消失得无影无踪。

“那你们呢，你们的梦想是什么？”

“我？”叶一诺想了想，说，“我想当个建筑师。”

“盖房子啊？”夏欢颜皱着眉，怎么听起来一点儿都不浪漫。

“差不多，”叶一诺垂着眼睑，轻声说，“我想设计一个没有分离和伤痛的家。”

夏欢颜猛然想到他那以离婚收场的父母，他选择尊重，但不是不难过。

夏欢颜用力拍了拍叶一诺的肩膀，指了指自己：“放心，有我呢！”

“哟——”又是一阵起哄声。

叶一诺不好意思地别过脸，夏欢颜挠挠脑袋，转移话题：“有雪呢？”

“我的梦想就是将来给叔叔开一家武馆，将咱们夏家的武艺发扬光大！”

那边正在看电视的夏八爷暗暗在心里点了一百个赞，不愧是我儿子。下一秒，夏欢颜却摇头：“不行，太官方了，你的梦想关那老头儿什么事，说，你最想做什么？”

“真的，我就想开间武馆，教几个学生，简简单单过日子！”

“然后娶个老婆，生几个大胖儿子吗？”

夏欢颜问，大家又笑成一团，谢有雪不好意思地说：“生活不就这样吗？”

他注意到大家都说了梦想，唯独乔乔没有，又问：“乔乔，你呢？”

“不知道，我还没想好做什么。”

她确实什么都不缺。五个快成年的孩子又玩起了真心话大冒险。闹了大半夜，最后大家都困了，瘫倒在沙发上睡着了。唯独谢有雪还清醒着。

他睡不着，望着一屋狼藉，认命地收拾起来，说是给他庆贺，最后还是他在收尾。收到一半，有人轻轻拍了拍他的肩膀，是乔乔，她指了指阳台，示意他出去。

虽然是夏天，但是深夜，风吹到身上还是有些凉。

乔乔就穿着单薄的粉色雪纺裙，赤着脚，一头顺直的长发如月光倾泻而下，抿着唇，清亮的眸子静静地望着谢有雪，或许有点儿冷，她都有些发抖。

谢有雪脱下身上的格子衬衫，轻轻披在她身上，轻声问：“怎么了？”

许久，久到天上的星星都要睡着了，乔乔才抬头问：“有雪，你问我的梦想是什么，我不是没想好，而是说不出口，因为——”

她望着他，水一样清澈的眸子里全是忧伤和藏不住的喜欢，似乎用尽了一辈子的勇气，她还是说出了口：“因为，你就是我的梦想啊，有雪。”轻

（连载至此谢幕……）

新书预告：陪伴大家一年之久的《挥手告别小时光》到这里就告一段落了。杂志连载虽已结束，但夏女侠和男神叶一诺的故事还在继续着……夏欢颜为何在一步之遥的时候选择放弃男神？成为偶像新星的谢有雪却为何心事重重？在巨大的变故面前，每个人都有难以言说的秘密。不过，不管怎样，这段青涩的小时光终将成为你我最心动的回忆。

邻家武圣 二
Written by | 两色风景 Painting by | akano
(连载 2)

前情回顾：邻家有帅哥，还是未来的“武林盟主”！自从邻居卓小豪一家搬来后，曹歌的生活里每天都在上演惊心动魄。这次邪恶势力又在蠢蠢欲动了——杨剑的弟弟杨峰开始了新一轮的袭击计划。新的故事，又要开始了……

6. 曾经的约定

那是曹歌的声音。卓小豪闪电般打开了门，果然看到外面鬼鬼祟祟的她。

“哎呀……”曹歌尴尬极了，这可是别人家，而她在别人家扮演狗仔队……但是尴尬了没两秒，她立刻问：“卓阿姨，你们为什么要搬走啊？”

“你应该问，我们为什么不搬走。”卓太太无奈地说，“事实上，我们几乎每一年都要搬家，在哪个地方都待不久。我们不也是因为搬家才来到这里的吗？”

“所以说为什么……”

“你知道我们家的秘密。我们是武林盟主的后人啊。”卓先生把话头接过来，“也许在这个时代，‘武林盟主’算不了什么，但是在那些跟我们一样、侠魂绵延数千年的人心中，这却是一个具有凝聚力的称谓。给正义之士以希望，让邪魔歪道不能肆无忌惮——也因为这样，从小豪还很小的时候开始，我们就不断遭遇刺客。”

“你们都那么厉害，完全可以打败他们啊！”曹歌热烈地说。

“那些虾兵蟹将的确不是我们的对手，但是他们在暗，我们在明，形势始终对我们较为不利。”卓先生严肃而条理清晰地说，“再者，我们的战斗常常会连累无辜的人……对此，你应该深有体会了。”

“我们应该是为着守护这个时代的和平而存在的，如果因为我们让许多人受害，岂不是本末倒置了？”卓太太说着，一向爽朗的脸上，竟带了几分忧郁。

卓小豪不再说话，此刻他脑海里浮现的，是曹歌认识他以来所遇到的种种危险。

“老朽可随时收拾行李，但听老爷与夫人吩咐！”梁爷倒是无所谓，分分钟进入状态。

“嗯，我想想啊，我得先去公司辞职，工作上的交接也需要一些时间……”卓太太说。

“等等、等等！”曹歌急得连连挥手，“你们不能走，你们一走才真就称了那些家伙的意！”

“怎么说？”卓家人异口同声。

“你们捍卫正义，这本该是光明正大的事情，为什么反而搞得跟做贼一样，躲躲藏藏，各种搬家？虽说这样保护了平民，但也助长了反派们的气焰，你们越在意，他们越嚣张。”曹歌说。

卓家人居然都挺认真地听着，曹歌就继续道：“还有啊，你们都居无定所那么多年了，是该在一个地方踏实地待下来，投靠一个靠谱的大本营，兵来将挡，水来土掩。这不比老打游击强吗？”

“其实你说的，我们并不是没有想过，但还是那句话，我们不能自私地将无辜民众……”卓太太的话还没说完，曹歌就飞快地打断：“您说的没错，无辜民众的确容易拖后腿，但是除非你们躲进深山，否则这种人到处都有。反正到哪里都有人拖，那还不如选定一个长久的落脚处，也许那里的人渐渐习惯了这种节奏，还能帮上些忙呢！”说着，曹歌看了一眼卓小豪，他竟全神贯注地看着自己，“我……我就是个好例子呀。我现在胆子大多了，而且我也在学习一些防身的技巧。你们的下一个邻居可不一定有这么好的心理素质。说到底，一味地保护不是事儿，有什么事大家可以一起解决的……”

曹歌一口气说了这么多，闭上嘴巴后，脸红、喘气、心跳加速之类的反应才终于跟上。

“扑哧！”卓小豪见她这样，忍不住笑了，少顷，其他人也都笑了。

“老婆，小曹说得很对。”卓先生一边笑一边说。

“夫人，恕老朽斗胆，私以为曹家小姐的意见不无道理。”梁爷欣赏地看着曹歌说。

“老妈……”卓小豪想说什么，被卓太太扬手阻止了，然后她一手一个，箍住了儿子与曹歌，笑道：“真有意思！一件事在没想通之前各种烦，一旦想通了就觉得都不算什么了。小曹，也许你才是对的。我们要谢谢你。”

“那你们不搬家啦？”曹歌欣喜地问。

“嗯，听你的，谁敢再来袭击我们，就把他们连同幕后的boss（首领）一起揪出来，打垮！”卓太太恢复了一贯的元气，“哎呀，如果我再年轻个二十岁，不，十岁，早就该做出这么积极的决定了。嗯，一定是岁月改变了我，有了家庭就是容易畏首畏尾啊。”

说着，卓太太坏笑着看看怀中的两位少年：“那么小豪，既然你也赞同小曹的意见，保护她的任务就交给你了。好好提高自己吧，可别让人欺负你的小女朋友哦。”

卓小豪本能地点了一下头，随即窘得不得了：“老妈，你在说什么啊……我们不是……”

“干吗？小曹挺好的呀，难道你还惦记着那个未婚妻？”

曹歌本来要说一些“阿姨，不要拿我们开玩笑啦”之类的话，听到这里耳朵竖起：“未……未婚妻？”

“啊啊啊……”卓小豪的人生可能从未如此尴尬过，他本来就是个不善言辞的人，现在更是窘迫到一句话都说不出来，只顾着发出无意义的大叫和挥舞手脚，这慌张的反应更是让曹歌觉得大有问题。

这时，茶室的门又被拉开了，是小兔，她噘着嘴巴大声抗议：“小兔以为你们被坏人抓走了！结果你们自己躲在这里玩，都不理睬小兔！你们……呜哇哇哇哇！”

伴随着小兔的哭泣，整个茶室地震一样剧烈摇晃起来。小兔没有学过什么武功，却能依靠哭泣使出纯天然的“狮吼功”，全家人一边捂住耳朵，一边连连求饶：“小兔不要哭！不要哭啊！”

就在小兔开始哭的时候，卓小豪及时捂住了曹歌的耳朵，他还能靠内力勉强抵抗一下，曹歌这样的平凡人是有可能被震得七窍流血的。

但面对卓小豪的体贴，曹歌没有表现出什么感激，只是目光复杂地瞥了他一眼。

卓小豪大概明白这一眼的含义，苦笑着说：“别听我妈乱说……”

那厢，卓先生和卓太太已经把哭泣的小兔哄住了，卓妈妈忽然注意到小兔手里有一只口吐白沫的鸽子，不禁问：“小兔，这个是……”

“它飞到哥哥的房间里，小兔抓到了！”小兔擦着眼泪，自豪地邀功，仿佛刚才没哭过。

“是信鸽啊。”卓太太从鸽子腿上解下一封信，打开，有一片花瓣掉出来，曹歌眼尖，一下子就看出，那花瓣，与卓小豪珍藏着的花笛是同一种花！

“哇，还真是说曹操，曹操就到。”卓太太看着信，露出惊奇的表情，“小豪，是苏漓的信欸。”

“她在哪里？”卓小豪脱口而出。

“不知道。”卓太太将信在卓小豪与曹歌面前展开，“但看起来，离这里不会太远。”

只见那封信上写着——

小豪：

我来找你了，我们很快就能见面。

我很想你。

还记得我们的约定吗？

漓

曹歌的心，以连她自己都没法控制的节奏沉了一沉。

卓太太刚才说的，卓小豪有个未婚妻，就是她吗？

苏漓。

7. 不是朋友

曹歌打开门时，循例看到了对门等待的卓小豪，她的目光完全没有在他身上多做逗留，立刻泥鳅一般滑开，径直向学校走去。

卓小豪轻而易举就追上了她，但曹歌面无表情，还是完全不搭理他。

“如果我猜错了，你别见怪。”卓小豪挠着头，“你是不是在生气？”

“没有。”曹歌说，“我有什么好生气的？”

“也是啊。”卓小豪说，“我就是想不出，你到底有什么好生气的，所以才觉得奇怪啊。”

话音未落，曹歌的脑门绽放出一朵大大的十字花，迈着更大的步子飞快地离去，留下一脸迷茫的卓小豪。

这种迷茫，从昨晚就已经开始了。当曹歌听说了“未婚妻”这个关键词后，情绪就明显有些不对，甚至没有像说好的那样在他们家吃饭，而晚上，二人在睡前聊天的惯例，也因为曹歌单方面的放鸽子而泡汤了。

然后今天早上，曹歌的态度又是这样不冷不热的。卓小豪提出要带她飞去学校，也被拒绝了。到了学校，曹歌更是很干脆地忽略卓小豪，跟她《草花》的同事们开会去了。

卓小豪能感受到，曹歌暂时不想搭理自己，他只好将视线从曹歌身上收回来。不经意地，看到了骆泽。

骆泽正跟他的两名狗腿手下闲聊，卓小豪走向他。

胖子和瘦子立刻跟左右护法一样挡住卓小豪的去路：“你……你要干吗？”

“两个笨蛋，不管他想干吗，都不是你们拦得住的吧。”骆泽在两人背上各留下一个脚印，然后乜斜着问卓小豪：“什么事？”

“我问你啊……”卓小豪压低声音，“你了解女孩子吗？”

“……”即使是骆泽，也被卓小豪的问题弄得一窘，专注耍酷三十年的表情一瞬间有点儿崩坏。

“我们老大英俊潇洒，魅力不凡，什么样的女孩子不了解！”胖子叫道。

“别说女孩子了，就算是男孩子也无法逃脱老大的手掌心！”瘦子帮腔。

骆泽直接抄起一把椅子把他们俩砸趴下了，然后用微带窘迫的表情问卓小豪：“……你问我这种问题是什么意思？”

“因为曹歌好像忽然有点儿生气，不知道是不是我惹到她了。”卓小豪老实地说，“在她之前，我几乎不认识什么同龄的女孩，这方面你可能比较有经验……”

卓小豪虽然是个武林高手，但是在人际交往方面，单纯得简直如一张白纸，当骆泽明白他是在认真跟自己求教之后，不动声色地翻了个白眼。

“你为什么来问我？”骆泽瞪着卓小豪说，“我跟你有好到要帮你追女孩的地步？”

“什么追女孩？我没那个意思。”卓小豪忙说，“还有，我们不是朋友吗？”

“谁、跟、你、是、朋、友！”骆泽恶狠狠地说。即使实力远不如对方，但他只要一开口，就永远是占上风的气质。

“是啊是啊，老大才不是你的朋友呢。”胖子从地上爬起来说。

“老大有我们俩就够了！”瘦子也帮腔道。

“我没有朋友，也不需要朋友。”骆泽看着卓小豪说，“别自作多情了，离我远一点儿，我跟你还有很多账没算！”

卓小豪被泼了一盆冷水，悻悻地走开了。

而他背后，胖子委屈地对瘦子说：“老大刚才说我们不是他的朋友……”

“笨蛋！他是我们的老大就够了啊！”瘦子呵斥。

“也是哦！我们要永远跟随老大！”

“永远跟随老大！”

门在这时开了，教室里静了下来。

一位戴着眼镜的老师走了进来，在她身后，有一个娇小玲珑的人影。

8. 苏漓

“小豪！”

所有人都没有反应过来的时候，那个人影已经伴随着一声清脆的呼喊，朝教室的某个角落飞扑过去。

曹歌的嘴巴不受控制地歪成一个夸张的弧度，只见一个女孩像小动物一样，脑袋一个劲儿地往卓小豪的怀里拱，双手紧紧地抓着他的衣袖。

那个女孩的个子并不高，却十分甜美可人，一头乌发梳成许多长长短短的辫子，随着她的动作有生命一般飞舞着，她在叫着：“小豪！小豪！我好想你！”

全班同学都震惊地看着这令人瞠目结舌的一幕，就连柳下惠一样纹风不动的骆泽都目不转睛。

“苏漓？”卓小豪错愕了好几秒，才将那女孩推开，上上下下打量一番后表情变得惊喜：“小漓！真的是你啊？”

“真的是我啊！小豪！”叫苏漓的女孩眉眼弯弯，笑得开心极了。

“那个，你先松开我再说。”卓小豪直到这时才发现这么抱着不妥，目光越过苏漓的肩膀时，他看到曹歌一脸难以言喻的表情。“曹歌，这是我小时候的好朋友。”他忙解释。

"原来是遇到老朋友了啊。"被完全无视的那位老师推推眼镜，恢复了威严，"这种激动的心情老师可以理解，但是苏漓同学，这是在学校……"

"对不起，老师。"苏漓忙松开卓小豪，冲老师抱歉地笑了一下，模样可爱而乖巧。

教室里一半以上的男同学都被苏漓的那个表情给萌到了。瘦子甚至激动地揪着骆泽说："老大！她好萌有没有！"——"咚！"骆泽眼睛都不眨地把他打到了桌子下面。

"总……总之下不为例哦。"那位老师轻咳了几声，脸上甚至浮现了几点红晕，"那么，回到讲台上来，给同学们做一下自我介绍吧。"

"好的。"苏漓回答着，冲卓小豪甜甜一笑，蹦蹦跳跳地回到讲台上去了，任谁都能看出，重见卓小豪让她的心情好得不得了。

曹歌的目光一刻不停地追随着苏漓，内心的百感交集，让她自己也感到陌生。

"大家好，我叫苏漓。苏打的苏，漓江的漓——"苏漓在空气中比画着，跟大家打着招呼，"我以前住在迷宫市，因为爸妈工作调动的关系转学到了这里，我很喜欢交朋友，希望能跟大家成为好朋友！"

除了骆泽与卓小豪，其他男生全都情不自禁地点头，显然已经不满足于只做朋友了。

"我的兴趣爱好也很广泛。"活泼的苏漓滔滔不绝地说下去，"最喜欢的就是音乐啦，我会演奏很多种乐器哦。今天很开心，就让我为大家献上一曲吧。"

说着，苏漓也不管老师同不同意，从口袋里掏出一样粉红的东西来，曹歌一眼就看出：那是一支用花瓣做的笛子，与卓小豪珍藏的那支一模一样！只是卓小豪的那支岁月久远，已经成了标本一样的干花，而苏漓的这支则娇艳欲滴。

苏漓闭上眼睛，长而细密的眼睫毛微微跳动着，而嘴唇轻轻抿上花笛，悄柔若吻。同学们情不自禁地安静了下来，仿佛一场盛大的歌剧表演即将拉开帷幕。

然后，一曲优美的旋律如小鸡破壳般响起。该如何形容那样的音色？它就宛如春暖花开、冰雪消融之际最初的那一缕清泉，快乐而低调地流进山野，浸润沿途的绿意与鸟鸣，仿佛能够洗涤一切般，从每个人的耳膜，淙淙流淌入心田，让人感受到一股祥和宁静的暖意。

曹歌浮躁而紊乱的心绪，都在聆听了几分钟苏漓的笛声后，变得平静。

一曲终了，空气中仿佛还残留着余音袅袅，每个人都是一副入神、陶醉的表情，即使永远以不良少年的酷酷形象严格要求自己的骆泽，那一刻的神色都显得柔和了许多。

卓小豪微笑着看着苏漓，轻轻地拍了拍手掌。其他人也像是被惊醒了似的，争先恐后地鼓起掌来。

"好听！""太棒啦！""一流啊！""我算是知道什么叫绕梁三日了！""再来一首、再来一首！"……

热烈的欢呼回荡在教室里，苏漓在一瞬间就变成了全班最具人气的女生，就连身边的老师也一脸感动地频频点头。

苏漓冲着卓小豪的方向，开心地眨了眨眼睛。捕捉到这个小动作的曹歌，本来已经平静的心湖，又漾起了涟漪。

9. 未婚妻

下课的铃声五分钟前就已经响了，但是老师现在才有结束讲课的意思。同学们虽然不敢大声抗议，但是不满的心情很明白地表现在脸上，以及窃窃私语中。

“别不耐烦。”老师推推眼镜，以一己之力给了全班一个超级大白眼，“还不是因为课前耽误了太多时间，所以才要补回来！不过你们也实在太娇气了吧，哪个老师不拖堂啊？”

“艾老师就从来不拖堂。”有人低低地说了一句。

一石激起千层浪，怀念艾老师的声音竟然此起彼伏，完全不给现在这位老师面子。

“好了好了。”该老师不耐烦地说，“你们亲爱的艾老师已经辞职了，现在的班主任是我，就得按我的规矩来！——不多说了，下课吧！”

老师拿着讲义离去，但是同学们对艾老师的缅怀不能说停就停。

平心而论，代替艾老师的这位老师也不是什么讨人厌的暴君，但，正所谓曾经沧海难为水，艾老师年轻又清秀，温文尔雅的气质与谈吐完全是偶像级别，并且他教书育人的水平证明了他不只是个花瓶，虽然扎马尾和有事没事打毛线这两点让他显得有些怪，但有个性才更值得一萌不是吗？相比之下，所有老师就都是路人了。

高一（F）班的同学都不明白，为什么艾老师忽然就提出了辞职，并且迅速从天马小镇蒸发了，大家甚至来不及为他举办一场伤感的送别会。包括卓小豪与曹歌都不知道。尽管，在杨剑别墅那惊天动地的一战中，如果没有艾老师帮忙，他们实在没有把握打赢。可事后艾老师的离去是那样突然，甚至没有留下一句话。

那之后，追忆艾老师就成了这个班级的同学长吁短叹的主题，尤其是在其他老师做出一些不那么人性化的事情时。

不过今天还是有点儿不一样，因为苏漓这个美少女转学生。老师前脚刚离开教室，许多同学后脚就已经迈到了苏漓的座位周围，毫不矜持的男生当然是主力，但其中也有不少女生。不过苏漓的动作比他们更快，不等被包围，她就像一只蝴蝶那样翩然飞到了卓小豪的怀里。

“小豪、小豪、小豪！”苏漓毫不顾及他人的目光，雀跃地撒着娇。

“不要老是在人前展示轻功啊。”卓小豪忙压低声音提醒。

好在苏漓的动作在其他人的眼中，只是宛如体操选手一般的轻盈柔韧。当然，曹歌与骆泽都并不那么认为，他们清楚地知道：这个对卓小豪表现出一种依恋的女孩子，必然也是个武林高手！

“对噢，妈妈有提醒过我的，我给忘了

呢。”苏滴敲敲自己的脑瓜，吐吐舌头。

“很正常的，我刚来这所学校时也很不习惯，常常会露出马脚。”卓小豪善解人意地说，“你怎么会来？”

“昨晚的飞鸽传书，你没有收到吗？”

“有收到。我是说……大家失去联络那么多年了……”

“我一直很想早日见到你。”苏漓说，“但是你知道的，我们‘英雌族’的家传武学……我作为继承人，在没有完成修炼之前，奶奶、妈妈都不许我离开半步的，其实我小时候曾经偷偷跑出来想去找你，被抓住后打得半死呢！”

“辛苦你了。”卓小豪也有过类似经历，对苏漓的情况深有体会。

“我在闭关修炼的那些年里，就是靠着想小豪你，来让自己度过最难熬的时光。”苏漓深情地说，“对我来说，那些都像是发生在昨天一样，因为自从分开以后，我每天都要回忆我们在一起的那段时光。小豪，你想我吗？”

卓小豪无奈地笑了一下，说：“当然想。你送给我的花笛，我一直还保存着。”

“我就知道！”苏漓开心得居然冒出了泪花，不顾一切又抱住了卓小豪。

卓小豪宛如走火入魔一样，脸上不断有汗冒出来。眯眯眼的他，看起来总是在笑，而这会儿笑容简直僵硬到快要掉下来了。

周围想跟苏漓好好聊聊的同学们面对这两个人形成的亲密无间的气场，先是纳闷，然后变得有些郁闷，有男生嘀咕：“转学生干吗跟卓小豪那么要好？”

“人家不是说了？小时候的好朋友，青梅竹马！”

“可恶，我们的眼睛比那家伙的大呀！”

男生们讨伐着卓小豪时，海欣走上前去说：“卓小豪，不要独占人家。反正你们会有说不完的话，不如先让我们……”

海欣跟曹歌同是《草花》的编辑，同样练就了寻找新闻素材的敏锐性，苏漓刚来这学校就露了一手，海欣觉得，她的音乐才华必然会在天马中学大放异彩，那可绝对要给她做个头条不可！

海欣的本意是要把苏漓从卓小豪的身边拉走，她用一种女生式的亲昵握住苏漓的手，可是没等她使劲，苏漓的眼睛忽然寒光一闪，顺势将海欣往自己身边一拉，然后一个转身——

一直观望着这一切的曹歌几乎惊叫起来，她几乎能够预见，海欣被苏漓直接从窗户甩出去的情景！

——但也就在同一时间，卓小豪闪电出手，把海欣从苏漓手中夺了下来，并将她们纠缠在一起的手不动声色地分开。

最后同学们看到的是：海欣想把苏漓拉走，苏漓稍微挣扎了一下，卓小豪立刻拍案而起，把海欣抢着抱在了怀里……

“呀——”海欣清醒过来之后发出了被骚扰的叫声，“变态！快放我下来！”

“真看不出来，卓小豪如此人面兽心……”“是的，在大庭广众之下就对女孩子出手了！”“独占转学生还不能满足他吗！”男生们唯恐天下不乱地起哄道。

这些话显然惹怒了苏漓，她用飞快的速度扫视了众人一眼，一双手似有动作……

“啊！”曹歌在这时叫了一声，众人的目光云集到她身上，曹歌维持张着嘴的表情，快步跑到卓小豪的面前，嗔怪道：“海……海欣，你真是的，鬼叫什么啊。人家又不是非礼你，而是救了你！”

“救了我？”海欣茫然地问。

“就是啊，刚才你拖这位……转学生，”曹歌看了苏漓一眼，“又没拖起来，差点儿就栽倒了，卓小豪眼疾手快扶住了你，当然动作稍微夸张了点儿，但还不是免得你摔倒！”

旁观者面面相觑，被曹歌这么一解释，好像真是那么回事儿。

卓小豪把海欣放下来，诚恳地说：“不好意思啊。”

“没有没有，是我不对。”海欣面红耳赤。

卓小豪冲解围的曹歌投去感激的一瞥，曹歌收到了，还给他一个白眼。

这些都被苏漓尽收眼底。

10. 十年前的回忆

一轮朔月高高地挂在空中。

荒无人烟的地带，夜晚永远更加纯粹，黑暗、压抑、神秘，带着呼之欲出的恐惧。人类向往光明，乃至发明了钻木取火，并不是没有理由的。

一个小女孩独自在山林中走着，她的脸上、身上都沾满了泥点，显然摔倒过很多次。她的头发凌乱，眼泪鼻涕在脸上肆无忌惮地流淌，让她看起来狼狈又可怜。

“妈妈……奶奶……”

小女孩一边走，一边无助地哭泣着，然而对她而言，这片密林实在太大了，仿佛一个建筑在地狱深处的迷宫，她看不穿、走不出，能做的只有不断徘徊与哭泣。

突然，密林深处传来了一丝动静。

小女孩停下了脚步，呆呆地望着传来声音的地方。那其实是十分轻微的一声，但小女孩十分敏锐地察觉到了，她止住了哭泣，脸上盘踞着恐慌与希望。

“妈妈？奶奶？”小女孩壮起胆子问了一声。

没有人回答，但那声音开始慢慢逼近，带着浓重的喘息，以及一阵扑鼻的腥臭。

小女孩明白了什么，恐惧像一条绳子，将她捆绑得透不过气来，她转身想跑，但是迈不开脚。

脚步声的主人出现了。

那是一只老虎，一双金色的眼睛在黑暗里幽幽闪烁，身上黑黄交错的斑纹威风凛凛，像是一道道不规则的闪电，划伤了小女孩的双眼。

小女孩一屁股坐在地上，只觉脚下一阵湿润，她想哭想叫想跑，却在看见老虎的那一刻丧失了全部的气力。

老虎似乎感觉到了，眼前的猎物完全不需要它展现更霸气的姿态，就能够轻轻松松地吃进肚里，因此它的步伐不紧不慢，只是在逼近小女孩的时候，舔了舔舌头，尖锐的牙齿在那一刻若隐若现。

“喂！”

一声突如其来的呵斥，震得泥塑般的小女孩全身一凛，她随即看到一团影子像箭一样朝着她射了过来！那是一个六七岁的、眼睛眯成一条缝的小男孩！

——那就是，卓小豪与苏漓的初次相遇。

那时的卓小豪年纪虽小，但是身法已经十分了得，他利用树木、草叶为踏脚石，飞快地逼近了苏漓，一下子抓住她的手，像是捕猎的飞鹰一般，企图将她带上高空。苏漓几乎没有反应过来，就被带着如一阵风般离开了地面。

“嗷！”

从容不迫的老虎发出震怒的一吼，它可是百兽之王，如何能容忍到了嘴边的肥肉不翼而飞！它张开血盆大口，追着那两个人类小孩儿而去！

卓小豪虽然有着不错的轻功，但到底也只是个孩子，多负重了一个人让他没有能力飞得更高、更快，老虎的吼叫却如影随形地跟了上来，一个不小心，他一脚踏空，跟苏滴一起从半空中摔了下来！

苏滴疼得想哭，卓小豪迅速捂住了她的嘴巴，把她按在了地上。

“不要出声，会被发现的！”卓小豪轻声说，但是他的声音止不住地发抖。

“我……们会不会被吃掉……”苏滴勉强把惨叫吞了下去，但是眼泪止也止不住，说话的声音奇怪得像是某种小动物的呜咽。

“你不要怕，我会保护你。”卓小豪说着，补充了一句，“我是武林盟主，我会保护所有人！”

月光皎洁地洒下来，苏滴看清眼前的男孩，身材清瘦，跟她一样很脏，身上还有伤，但是不知道为什么，他散发出一种可靠的气场，让人愿意相信他。

“嗯……”苏滴点点头。

这时，老虎出现了。它的眼睛仍然瞪着两个猎物，所谓“虎视眈眈”，有口水正顺着它的锐齿滴下。

“别……别怕，妈妈刚教过我怎么点穴……”卓小豪将苏滴护在身后，说。

“你知道老虎的穴道在哪儿吗？”苏滴无助地问。

“……”卓小豪还来不及恍然大悟，老虎已经扑上来了！他忙抱着苏滴，就地打滚儿避开了那一扑，并抓起一把草叶用力投掷出去！

薄薄软软的草叶，在脱手飞出的时候呈现出飞镖般的力度，但是还没飞两米就跟落叶一样飘了下去。老虎的来势并未减缓，继续朝前冲来！

“呀——”卓小豪抓起一根树枝，掐着一招剑诀迎了上去，与老虎错身而过的刹那，他将身子一矮，后背擦着土地滑过，而树枝在老虎的肚皮上重重一掠！

只可惜，老虎并没有因此被一分为二，只是身上多了一道浅浅的伤痕，那让它更加震怒了！

“嗷——嗷嗷嗷！”老虎的吼叫声在山野中回响，震得树叶簌簌落下。

“妈妈！奶奶！”苏滴哭得更加厉害了。

“别怕，别怕……”卓小豪紧紧抓着树枝，盯着老虎，“我会保护你的……”

“嗷嗷嗷！”老虎再次冲两个孩子发起了攻击，血盆大口朝着卓小豪咬下，这一次，卓小豪真的避无可避了！

“上弦斩。”

伴随着一声招式名，一个窈窕的身影神不知鬼不觉地插进了两个孩子与老虎之间，她的手里捏着一柄剑，剑招在空气中画出上弦月的轮廓。

——那是年轻时的卓太太。

老虎像是扑在了铜墙铁壁之上，竟被震得飞了出去！当它好不容易站稳，身上的虎毛全部脱落，它竟然变成了一只赤膊虎！

“再不滚蛋，就拿你泡虎骨酒咯。”卓太太一边收剑一边对老虎说。

猛兽大多有察觉危险的本能，眼前的女子虽然弱质纤纤，但是老虎很识相地察觉到十个自己都未必是人家的对手。它哀嚎一声，转身就跑。

“哇哈哈哈！”卓太太发出得意的大笑，转身问儿子和苏滴：“你们没事吧？”

“妈妈……”卓小豪的意识好像还没从被吃掉的恐惧中脱离。

“怎么啦，吓傻啦？”卓太太捏捏儿子的脸，“傻瓜，老妈让你在山里修行，但怎么可能完全不闻不问嘛。只要你遇到危险，我肯定第一时间出现！”

“你才没有第一时间……”卓小豪说着，眼泪委屈地流了出来。

“喂喂喂，刚要表扬你那句‘我是武林盟主’很酷的，你怎么就给我漏气了？”卓太太失望地说，“别哭了别哭了，别让被你救了的美少女失望啊。”

然后，卓太太在苏滴面前蹲下，和蔼地问：“小姑娘，没事了。不要哭。来，告诉阿姨，你叫什么名字？怎么会这么晚在山林里乱跑呢？”

苏滴抽抽搭搭地，正要说什么，突然欢叫道：“妈妈！”然后蹦蹦跳跳地跑了出去。

一个容貌普通的女子在一棵树后出现，苏滴扑到她的怀里，泣不成声。

“哦，太好了，原来你妈妈也在附近哦。”卓太太笑着说。

那个女子抱起苏滴，对着卓太太点了点头。

“这位姐姐出现得悄无声息，连我都没有察觉，轻功真是不错。”卓太太落落大方地伸手，“自我介绍一下，我叫……”

“我知道你是谁。”女人瞥了一眼卓太太手里的剑，“我认得月影剑。”

“哦？剑比人有名，有时候真不知道是好事还是坏事呢。”卓太太笑着说。

“听说月影剑的主人嫁给了武林盟主的后人。”女人看向卓小豪，“如此说来，这位就是未来的盟主大人了。”

“是呀，姐姐好眼光，不知你们是……”

“我们是英雌一族。”

“哦，英雌族！”卓太太露出仰慕的表情，“早就听过你们的大名呢！你们是我们女性的骄傲。”

卓小豪看着苏滴，问：“什么叫英雌族？”

“嗯，就是武林中一支全部由女性构成的战斗种族。族内全是女性，但是她们的实力不比任何男人差。”卓太太边说边看着苏滴，“看来小姑娘不是走丢的，是跟我们家小豪一样，在进行某种特训吧。”

“是。”女人点点头，“你既熟悉我们，就应该知道我们一族的绝学是建立在音律之上。敏锐的听觉及丰富的感受力对我们而言极为重要，不会有比深夜的山林更好的训练场所。”

“我赞成！”卓太太笑着说，“不过，我们家小豪不是在这里练什么感受力，我是知道这个地方有多危险，才把他丢在这里，训练他的胆量和随机应变的能力——不过话说回来，真是有点儿危险，姐姐，你训练归训练，还是得随时守在一旁才好哦。”

“我一直在暗中保护她。”女人说，“如果最后关头你没有出手，那只老虎已经死在了我的手上。”

“哦，那你完全可以更早一点儿登场，我就不和你抢了——”

“恐惧也是一种训练。恐惧会将许多东西放大：心跳声、喘气声、脚步声……这些都能成为绝佳的药引，鞭策小漓的听觉更上一层楼。毕竟，她可是我们英雌族未来的希望啊。”

“嗯嗯，盼孩子成才的心情都是一样的。”卓太太说，“姐姐应该是想期待一下小豪的本事，所以才迟迟不出手吧。可惜这熊孩子辜负了你。”

女人听见这话，竟然阴阳怪气地笑了起来：“你是不是误会了什么？我不曾对你的儿子有信心。只是机会难得，想多教给小漓一些常识罢了。”

卓小豪和卓太太瞪大眼睛，听那女人说出那极度得罪人的“常识”：“靠男人不如靠自己。”

说罢，女人牵住苏漓的手：“走吧，回去了。”

苏漓却恋恋不舍地看着卓小豪。

“我不会那么快走的。”卓小豪忙说，“妈妈说了，我们还要在这山里待很久。你等着，我会变得很厉害的，下次再有老虎，我就能保护你了。我们还可以一起玩啊。”

“好啊好啊！”苏漓天真地应道，然后害怕地看了一眼妈妈，显然被管得很严。

女人蹙眉片刻，嘴角露出笑意：“行。你们当然可以再见面。我很有兴趣知道，英雌一族与武圣世家，哪一方更有未来。”轻

（未完待续）

下一季内容预告：自从空降的未婚妻苏漓住进了卓小豪家，曹歌的心里总是酸酸的。在学校，各方面都十分出众的苏漓成了老师们的新宠，可爱、气场爆棚的她走到哪儿都被一群人簇拥着，她对所有人都微笑示好，唯独对待曹歌，发出的却是冰冷的警告，两个女生之间的战争一触即发……

私人定制生辰石

紫云劫·嫣然叹

你的一月，石榴嫣然

Written by | 柳扶疏

Painting by | 辰 露

晶莹可爱的石榴石是一月的生辰石，就如同它的名字，让人联想到成熟的红石榴中一颗颗晶莹剔透的小果实。在石榴石中，以玫红色的最为珍贵。传说中石榴石是最适合女孩的宝石，人们相信它具有美容养颜的神奇魔力。

一月出生的人像石榴石一样，在团体中，或许不是让人眼前一亮的那个，却往往是能走到终点的那个。一月出生的人大都属于稳健踏实的类型，虽然很少能一步登天，但请相信来之不易的东西才更长久，努力终将获得应有的回报。

一、六扇门

小时候，对嫣然而言，最大的梦想就是进入六扇门。

传说中，六扇门是一个神秘的组织。它忠于朝廷，又千丝万缕地渗入江湖之中；它从来没有一个固定的所在，却又无所不在；它行动隐秘，高手如云，听起来简直是一个传说般的存在。

那时候，嫣然还是个跟着戏班子跑腿打杂的小姑娘，每天勉强能吃顿饱饭。每当大戏开锣的时候，她就躲在大红幕布后面，看着戏台上方寸之间刀光剑影，演绎着人们眼中六扇门的故事，抓捕逃犯，追缉真凶，真真是威风得不得了。

每当那时候，她的眼睛都亮得发光。

后来戏班子解散了，嫣然流落街头，遇到了师父。

师父的年纪虽然大了，但他的手指很长，很灵活，他最擅长的事情就是“探囊取物”。

——师父是个贼，当然，他是不承认这个的，他自称是侠盗。

侠盗是什么？那可是“侠”字当头，得有侠的精神，学武功、习技艺，其次才是“盗”，专盗一些为富不仁的奸商贪官，所得钱财大都分给了穷苦的百姓们。所以一提起师父的名号，贪官污吏恨得牙痒痒，而老百姓则是拍手称快。

师父是个整天乐乐呵呵的小老头儿，他在江湖上奔走了一辈子，觉得年纪大了，该找个人继承手艺了，恰巧在街上遇到了嫣然，觉得她是块好材料，就收了她做徒弟。

嫣然和师父一起隐居在江南，当师父第一次问起嫣然长大了想干什么的时候，她满怀憧憬地说了三个字：“六扇门。”然后，她的后脑勺儿就被师父狠狠地敲了一个栗暴。

自此以后，嫣然对六扇门就有了一种本能的恐惧，每每想起来，后脑勺儿好像都还在隐隐作痛。

学成之后，师父让嫣然自己去江湖中历练，这样才能成长。离开师父的时候嫣然哭得稀里哗啦，一向洒脱的师父眼圈也红了，将唯一的徒儿拥抱得紧紧的。当嫣然满怀伤感地离开后，后知后觉地忽然感到有些不对劲，一摸怀里，当作盘缠的银子竟然少了一大半！

嫣然真是欲哭无泪，师父啊师父，您可真是我的亲师父……

说实话，和师父比起来，嫣然实在是差了十万八千里。手艺嘛，马马虎虎，武功嘛，也是稀松平常，只有轻功练得好，逃跑的时候飞快。用师父的话说，在江湖上历练，他不指望她给他争光，更不指望她名动江湖，只要她保住小命就行了。

嫣然叹气，这个要求可真低啊……

没承想，就在嫣然独自踏上征程后不久，第一次出手，竟然真的就名动江湖了。原因很简单：她被六扇门通缉了。

此时此刻，躲在一间破旧的小庙里，嫣然看着手里那串紫红的石榴石手链，不由得长吁短叹。她实在不知道自己的运气究竟是坏还是好，说坏吧，她初入江湖的第一次出手，竟然就盗得了这样一串价值连城的宝贝；说好吧，她怎么也没想到这串手链的主人——貌不惊人的中年人竟然是出巡的京兆尹！宝贝被偷之后他震怒了，连他的近身侍卫鲍林都因此事而被撤职。一番彻查之下，嫌犯被锁定，连六扇门也出动了。于是，嫣然就这样名动江湖了。

现在是夜里，嫣然奔波了一天，肚子饿得咕咕叫，累得上下眼皮都在打架。这么晚了……那人应该不会再追过来了吧？嫣然仔细听着外面的动静，确认真的没有任何声音了，这才靠坐在角落里，不一会儿就迷迷糊糊地打起盹儿来。

二、沈夜

“鸡腿……唔……好好吃……”梦里，她抱着黄澄澄香喷喷的鸡腿，啃得正香。忽然嫣然觉得嘴角冰冰的，一下就醒了。用手一摸，竟然是口水……

嫣然郁闷极了，还好，自己这副窘样没被别人看到，不过她实在好饿啊，怎么着也得出去找些东西吃了。

已经是深夜了，四周伸手不见五指。嫣然回想了一下印象中庙门的位置，蹑手蹑脚地往外走。就在这时，她忽然“咚”的一声，结结实实地撞在了一个物体上！

嫣然“嗷”的一声叫了起来，不停地搓揉着被撞痛的额头。奇怪，她来的时候不记得这里有堵墙啊，难道记错位置了？四周黑乎乎的，嫣然也看不清，于是用手摸了过去。一摸，咦？软软的，热热的，再往上摸，竟然是张人脸！

“人人人人人人！”大惊之下，她连话都说不利索了。

此时月亮从云中冒出了头，借着淡淡的月光，嫣然终于看清了，眼前的确是一个人。那是一个高个儿男子，身穿一袭黑衣，披着一件玄色披风，几乎要与周围的夜色融为一体。夜色中，他面色清冷，淡淡地看着她。

“只有一个人，用不着重复那么多次。”

他的声音很好听，在宁静的夜里有一种孤寂的味道。但是一听到这个声音，嫣然浑身的每根汗毛都竖了起来！

传说中，六扇门的几大名捕之中，有一个最冷酷的，最无情的，最可怕的……他武功高强，铁腕无情，折在他手上的江湖中人不知道有多少。

在出师之前，师父就不止一次告诫过嫣然，在江湖上混惹到谁都没关系，千万不要惹到那个人……

他的名字，如同他的人一样，仿佛冬日里最深的夜，让人不寒而栗。

没错，这个人，就是现在站在她面前的——沈夜。

自从被六扇门通缉之后，嫣然就过上了四处逃亡的生活。虽然她的武功不怎么样，轻功可是一等一的好，竟然一直没被抓住，因此连沈夜都被派了出来。在此之前，沈夜已经追了她好几百里，没想到还是一直跟到了这里！

听着那个熟悉的声音，仿佛是从地狱里传出来的一样。嫣然一方面恨得牙痒痒的，一方面又惊得像只见了猫的耗子，只想找机会溜之大吉。

择时不如撞时，就现在吧！此念一出，嫣然脚底抹油立马就跑。沈夜站在原处没动，望着快速逃离犹如一条泥鳅一样的她，脸上有一种似笑非笑的表情。嫣然有些纳闷儿，这家伙该不会是刚被她撞了那一下，傻掉了吧？

就在这时，眼前银光一闪，嫣然只感到手腕一紧，一条银丝缠在了她的手上，紧接着浑身的力道都被削弱了，整个人生生地被向回扯去！

嫣然挺镇定，另一只手立刻从怀里摸出把金色的小剪刀，那是临走前师父传给她的，可谓无坚不摧，是个逃生的好宝贝。谁知那银丝看着柔软纤细，却无比坚韧，怎么剪都剪不断！

嫣然这下真的慌了，眼看那头沈夜不疾不徐，缓缓将手中银丝收紧，而她就被扯着一步步向他靠过去，怎么逃都逃不掉，不由得破罐破摔撕扯起那银丝来。随着她的动作，银丝越勒越紧，于是她终于不敢动了。

眼前的沈夜，离她只有一步之遥。

“沈夜，沈大哥，沈大侠……你行行好，放过我吧！”眼见来硬的不行，就只有来软的了，嫣然努力挤出几滴眼泪，做出一副楚楚可怜的模样，“我上有老下有小，出来混江湖实属生计所迫，你就放过我吧，我发誓一定改头换面，啊不，洗心革面，再也不敢了！”

沈夜看着她，没有半点儿反应，也没有表情，好似在看一个傻瓜。

嫣然一看装柔弱无效，于是恢复本来面目：“沈夜！你个浑蛋！快点儿放开我，听到没有？你要是不放的话，我我我……我的江湖朋友们一定不会放过你的！”

沈夜不说话，只是向她伸出手来。

嫣然瞪着她：“你要干吗？”

说时迟那时快，沈夜的手快得如同闪电，一下子探入她的怀中，瞬间再出来时，指尖已经夹了一串晶莹剔透的紫红色宝石，在月光下显得如葡萄美酒夜光杯一样动人。这就是那条给她带来如此多灾祸的石榴石，此刻嫣然已经对它没有一点儿兴趣了，只想从眼前这个家伙的手里逃脱。

“东西你已经拿到，可以放我走了吧？”

沈夜把石榴石放入怀中，掌心银丝缓缓放松。嫣然心里暗喜，却见他把它放到约两丈长的时候就停了下来，而后整个人向外走去。

嫣然还被银线绑着手腕呢，不由得大喊：“喂喂喂，你干吗？”

沈夜不说话，只是向前走，而嫣然跑又跑不了，逃也逃不开，只能亦步亦趋地跟在他身后。

“沈夜，你个浑蛋，快放开我！”

“沈夜，你是不是聋子，听得到我说话吗？”

“沈夜，我知道了，你不是聋子，你是哑巴，所以才不说话，对不对？”

“沈夜，你到底要带我去哪儿？”

忽然，沈夜的步伐停了下来，头却没回，淡淡地说了几个字。

“京城，六扇门。”

“喂喂喂，京城可是离这里有上千里啊，你该不会是想这么走回去吧？不如你把我交到附近的衙门，我保证绝对不跑，真的，你信我啊……”

一条细如牛毛却坚韧无比的银丝连在两人之间，前面是沉默而行的黑衣男子，两丈远的身后，是一个一脸不情愿却又不得不向前走、边走边不停说着话的女子。头顶的云朵已经全散了，月光如水，静静地洒在两人的身上。

三、回京

若是在平时，走个几百里路对嫣然来说简直是无聊死了，但是现在，在这漫漫长路上她一点儿也不寂寞，原因只有一个——沈夜。

作为一个侠盗，嫣然自然不能让自己光荣的使命终结在这个整天都冷着一张脸的家伙手里。在回京的路上，她无时无刻不在想办法逃脱他的“魔爪”。

原本六扇门抓到嫌犯，直接交给就近的衙门，自然会有人来处理后续的事。但嫣然的事或许闹得太大了，所以一路上是沈夜亲自押送她回京。说是“押送”，其实就是一条细细的银丝连着两人。那银丝名叫鲛人绦，是六扇门专门对付棘手敌人的宝物，它不畏任何刀剑利器，解开它自有一番方法，但是也只有六扇门内部的人知道。那鲛人绦她偷偷试着用刀削过、用火烧过，所有能想到的方法都试过了，它却依然坚如磐石地缠在她的手腕上。

白天的时候，两人走偏僻的小路。鲛人绦放得有一两丈长，沈夜脚步如飞，即使嫣然轻功超群也还是累得气喘吁吁，不过沈夜好像一点儿感觉也没有似的。晚上的时候，沈夜会找人少的客栈住宿，鲛人绦收紧，于是嫣然就满脸不情愿却别无他法地被扯到他身旁。

“哟，两位客官是打尖还是住店啊？”一脸热情的店小二迎了上来。

“住店，一间客房。”沈夜面无表情。

“好嘞，没问题！”小二望着并肩而立的两人，笑得谄媚，“敢问贵客是住天字号房，还是地字号房？小店的天字号房最新装修，一间每天只要一两银子，那儿豪华，最适合出外度假的夫妻了。”

“咳……咳咳！”嫣然立马抢白，“谁跟他是夫妻啊，小二，你别乱说！”

“小夫妻吵架嘛，总是难免的，过不了多久就和好了。”小二一脸“我懂的”的表情，笑着转向沈夜，“小店的天字号房……”

“要一间普通的就是。”沈夜依旧面无表情。

小二的热情一下减了大半，应了一声，讪讪地下去了。

“哼，沈夜，你个大抠门儿，连住房也——”进了房，嫣然一屁股坐在床上，刚一坐下又弹了起来，“这是什么床，也太硬了，硌得我骨头都疼了！”

沈夜不理她，只是默默地把鲛人绦放长

了一些。

嫣然又看着床上的被子："这被子这么薄，怎么盖嘛！现在可是一月啊，大冬天的不冻死人才怪。"

其实嫣然才不是那么挑剔的人，关键此刻是跟沈夜在一起，这个家伙可是她的敌人，她既然不能在武功上打败他，就在言语上刺激他！

沈夜正坐在床边擦拭他随身携带的佩剑，头都没抬："不盖的话你可以出去睡。"

出去？她才不要呢，这么天寒地冻的，外面还飘着小雪，她才没那么傻。嫣然言语上没占到便宜，狠狠地瞪了他一眼，不理他了。

过了一会儿，小二送晚餐上来了。嫣然早就饿了，好一番狼吞虎咽，吃到一半才想起沈夜还没吃呢。一抬头，发现他还在原处坐着，手里拿着那串石榴石手链。烛火旁，他静静凝视着它，眉头微蹙。

那串石榴石上面雕刻着奇异的图案，嫣然以前也看过，只是觉得雕工精湛，也看不出究竟雕刻的是什么。

"喂，大魔头，吃饭了！"虽然他是她的敌手，但她可不想他饿死。

沈夜仿佛没听见一般，烛火下，他的侧颜泛着淡淡橘色的微光，在冬日的寒夜里有一种莫名的温暖。

咦，细细看来，这冰块脸其实还是很英俊的呢……奇怪，她以前怎么都没有发现？

说也难怪，自从她见到他以来，他一直冷着一张脸，半点儿表情都没有。再说了，他是官，她是贼，天生的对立关系，他看她一眼都让她浑身觉得凉飕飕的，哪里还有空对他细细观察？不过现在正好有机会，反正他也没注意到，不如多看几眼……

"看够了吗？"忽然，沈夜淡淡地开口，头都没抬。

嫣然悚然一惊，立马收回目光，低头扒饭。也许是扒得太急了，一下子被呛到，咳了老半天，脸都憋红了，于是又手忙脚乱地去找水，老半天才缓过劲来。

嫣然不经意间一抬头，发现沈夜的目光竟然不知什么时候落在她身上，平时冷若寒冰的薄唇竟然微微向上扬起，有一种似笑非笑的神情。

什么？他竟然在嘲笑她！

这冰块脸难得出现表情，每次出现，都是在笑她。

嫣然一下就恼了，正待和他理论，却见沈夜站起身来，淡淡地丢下一句话："天晚了，睡吧。"对她恼怒的表情视而不见，好似什么都没发生过一样。

嫣然愤愤地道："不睡！"

沈夜也不理她，径自来到房间角落，盘膝而坐，开始闭日运起功来。

嫣然仿佛一拳打在了棉花上，心里郁闷得很，独自爬上了床，拉起屏风。这些天来，为了防止她逃跑，沈夜可谓寸步不离，夜里住宿时都是共处一室。不过沈夜的的确确是正人君子，向来都让她睡床，而自己则席地而眠。

这一路来，为了逃跑，嫣然可谓绞尽脑汁。比如说有一次她假装给沈夜倒茶，茶里下了泻药，谁知道沈夜只是淡淡地瞟了一眼，说："这茶制作不易，还是你喝吧。"嫣然当然不喝，沈夜就一直盯着她，说："难道茶里有毒？"嫣然连连摆手，说当然没有，仰头就把那杯茶一饮而尽，然后拉了一整天肚子，沈夜却像没事人一样。

还有一次，她假装生病，抱着肚子满地打滚儿。沈夜见了，直接点了她身上几处大穴，让她浑身僵硬酸痛了几个小时，方才解开。沈夜问："病好了？"嫣然气得不得了，没好气地说："好了！"沈夜嘴角微微上扬，闭目调息。

这是她和沈夜之间斗智斗勇的血泪史，永远都是以她的失败而告终。

四、夜袭

嫣然郁闷极了，想着想着就不知不觉睡着了。半夜里她忽然听到隐约的窸窣声，其实那声音特别小，但因为职业的敏感，她还是一下子惊醒了。醒来发现身上沉重，借着月光才看到原来在她身上的被子上面，是沈夜的那件貂裘披风。

"这被子这么薄，怎么盖嘛！"不久前的一幕浮现在眼前，看着身上温暖厚实的披风，想到那个面上总是冷冰冰的家伙，嫣然的心里蓦地一暖。

沈夜这个人，其实面冷心热。一路上，他虽然跟她是敌对关系，但从来都是以她为先。

嫣然往沈夜先前打坐的地方瞟去，却见一个黑影无声无息地掠了过来，正是身穿单衣的沈夜，对着她做了一个噤声的手势。她看到他的手里握着剑。

嫣然立刻警觉起来，盯向门那边。

一支苇秆悄悄地从门缝中插进来，冒着白色的迷烟。沈夜看了她一眼，嫣然点点头，用手掩住口鼻，躲在了角落里。沈夜无声地潜到门后，动作迅捷得如同一只狩猎的狼，没有发出半点儿声音。

忽然，他一下打开了门！

门外果然有几个黑衣人，其中一个正在放迷烟，对沈夜这一下毫无防备。沈夜出剑快如闪电，兔起鹘落之间就解决了为首那人，后面的那些人终于反应过来，同他缠斗在一起。

同一时刻，有人破窗而入，刀尖直刺沈夜后心！

"沈夜小心！"嫣然大吼一声，沈夜闻言回身，一剑挡住攻势，转势一击，生生卸掉那人半边臂膀。

黑衣人这才发现原来角落里还有一个人，纷纷向嫣然刺去。沈夜将掌心的鲛人绦一收，巨大的力道下嫣然一下被扯着向沈夜飞去，撞在了他身上。

"没事吧？"沈夜问道。问这话的时候，他的眼睛盯着那些黑衣人，里面的光芒冷得仿佛冬夜里的一把尖刀。

"没事……"嫣然其实吓得声音都有点儿发颤了，但还是咬牙说没事。

“兄弟们，沈夜和那女人连在一起，先解决了那女人，再来对付他，一定要夺到那串石榴石！”黑暗中，不知道是谁喊了一声，于是刀光剑影纷纷直向嫣然而来。

沈夜长剑如龙，在黑夜中散发着流星般的光芒，整个身躯如一面伟岸的墙，将嫣然护在身后。

黑衣人越来越多，沈夜腹背受敌，虽然他武功高强，但对方人数众多，他又被鲛人丝所牵制，无法完全施展开身手。

“大魔头，都这个时候了，你还不快解开这该死的鲛人丝！”眼见情形对两人越来越不利，嫣然着急喊道。

沈夜一剑斩开一个扑上来的黑衣人，声音一如往常那般冷静：“我也不知道解开鲛人丝的办法。”

嫣然简直要晕厥过去，天哪，原来这个家伙自从抓到她的那天开始，就始终不知道这鲛人丝要如何解开？不会吧，这么说来，难道她要和他这样连着一辈子？

她着急地抓着沈夜的胳膊，却忽然发现手掌上黏黏的，温温的，竟是血！

沈夜受伤了！

她不知道他是什么时候受伤的，自从那些人夜袭以来，他一直守护在她的身前，将身后隔绝出一小块安全的空间，将她护于其中。

她没想过原来如此强大的沈夜也会受伤，甚至根本不知道他是什么时候受的伤。

“此地不宜久留，快走。”搏斗间，沈夜压低了声音，对她说。

嫣然还没反应过来，忽然整个人就被拦腰抱了起来。沈夜动作迅捷如风，从窗口一跃而下。须臾间，两人便消失在了夜色之中。

五、鲛人丝

不知道在黑暗中跑了多久，终于，沈夜停了下来。在将嫣然放下的一瞬间，他整个人就倒了下去。

“魔头，魔头，你醒醒！”嫣然担心地摇晃着他的身子，不过沈夜因为失血过多，体力也耗尽了，脸色苍白得可怕，闭着眼昏死了过去。

天色微微发亮，地上积有薄雪，旁边有一株石榴树，已冒出了绯红的花蕾。嫣然把沈夜拖到石榴树旁，让他靠坐在那里，然后从自己的裙子上撕下布条给他包扎伤口。这不包不知道，翻开他的衣袖，她才发现原来他手臂上的伤口那样深，那样长，流了好多血，除此之外身上还有多处伤口。还好临行前师父给了她一瓶伤药，那药珍贵得很，江湖中只得几瓶，嫣然也顾不得那么多，全部给他倒在伤口上，又悉数包扎起来。

嫣然先前从来没做过这些，笨手笨脚的，几次让昏睡中的沈夜疼得皱起了眉头。做好这一切，她也觉得困极了，却又怕敌人追来，强撑着不敢睡着。

太阳东升西落，转眼间天又黑了，沈夜昏迷了整整一天，嫣然也陪了他整整一天。天寒地冻，她怕冻坏了他，于是在旁边生起了一堆小小的篝火，又煮了些雪水，撬开他的嘴唇喂给他喝。可是，他始终没有醒。

“沈夜，你快醒醒啊……我再也不叫你魔头了，再也不跟你赌气了，你要把我交回六扇门，我乖乖跟着你回去就是，只求你快醒来，如果……如果你死了的话……”她的声音很低很低，与其说是在跟他说话，不如说是在自言自语。慢慢地到后面，就成了哽咽。

“说什么丧气话，我还没死呢……”正在这时，一个沙哑的声音响了起来。

嫣然先是一惊，再是一喜，然后眼泪就掉了下来，一下子扑倒在沈夜的身上：“魔头，你醒了，太好了！”

沈夜“嘶”地倒抽了一口冷气，老半天才吃力地说道：“你碰到我的伤口了……”

嫣然一窘，脸立马就红了，放开了他，也不知是该高兴还是该难受，眼泪一个劲儿地掉下来。

“好了，不哭，不是说过不叫我魔头了吗，怎么又叫了？”

嫣然才不愿承认自己哭呢，立马用手背去抹眼泪，谁知道却忽然感到有一点儿异常，低头一看，那在她手腕上缠了好多天的鲛人绦，竟然无声无息地解开了！

谁也没想到，不惧刀枪水火的鲛人绦，唯一惧怕的竟然是泪水，竟然就这么无声无息地被溶解了！

沈夜先是一惊，然后表情渐渐冷了下来。

“鲛人绦已解，我现在重伤在身，也拦不住你。你若是想走的话，就走吧。”

嫣然仿佛没料到他会这么说，愣了一下：“你就这么希望我走？”

“那些人没得到那串石榴石，一定不会善罢甘休的，跟着我只会让你徒增危险，你还是走吧。”

“你确定？”嫣然盯着沈夜，目光直直地注视着他，直看得沈夜都不敢直视她的目光，也没有答话。

嫣然忽然笑了起来：“好，那我走了。终于重得自由的感觉，还是很不错的呢。”

说完，她头也没有回，转身离去。

望着她越走越远的身影，在夕阳中渐渐地凝成一个小点。沈夜觉得心里某一样不知名的东西被抽走了，随着她的离开越来越远。他想站起身来，刚站起又跌了下去，只能颓然地靠坐在树旁。

他拿出怀中那串石榴石，静静地望着它。

这一路上，对于嫣然，他从一开始的冰冷无情到后来心慢慢融化，连他自己都不知道从什么时候起她在他心里已经占据了如此重要的位置。像这串石榴石一样，在看到她第一眼的时候她并不会让人觉得眼前一亮，然而接触久了就会觉得她早就不知不觉地在他的心里建了一座小房子，霸道地住了进去。

然而她，终究是走了，还是被他赶走的。

将石榴石紧紧握在掌心，沈夜颓然地闭上双眼。

“居然真的这么走了，这个女人，还真是狠心啊……”轻

（本篇完，后续精彩故事请见《你的二月，紫晶云雪》）

私人定制生辰石

紫云劫·嫣然叹

你的二月，紫晶云雪

Written by | 柳扶疏　Painting by | 辰　露

紫水晶是二月的生辰石，紫色往往代表着高贵，而水晶则是纯净的化身。有着梦幻色泽的紫水晶是唯一属于紫色系的天然宝石，色泽从浅到深各有不同，总结起来可以用神秘、浪漫、高雅来形容它。

二月出生的人性格中有与生俱来的浪漫特质，这或许和被紫水晶守护有关。像神秘的紫水晶一样，二月出生的人有时候会令人觉得难以捉摸，看上去不容易接近，但如果你跟他们熟悉起来就会发现，他们的内心其实简单得就像雪一样干净。

一、云雪

当云雪接到沈夜受伤的消息后，整颗心就已经完全被提了起来。

一路快马加鞭，一月的寒风迎面而来，如同刀割一样。赶了整整一天之后，云雪终于来到了情报中所说的那个地方。远远地，她看到一个身影。

那是身穿黑衣的男子，正靠坐在一棵石榴树下。早春寒气逼人，然而树梢已经挑起了绯红的花蕾，怯怯地隐藏在嫩叶之间。他在那树下，静静地，一动不动。夜幕刚刚垂落下来，他的身影就这样定格在那里，仿佛一幅凝固的水墨画。

那是沈夜，他就在那里。看到他，云雪心里一直悬着的那块巨石终于落下了。她下了马，将脚步放得轻之又轻，缓缓地走了过去。

和沈夜一样，云雪是六扇门中的几大名捕之一，并且是其中唯一的女子。

十几天前，沈夜奉命抓捕嫣然，夺回被她盗走的石榴石，并将她押解回京。因为身怀重宝，怕遭人觊觎，沈夜一路都小心而行，却未料还是被强敌围击，负伤而逃。当从暗探口中得知这个消息以后，云雪心急如焚。一天之中，她滴米未进，只为了不耽搁哪怕是一分一秒的时间。她要第一时间见到他，确认他现在情况如何。

云雪的脚步放得很轻，从雪地上踏过，几乎没有一点儿声音。就在她即将到达沈夜身边时，一直闭目而坐的男子忽然睁开眼睛，唤了一声："嫣然，你回来了？"

嫣然？云雪思索了一遍，终于想起这是不久前那个盗宝贼的名字，也正是沈夜追缉的那个女子。云雪觉得有些意外，她第一次看到这样的沈夜。他的声音里带着期待，带着惊喜，还有一些淡淡的温暖的意味，纵使她和他从小一起长大，也很少见到他有这般的感情流露。

云雪平静了一番心绪，答道："是我，云雪。"

听到这个声音，沈夜才抬起头来。看到眼前人的一刻，他眼中的惊喜在瞬间转为失落，很快，又变成了如古井一般的波澜不惊，再也看不出任何情愫。

云雪看着沈夜，他虽然受了伤，不过现在看起来已无大碍，伤口也被包扎起来，但包扎得很粗糙，有的地方还被打上了一个可笑的蝴蝶结。云雪随身带着六扇门专用的上等伤药和绷带，想为沈夜重新包扎一下，却被他冷冷拒绝：“不用，这样就很好。”

淡然，冷漠，甚至有些无情，这样的沈夜，才是她所熟悉的那个人。

两人简单交流了一下近些天来的情况。根据云雪得到的情报，那些黑衣人的身份虽然还不明朗，但似乎并非江湖中的势力，他们不惜一切地想得到那串石榴石，是因为其中隐藏着一个极其重要的秘密，究竟是什么却不得而知。但可以肯定的是，他们一定不会就此善罢甘休。

这次前来，除了确定沈夜的情况之外，云雪还有一个重要的任务在身。她带来了另外一串紫水晶，它是六扇门不久前从一个被抓获的敌国探子手中夺得的。和石榴石一样，它上面也雕刻着奇异的图案，看不出究竟是什么。根据情报，这两串宝石中隐藏着一个秘密，这个秘密关乎国家社稷，云雪的任务就是将它破解。但是这些天来，她并没有获得什么线索。

天已经晚了，云雪提议找个地方歇息一晚，次日再做安排。沈夜本不同意，然而他实在伤得严重，也别无他法，只好随她一起去了。

临走之前，沈夜回头望了一眼那石榴树。夜色下，它的轮廓已经模糊，他远远地看着灰蓝色的天际，在那里，并没有出现他所期望看到的那个身影。

“走吧。”云雪轻轻唤了一声。

沈夜发出一声微不可闻的叹息，轻得好似冬天里的雪，无声飘散了。终于，转身离开。

二、人质

同一时刻，几里之外。

“呼……累死了，不行，不能停下来，过一会儿饭菜就凉了，沈夜还在那里呢，我要快一点儿，加油！”

嫣然一边提起轻功极速狂奔，一边给自己加油打气，她的脸蛋跑得红扑扑的，不停地喘着气，但依然没有停下脚步。

她抱着一只小竹篮，里面装着热乎乎的小米粥，农家腌的酱菜，还有好几个白馒头。为了保温，她一路上都把竹篮抱在怀中。

一个时辰前，嫣然负气离开。不过她可不是一走了之，虽然生气沈夜这个家伙说那么冷的话，但还是到附近的村庄找村民用簪子换了一顿饭回来。虽然是最近的村庄，但提足了轻功跑也得大半个时辰，一路上嫣然一点儿都不敢耽搁，沈夜身体虚弱，一定是要吃点儿东西补补的呢。

就在她气喘吁吁终于跑回来的时候，却遥遥地看到在那棵石榴树下，有一个女子搀扶着沈夜起身，缓缓离开。不远处，有一匹白色的骏马，正等待着两人。

嫣然的脚步，就这样顿住了。

没有走近，也没有出声，她就那样愣愣地站在原地。看样子，她和他好像很熟悉呢，沈夜也似乎对她十分信任。看那装束，她大约是他的同门吧，是要带他离开呢。

很好。这样……再好不过了。他和她在一起，总比跟自己这个贼在一起要好得多。

天色已经完全黑了下来，两人共乘一骑，遥遥消失在天际。嫣然这才走了过去，坐在那棵石榴树下愣神。怀中竹篮里的吃食早已凉了，嫣然把它放下，忽然觉得自己有点儿可笑。

就在这时，嫣然忽然感觉到身后有人袭来！她预感不妙，立刻想闪身躲开，然而已经晚了。重重的一击落在嫣然的脑后，浓得如墨一般的黑暗铺开在眼前，整个意识在一刹那消失了。

在客栈休息了一夜后，沈夜的精神得到了明显的好转。云雪还是帮他把伤口重新清洗包扎了，望着拆下来的那堆破破烂烂的布条，沈夜的眼前总会浮现那个一直叫他“大魔头”的女子。她说她再也不叫他大魔头了，如今，他是真的听不到了。

两串宝石手链被放在了一起，虽然知道其中的花纹里隐藏着秘密，却无人能够破解。身为六扇门的名捕，沈夜和云雪都经过了极其严格的培训，他们熟识天文地理、奇门八卦，却始终参不透这其中暗含的玄机。

就在蹙眉苦思的时候，一支飞箭“嗖”的一声射了进来，两人同时疾速躲避。飞箭射入一根柱子上，尾端有一张字条，沈夜看了以后，原本就没有一丝表情的眼眸顿时冷得如同暗夜里的鹰隼，令人不寒而栗。

云雪立刻要出去查探，却被沈夜拦住。沈夜一字一顿地说道：“他们抓了嫣然。”他的声音沉得仿佛要凝出血来。

云雪原本不解，对方为什么会用一个不相干的女子来威胁沈夜，甚至她还是他们的对手。沈夜素来以冰冷无情著称，没有人可以成为他的软肋，因为他无所牵挂。然而此时此刻，看着沈夜的表情，云雪也就明白了一切。

身为女子，她虽然行走在刀光血影中、风口浪尖上，却有着一颗同寻常女子那般温柔和敏感的心。即使沈夜什么都没有说，仅仅是他的一个眼神，仅仅是他的一句话，她就明白了那个叫嫣然的女子在他心中的分量。

而这些，是这些年以来她一直在心底默默希冀，却始终不敢奢望得到的。

沈夜没有说话，他的行动已经说明了一切。玄色大氅披上，黑发束起，佩剑握于掌中，眼眸清冷锐利如同一匹蓄势待发的狼。

“你真的要去？”云雪拦在他身前，“那很可能是个阴谋！”

沈夜望了她一眼，一个字也没有说，竟然轻轻笑了。那一笑，是淡然的一笑，是对敌人蔑视的一笑，是明知是陷阱也会踏上前去的一笑，没有任何转圜的余地。

他绕过她，走了出去。风很大，扬起了他的大氅。

“等等，”身后，云雪的声音响起，坚定而不容置疑，“我跟你一起去。”

三、解密

一路飞驰，沈夜和云雪终于到了箭上字条里所约定的地点。

那是一栋破旧的宅院，孤独地耸立在乡野的一角，看上去平凡无奇。然而刚刚一走近，云雪就敏锐地感觉到了刻意被收敛的气息，这其中，定然潜藏着许多高手。

“小心为上。”她低声地提醒沈夜，然而沈夜却似乎没有听见，径直往前走去。

门开了，无数的黑衣人将两人包围，云雪举起武器戒备，虽然知道这样也是徒然。这是一场鸿门宴，他们明知如此，却还是前来。

“你们来了。”对方为首的人也是黑布蒙面，似乎早有所料。听这声音，云雪竟觉得有些莫名的熟悉，却想不起来曾在哪里听过。

接下来所说的，无非就是谈条件，对方以嫣然为筹码，要求沈夜交出那两串宝石，这是先前两人所料到的。沈夜没有表态，而是问：“嫣然呢？我要确定她安然无恙。”

领头的黑衣人一扬手，立刻就有人走上前来，将两人带着向后院走去。后院草木荒凉，每走一步沈夜的心就紧一下。终于，脚步停在了一间小屋旁。

小屋的门口有人把守，见到他们便退到两旁。沈夜也顾不得是否有诈，一个箭步冲上前去，推开门。屋里，果然是那个令他所思所念的人。只是……

“唔，这个鸡腿好好吃哦……呀，魔头，你来了！”嫣然正坐在桌旁，抱着一个鸡腿啃得正香，见到沈夜，立马丢了鸡腿跑上来，欢喜得不得了。

见她无恙，沈夜心里的一块巨石终于落了地。原本一路都在担心她，怕她被欺负、受委屈，恨不得插上翅膀来到她身旁。谁知一见到她，她竟然在这里好吃好喝的，也实在出乎意料。

沈夜这人，就是心热面冷。虽然心里欢欣，表面上却仍是冷冷的，甚至有一些嫌弃地看着她：“你在这里吃得可好，却不知我在外面整日牵肠挂肚。”

他这句话，明里是责怪，暗里其实含了多少的担心和牵挂。这种担心和牵挂落到旁边的云雪耳中，就成了一种难言的失落和酸楚。嫣然也明白沈夜的意思，见到他来，欢喜得眼睛都笑得眯了起来，却听见沈夜在她耳旁以几乎低不可闻的声音说道：“抱紧我的腰！”

仅仅一瞬间，嫣然整个人就被横抱在沈夜怀中飞了起来。黑衣人显然没有料到沈夜会在此刻突袭，一片混乱。领头的黑衣人第一个冲了上来，跟云雪缠斗在一起，打斗间，云雪扯下了那人的面罩。

“鲍林！”云雪惊呼一声，而鲍林则恼羞成怒，正欲再次上前，又被沈夜挡开。

“云雪，我们快走。”沈夜足尖轻点，掠了出去。云雪点头，紧随其后。

耳边是呼呼的风声，嫣然紧紧地抱着沈夜的腰，缩在他的怀里。魔头的怀抱，好暖和呢……

不知道过了多久，终于摆脱了那些人的追踪，沈夜松了口气，停了下来。路旁有一间小茅屋，已经很破旧了，一看就是久无人住的样子，三人走了进去。

离别重逢，自然有许多话要说，嫣然叽叽喳喳说个不停，有欢喜，有抱怨，而沈夜则一直静静地听着。云雪第一次见到这个久闻其名的女孩子，她原本对嫣然并无甚好感，接触过一番后才多了些了解。难怪沈夜对她牵肠挂肚……纵使是云雪自己，也对这样一个善良、单纯，如同太阳般温暖的女子生出了些喜欢来。

于是云雪也终于明白，自己对沈夜的那些隐藏多年的情愫，也如暗夜里的星辰一般，终究要被太阳的光芒所掩盖。

由于共同经历过生死，又知道嫣然是怎样的人，对于宝石中潜藏着秘密的事，两人都对嫣然不再隐瞒。原来早先就有线报，说京兆尹勾结外敌，打算给本朝造成内乱，但苦无证据。今天云雪打斗间揭穿那领头黑衣人的身份，竟是京兆尹的近身侍卫鲍林，这件事便如同板上钉钉了。云雪方才已经通过六扇门内部独有的通信方式将消息放了出去，召集同门来处理这些黑衣人，但宝石中潜藏的秘密依然没有破解。敌国近期已经在蠢蠢欲动了，这件事情关乎江山安定，百姓兴亡，刻不容缓。

嫣然望着那两串宝石，眉头拧成了一个疙瘩，思索了良久。月上中天，夜已深了，沈夜和云雪都劝她早些休息，然而嫣然固执地不肯。

屋顶上有一块瓦破了，月光透过缺口洒了下来，照在嫣然手中的宝石上。就在这时，意想不到的事情发生了！

宝石上面，原本就刻有花纹，此刻在月光的照射下，宝石在青砖地面上投射出了影子。经过月光的折射，那些平素根本看不出是什么的奇异花纹，竟然在影子中隐隐勾勒出了一幅幅栩栩如生的画面来！

原来如此，日光太过强烈，影子中的花纹根本看不出来，唯有在月光下才能隐约浮现，如此精巧的设计，令三个人都不由得目瞪口呆。两串宝石中一共蕴藏着四幅画，其中绘着城墙、人物、大海、宴会，画面宏大，栩栩如生。可是，它们到底蕴藏着什么呢？

嫣然望着地上的画面，喃喃自语："奇怪……怎么会是这些？"

沈夜连忙追问："你看得懂？"

嫣然点头："是几场戏的场景，那幅绘着城楼的，是《京畿烟云》，剩下的三场分别是《南华寺》《八仙过海》，还有《山亭夜宴》。"

"《京畿烟云》《南华寺》《八仙过海》《山亭夜宴》……"沈夜沉吟着，忽然皱着的眉头一下子舒展开来，"京南八山！"

他这一言，令云雪也豁然开朗。京城南方有众多重叠山峦，这其中的秘密，定然就隐藏在第八座山中！

就在这时，门外忽然有隐约声响，然而倏然远去，再去追的时候已经毫无踪影。沈夜暗道遭了，原来那些人是故意放他们走，然后一路暗随，想借此获得宝石中的秘密。若是平时有人窃听肯定能被他第一时间察觉到，然而方才几个人的注意力全在解密上，竟然没有发现隔墙有耳。

六扇门有自己独特的信息传递系统，但是此事事关重大，为防万一，必须亲自将这个消息呈报回去。事不宜迟，必须马上赶回，否则情况不堪设想。

四、雀啄散

就在这时，嫣然的脸色一下子变得苍白如纸，豆大的汗珠从她的额头上滴落，她捂着心口，表情痛苦无比。沈夜立刻将指尖搭在她手腕上，面色沉得犹如黑夜一般。

"他们给她下了毒，是雀啄散。"他努力让自己的声音平静一些，然而云雪依然听出了他声音中的颤抖。雀啄散，世间奇毒之一，中毒之后几个时辰才会发作，心脏犹如被雀啄一般间歇疼痛，后来会愈加频繁。几天后毒性蔓延至全身，就无药可救了。

京南八山之事刻不容缓，但嫣然又身中剧毒。找敌人解毒是不可能了，这世间唯一能解此毒的老人隐居在江南，若是此时一刻不停地赶去，或许嫣然还有一线生机。然而……

一阵痛楚暂时过去，嫣然缓过了气，仿佛知道沈夜在想什么："敌人已经知道了秘密的内容，也会马不停蹄地赶过去的。你曾说过那其中的秘密关乎江山安危和百姓兴亡，跟这些比起来，我的命又算得了什么呢？"

沈夜咬着牙，没有说话，眼睛里的血丝蔓延开来。嫣然望着他，平静地笑。

"带我回京城吧，虽然我挺没用的，也帮不上什么忙，但就算生命只剩下最后几天，能跟你在一起……也好。"

她笑得云淡风轻，一尘不染。云雪站在她的身后，望着那个被笼罩在月光中的女子，月色下犹如一枝婷婷净植的玉兰。云雪望着望着，不知不觉就湿了眼眸。嫣然，这个女子……她永远也无法超越。

一路向北，往京城极速狂奔。即使一行人马的速度已经提到了极致，然而仿佛始终比死亡的脚步慢了一分。嫣然的身体愈加虚弱起来，毒性已经扩散开来。狂风暴雪，沈夜策马疾驰，嫣然缩在他怀里，虚弱得连呼吸都变得困难。

已经临近京城，这个夜晚，他们在路旁废弃的茅屋中歇脚。嫣然沉沉而眠，沈夜一直静静地守护在她身旁，一灯如豆，他的面容隐藏在夜色中，看不分明。

"歇歇吧，"云雪走近他身旁，轻声说道，"这些天来你合眼的时间少得可怜。"

沈夜摇头，满脸倦容。就在这时嫣然醒了，说了一声："好黑啊……沈夜，你怎么没有点灯？"沈夜和云雪望着旁边闪烁的烛火，愣住了。

"沈夜，沈夜，你在哪儿？"忽然，嫣然仿佛意识到了什么，慌张地叫了起来。每一声呼唤仿佛都刺在沈夜的心上，他立刻抓住她的手，用最温柔的声音告诉她："嫣然，我在，我在。"

"沈夜，好黑，为什么这么黑……为什么？为什么，我什么都看不到了……"嫣然伏在沈夜的怀里，失声痛哭。

雪，还在下。

嫣然哭了很久，终于因为身体虚弱又昏睡了过去。望着她沉沉睡去的容颜，沈夜心里沉重得犹如压了千斤巨石一般，走到了屋外。

夜色沉沉，天上不见星月，只有压抑的黑暗。一直坚强如铁冷硬如冰的男子终于在这一刻撑不住了，单膝跪倒在地。如果不是手中的剑支撑着他，或许他就会彻底倒下。

他就这样一个人待着，也不知道待了多久，也同样不知道在他的身后有一个他从未留意过的同门女子也这样看着他，很久，很久。她伸出了手，她多么想轻轻放在他颤抖的肩上，然而终究还是默默收回。

云雪知道，她永远都比不上嫣然。

石榴石，紫水晶。纵使后者被无数人所追捧，纵使它再高贵、再优雅，再令千千万万的人心驰神往，他的心里都已经认定了他的石榴石，那个嫣然一笑的女子，谁也无法代替。

雪落无声。

五、破敌

终于，星夜兼程之下，几个人终于将消息传递到了六扇门总部。由于兹事体大，朝廷万分重视，甚至连皇帝都亲自过问，终于赶在敌人动手前将其一网打尽。京兆尹联合外敌意图祸国的事情被查实，相关人等纷纷受到严惩。

京南八山的秘密也被揭开了，原来在那山体之下隐藏着一处极大的军火库，其中有着万斤火药，那是外敌通过种种手段偷运过来的，意图一举炸毁京城，借此制造动乱，再趁机入侵。到时候内忧外患，后果将不堪设想。

还好，一切的罪恶，都终结在了尚未开始的时候。

沈夜此次立了大功，皇帝要对他升官晋爵，都被他婉拒了。他只提了一个要求，求皇帝先行答应。皇帝满口应允后，沈夜说出了四个字："辞官回乡。"

没有人想到竟然会是这样，皇帝震惊之下，话已出口，也只能答应。

沈夜是带着嫣然一起走的，因为破案有功，朝廷也不再追究她先前盗宝的事。虽然宫中名医众多，但嫣然体内的毒性也只是暂时被延缓了而已，无法解开。去拷问下毒的鲍林等人，竟然也说只知道下毒，不知如何解毒。

嫣然奄奄一息，已如风中烛火，不知还能够坚持多久。沈夜想带着她去江南，去找那个传说中世间唯一能够解雀啄散的老人。就在准备出发的那天，嫣然发起了高烧，迷迷糊糊中，连话都说不出来了。御医来看过，也只是摇头，说："她恐怕坚持不过今天了。"

沈夜坐回窗边，默默地望着她睡梦中的容颜，双颊酡红，那么安静、美好。他想到起初抓她的那天，她在破庙的角落里睡着了，睡梦中还流着口水，喊着"鸡腿"。这一切他都看到了，只是她不知道。想到那幅场景他就笑了，笑着笑着，眼眶却湿了。

虽然一直以来他表面上都冷冷冰冰无动于衷，其实从那时候起这个有点儿傻又有点儿可爱的姑娘就在他的心里了，一直到现在……甚至，永远。

"嫣然……"他轻唤着她的名字，将她的手紧紧握住。

忽然，一道黑影掠过，沈夜一下子拔剑，冷声问道："谁！"

"嘿哟，你个臭小子，老头子我来看看我家徒儿，还要用得着你同意啊？"眼前，一个须发皆白的老人正在那里，不知道何时进来的，身影快如鬼魅。

嫣然不知道什么时候醒了，听到动静，强力撑着坐起身来，声音虽然虚弱但万分惊喜："师父？"

六、尾声

世上有很多事，往往是踏破铁鞋无觅处，得来全不费工夫。

比如说一心一意的感情，又比如说，雀啄散的解药。

沈夜怎么也没想到，那个传说中世间唯一能解雀啄散的老人，竟然正是嫣然的师父。老人听说自家徒儿有难，立刻千里迢迢星夜兼程地赶来，终于在最后一刻及时赶到。

即使如此，虽然毒已解，但由于中毒时间过长，毒素已经对嫣然的眼睛造成了不可逆转的伤害，她永久性地失明了。

听到这个消息，沈夜心痛得无以复加，自责的情绪将心淹没。如果不是他，嫣然也不会受到牵连，更不会中毒导致失明……然而，和他相比，嫣然却坦然得多，她笑着，没有说话，只是手轻轻抚上了他的脸。

犹记得破庙初遇那天，那是她第一次触碰他的脸。此时此刻，她认真地抚过他的面颊，他的眉毛，他的眼睛，他高挺的鼻梁，他薄薄的双唇……她要把他的面容刻画在心里，刻上一辈子。

"眼前那么黑，不怕吗？"他问她。

"不怕呢，"她回答，失去神采的双眸充满了笑意，"因为我的眼前都是你呀。"

"为什么？"

"因为黑的，就是'夜'呀。有夜在，我还怕什么呢？"

纵使我的世界成了永夜，但只要有你，我就无所畏惧。

没有了光明的眼前，全都是你。轻

–完–

北上当个
大英雄
Written by | 莫一一
Painting by | 32

被一众土匪包围在中间的少女对同行的伙伴眨了眨眼，不仅毫无惊慌之色，反倒似有些狡黠。少年乖乖捂上口鼻的同时，右手微微一扬。

片刻之后……

“前面那是什么？”锦衣公子骑在马上遥遥一指。手下策马过去，然后惊讶地发现那是一队人——一队用彼此的裤腰带绑成一串的人。为首一人脸上赫然贴了一张白纸，上书七个大字：“我是土匪，快报官!”落款是一朵很奇怪的花。

那锦衣公子却在瞧见这张纸时一愣，他认识这朵花，却没想到会有机会再见到。过了好一会儿，他忍不住弯了弯嘴角，默默将其收进了袖中。

北上当个大英雄

【一】

“你……你这卑鄙小人，居然用毒！”擂台上，明显占着上风的剑客突然捂胸退后三步，咬牙唾弃。

台下抱着一袋蚕豆看热闹看得正开心的西西蓦地呆了一下，抛到空中的蚕豆直直地掉在了地上。

等……等一下，她刚刚听见了什么？

“居然用这么下三烂的手段。”

“就是，打不过就用毒，真是江湖败类！”

耳边乱七八糟的声音，让西西明白自己刚刚没有幻听，一瞬间她感觉自己掉进了无底的深渊。

用毒等于下三烂？等于卑鄙？等于该死？她幼小的心灵被这突如其来的认知给打击到了，从小建立起来的世界观瞬间崩塌。

难怪……难怪爹和娘不肯放她下山了。难怪，娘每次听见她说要当大英雄总是摇摇头笑得意味深长。

正悲伤着，突然她感觉自己的袖子被扯了扯。回过神，只见石程一脸期待地望着她，小声问：“西西，你能救他吗？”

“嗯？”她神情茫然地顺着石程的目光望过去，只见那中毒之人面色灰白，似乎已奄奄一息，“不是什么了不起的毒，死不了。”

“可他看起来快要死了……”

西西眯了眯眼：“你怀疑我的眼力？”

石程连忙摇头，他当然不敢怀疑西西，从小到大，凡是西西说的一定是对的。

她本就心情欠佳，当下一跺脚跳上了擂台，当然上台前还不忘将蚕豆塞进石程怀里。

西西动作麻利地解下背囊，从一堆瓶瓶罐罐中摸出一瓶，将药水迅速灌进伤者口中，一旁围观的护卫还未反应过来，她另一只手已飞速往那个人身上扎下五针。

随着她的动作，原本气若游丝之人突然直直坐起来“哇”地吐出一大口黑血，面上也恢复了些血色。

周遭围观的护卫皆是诧异的神色——一脸不靠谱模样的小姑娘竟有如此医术。真真是人不可貌相！

当然西西不会知道他们心中在想什么，否则知道自己被贴上了“人不可貌相”的字条估计会气得给这群人一人塞一斤毒药。

“姑娘年纪轻轻，医术却如此高明，实在令人佩服。”突然身后传来一个分外好听的男声。

西西眨了眨眼，脑中突然灵光一闪——当不了大英雄的话，当个神医好像也不错啊……

循着声音转头，西西突然就看呆了。她长这么大，还从没见过这么好看的男子。虽然除了她爹和石程之外她在下山之前也没见过别的男人。

缓缓眨了眨眼，她问：“我叫西西，你叫什么名字？”

美男愣了一下，显然西西的行为出乎他的意料，而且……他更没想到这小姑娘居然不认识他。“我姓晏，单名一个和字。”

两个人正说着话，那暗箭伤人者却突然挣开，以迅雷不及掩耳之势对她扔出一把毒针。原本那个人打算以解毒为条件，换他们放了自己再捞一笔钱，谁想却让这丫头片子搅和了，怎能不恼羞成怒。

“西西，小心！”石程大叫一声，急急跳上来，几乎同时，晏和一把揽住她，一个旋身，右手打开折扇，挡掉数枚毒针。

盛怒中的石程只一招便将那个人打倒，然后转过身以刀指着晏和，怒气冲冲道：“放开西西！”

晏和立刻松开手：“看小兄弟身手了得，不知可有兴趣去晏紫楼一叙？”

“晏紫楼？在什么地方？”

“就在那边不远。”晏和笑得温和，伸手向南一指。却不想，石程顺着他手指的方向一看立刻摇头，干脆利落道：“不去！”

北上当个大英雄【二】

“石程，你给我站住！你说你为什么不肯去？”被石程拽着手腕强行拖走的西西跺着脚爹毛。

那位晏公子一看就是年少有为的青年才俊，虽然她之前没听过，不过那什么楼听起来就好厉害的样子。如果能够跟着他，一定能够见到很多大人物，这么好的机会居然就被这个猪头给毁了。

石程停下脚步转头望向她，神色竟然很无辜：“你没听见吗？他说晏紫楼在南边啊。”

“哈？”西西瞪大眼睛一头雾水地看着他。

“是你说要北上去做大英雄的。”石程一脸正直地解释。

“就……就因为这个？”

见他点头，西西倒抽一口凉气，抬手捂住胸，只觉一口血堵在喉头。真难为这笨蛋把她的话记得这么清楚，她是该哭呢，还是该哭呢？

哭丧着脸恶狠狠瞪他，西西心中第一百次痛哭加哀号——居然就因为这么莫名其妙的理由！

石程不明白西西为什么生气，更不知道他现在这副茫然模样只让西西更加生气，就在西西忍无可忍踮起脚尖一把揪住石程的衣领使劲推搡时，身后突然跑来一群叫着她名字的人。但那些人显然全都是奔着石程去的。

被一群人簇拥着走进一座富丽堂皇的大宅子之后，西西才知道，请他们来的是江湖中最有钱的门派——陵城派。刚刚那场比武其实是陵城派掌门老爷子在挑护卫，晏和则是掌门请来的评判。

于是……虽然和设想有“一点儿”偏差，西西还是决定留下来。

对石程，她给出的解释是，谁让你上擂台打了一架，这是江湖规矩！但真正的原因是——林掌门开出的酬劳实在太诱人了。既然已经当不了大英雄，多赚点儿钱回去的话，爹娘应该会觉得她稍微成器了一点儿吧？

石程被安排给林掌门的掌上明珠林青青当护卫，作为石程的“监护人”，西西自然也跟了过去。

两个年纪相仿的姑娘原本应该能聊得来才是，谁想，第一天两个人就杠上了。原因是林青青对西西当大英雄的梦想嗤之以鼻。

“你以为大英雄是那么好当的？如今这江湖，哪还有什么大英雄？有的只是衣冠禽兽罢了，你看着那些个名门正派冠冕堂皇的，私底下不知道有多少见不得人之事。”明明是个弱不禁风的千金小姐，林青青却意外地很犀利。

西西气得鼓着腮帮子，却不得不承认林青青说的很有道理，她竟无言以对。不过，从她的话听起来，这位林大小姐对她父亲好像一点儿也不崇拜？西西挠挠头，觉得无法理解这些有钱人的想法。

北上当个大英雄【三】

言辞犀利又貌美的林小姐不相信有大英雄却很信佛，三天两头地往寺庙里跑。西西不信佛，常嬉笑着说她一定是做了亏心事，林青青也不和她计较，只淡淡说句：“对佛不敬，小心有报应。”

西西没想到报应来得这么快，被裹得像个蚕茧一样挂在树上的时候，她觉得以后还是要拜拜佛的。

居高临下地看着跟竹笋一样瞬间从山路两边冒出来的黑衣蒙面人们，西西很郁闷地想，也不知道是谁规定的，坏人都要这么穿，好像生怕别人不知道你要干坏事似的。

大概是知道网错了人，这群人看也没看西西一眼，齐刷刷地拔了刀将石程和林青青团团围住。这点，让西西很受打击。

“识相的话就交出林小姐，我们可以放你一条生路。”

石程本能地回头看了一眼挂在树上的西西。

要死啊，这认真考虑的神情是怎么回事啊！西西急得踹树，涨红了脸大吼：“石程，你个猪头，你还看不出来他们是要干坏事吗？你给我把林青青好好带回林家，别给我丢脸，听到没！”

得了西西的指令，石程目光一凛将林青青护在身后，一脸认真地对周遭人道：“西西说你们是坏人，林小姐不能交给你们。”

树上的西西想要扶额无奈腾不出手。

领头之人愣了一下而后冷哼一声：“敬酒不吃吃罚酒，今天就给你点儿颜色看看！”

“我不喝酒，也不喜欢看颜色。”石程一脸实诚地摇摇头，心里觉得这个人说话很奇怪。

看着一群人挥着刀冲上来，林青青吓得双腿发软，她知道石程功夫是厉害的，却不曾想过，这个木讷又沉默，大部分时间都和一块石头一样没存在感的家伙居然也会有这么威风凛凛的一面。

刀光剑影中，石程将林青青护在身后一路杀出去，却始终没有拔出腰间的刀。未遭折损的一群蒙面人跟在后头穷追不舍。

惊吓过度的林青青终于忍不住爆发：“拔刀呀，笨蛋，他们不是在和你切磋，他们是真的要杀我们！”

石程一愣，侧目望去，突然觉得这一刻的林青青非常像“西西”。

那天，石程最终拔了刀，而原本他的刀是只为西西拔的。

石程不知道，在他身后，西西呆呆地看着他们相携远去的背影，好一阵才终于反应过来——石程竟然就这样将她丢下了！她恨得咬牙，却也无奈，谁让她说了那句“保护好林青青”。对于石程这种认死理的木头疙瘩，她简直是自作孽不可活。

“西西姑娘，需要帮忙吗？”正在她想要用牙齿去咬绳结时，耳畔突然响起一道近在咫尺，微带戏谑的声音。

西西缓缓转头，只见晏和站在挂着她的树枝上，唇角带笑低头看她，衣袂飘飘如从天而降的神祇。

要死，自己这么丢人的样子居然被他看见了，西西死要面子地笑笑：“还好，你如果担心林小姐的话，现在追过去应该还来得及。”

晏和敲了敲扇子：“谁说我担心她，我就不能是为了你？”

“为了我？”西西不知道她瞪大眼睛的时候像只吃胡萝卜噎到的兔子。

晏和忽然忍不住笑了出来，然后缓缓伸出手，就在西西屏住呼吸以为他要摸上自己头发的时候，突然身子一轻。

“啊——”听见自己尖叫的时候她才反应过来是晏和割断了绳子。

晏和在千钧一发之际接住西西，平稳落地，晏和调侃道：“胆子这么小，可当不了大英雄啊！”

说好的翩翩浊世佳公子呢？西西觉得很受伤，画本里果然都是骗人的！西西迅速地缅怀了一下自己的少女情怀，她板着脸看着晏和严肃道：“我才不是为了当大英雄才偷溜出来的！”

西西第一次说了真话，晏和却只道她是死鸭子嘴硬。

北上当个大英雄

【四】

回到林府时，天色已暗，西西原本还在想她这么久不回来，石程应该会担心她吧，却意外发现府中挤了很多人，一打听才知道，原来林掌门为表彰石程救了林青青，决定由他来接任林府护卫统领之职，这些江湖人都是得了消息来祝贺的。

西西远远地看见被众人簇拥着的石程，这笨蛋脸上写满了不安，显然是在担心她，这让她心情好了一些。想要和往常一般去拽他，却悲剧地发现以她娇小的身形竟一点儿也挤不进去。许久，她垂眸笑了笑，转身离开。

离家时她豪情万丈地说要北上去当个大英雄，可是还未来得及北上，石程就好像已经是年少有为的英雄了。原来实现梦想也没那么难。

“不开心了？”晏和悠然跟在她身边，淡淡地问。

“怎么会？”西西勾起嘴角摇摇头，“我是太开心了，石程终于成为大英雄了。”

“如今这江湖，哪里还有什么大英雄？”晏和嗤笑一声，极低地说了一句。

“什么？”西西没听清。

晏和伸手拍了拍她的头：“没什么，只是觉得你多笑笑好。”

西西当时没懂，直到她笑不出来的那一日才反应过来。

那日之后，林青青似乎受了惊吓，不仅将自己关在屋中，还命石程一天十二个时辰守着她。这件事，西西是不知道的，因为那日之后，她出了趟远门——就在林青青遇袭的同一日，她那位一直住在沧州老宅的母亲突然中了毒，无人能解。

待西西办完事风尘仆仆赶回林府的时候，却从别人口中听到林掌门欲将林青青许配给石程的消息。

“我觉得我该让你禁足了，不然你出去一趟就捡点儿小东西回来，我这儿真要成动物世界了。”晏和走到她身后，无奈地环视四周，三只猫、两只狗、一只兔子，甚至有只刺猬。

“这算什么，活人我都捡到过。”西西不以为意地嘟囔。

“石程吗？”

西西望着他，许久才笑着摇摇头：“当然不是……”

沉默了一会儿，晏和递过一物：“请帖。你要去吗？”

“为什么不去？”西西毫不犹豫接过来，扯扯嘴角。

原来真的是光阴如梭，那日之后竟已过去半年了，那日之后，石程真的没来找过她。

那日，石程在湖边找到她的时候，她竟一下子没敢认，不过短短数月未见，眼前的石程锦衣宝刀，器宇轩昂，竟是说不出的——“英雄”。原本想要说的话竟忽然不知如何开口。

“西西，你走怎么也不和我说一声？我可担心了，想要去追，又不知道你去了哪里，然而青青这边也离不开人。”石程拉着她说了一大串，却诧异地发现她竟没有反应，以往都是他听着西西叽叽喳喳说个不停的。

“西西，你怎么了？是不是累了？”再迟钝的人也觉得有些不对劲了。

“青青啊……”她无声地笑笑，“石程，你觉得……林青青怎么样？”她说不出自己是什么心情，石程这笨蛋有人喜欢是好事，可心里有点儿说不出的堵，就好像一手带大的孩子突然就成别人家的了，又开心又难过，简直像嫁女儿似的。

虽然不明白西西为什么这么问，石程还是挠挠头：“之前我以为她欺负你，以为她是坏人。其实她人挺好的。你看，她还让人给我做了新衣服，换了把新刀，西西，你觉得好看吗？”其实他想说，他把林青青保护得很好，没有给她丢脸，却终是没好意思。

“嗯，很好看。”她点点头，“其实，我找你来是要和你道别的。”

“道别？”石程愣住，“你要去哪儿？”

这个问题其实西西还真没想好，正准备现编时突然瞥见晏和从院门口走过，想也不想，直接就冲了过去。

晏和不明所以地被突然扑过来的西西抓住，还没来得及问，她低声道：“我想去晏紫楼，你肯收留我吗？”

一看这架势，晏和立刻明白了，配合地揽住她，点头微笑：“欢迎之至。”

“石程，就是这样，我决定和晏公子走了。”背对着他，西西低低笑道。

石程一下子蒙了：“西西，我……”

“你好好待在这里，不准跟过来！”骤然提高声音丢下这句，西西大步流星地离开了。

“西西！”石程愣了一下，本能地想要追，但刚迈开一步又急急停住。因为西西说不准追，西西说不准的事情，那就一定不可以做。

于是石程呆呆地看着西西的背影最终在

自己的视线里消失，终于缓缓蹲在地上——西西……不要他了……这是他能得出的唯一结论。

忽然想起很多年前，那个小女孩抬着下巴站在他面前，像只高傲的孔雀，脆生生地宣布："我叫西西，程子西，既然你没名字，以后就叫石程好了，石头的石，西西的程！"

这么多年，是西西不厌其烦地教他说话，教他穿衣吃饭，教他像个正常人一样生活。习惯了她趾高气扬地使唤自己，石程从来没有想过有一天西西会不要他了……

北上当个大英雄【五】

晏和伸手在西西额上轻弹一下笑道："你这样，会让我以为你要去抢亲。要不，咱不去了吧？省得我还得再花精力把你抢回来，万一抢不回来了，那我损失可大了。"

"我还以为你会想要抢亲，林青青那么漂亮，我最开始还以为你们是一对。"揉揉额头，西西嘀咕道。

不知道为什么这丫头总觉得自己不漂亮，晏和摇摇头认真道："我却觉得你比她漂亮多了。"西西一愣，晏和又弯下腰："何况，我最开始的时候还以为你是喜欢我的。"

受了惊的西西本能地往后一退，却忘了自己本是站在湖边的，晏和伸手拉她却忘了自己本就是向前弯着身的，一下子重心不稳，竟被她拖着一起跌进了湖里。

"没想到你看着挺瘦，居然还挺重的。"抱着她从水中冒出来，晏和开口的第一句话竟是这个。

"是衣服吸了水好不好！"西西脱口而出后方才后知后觉地一愣，却恰恰对上晏和一双带笑的星眸。

"你……"西西突然觉得脸上烫得很。

"我若说一见钟情，你可相信？"

"怎么可能？我……"

"你很漂亮，在我看来没有人比你更漂亮。"他说得认真，西西却突然皱了眉，一本正经道："你怎么这么肤浅？"

原本情愫暗转的气氛被她这句话破坏殆尽，晏和扶额，这小姑娘煞风景的本事真是一流。伸手在她脑门上弹了一下，他无奈道："好了，赶紧去把衣服换了吧，别着凉了。"

低头，喜帖还握在手里，只是已经被水泡得不成样子，西西忽然一吐舌头笑起来："糟糕。"石程那个笨蛋终于有人肯要，她应该高兴才是。

"没关系，喜帖我们有一份就可以了。"西西茫然地瞪大眼睛，然后，她看见了给晏和的那份喜帖，顿时目瞪口呆，"这……我什么时候成为你的家眷了！"

"从你扑进我怀里让我带你走时。"晏和摇着扇子，回答得理所当然，"不然，你以为谁让我带她走，我都会答应吗？"

心跳蓦然加速，眼前却突然出现一抹耀眼的红。

"你会跳舞吧？"西西点点头，却诧异晏和为何知道，"你跳上擂台时我就看出来了。"他淡淡解释完，不忘悠悠补上一句，"对于自己喜欢的人自然会格外上心。"

无比顺手地揉乱西西微湿的头发，晏和道："不知道送什么贺礼的话，不如在他的婚礼上跳一支舞吧。你负责独一无二，贺礼我来操心就好。"

晏和的眼神柔柔的、暖暖的，看得她脑

中一下子就空白了。

北上当个大英雄
【六】

意外之所以叫意外，就在于它的突然。本该是热热闹闹的喜堂，那些江湖上有头有脸的大人物，此刻却一个个如丧家之犬般委顿于地，西西静静立在那里，目光直直落在晏和身上。晏和没有解释，她却早已明白。

晏和送她的舞衣是用毒药浸染过的——讽刺的是这毒是她亲手所制。随着她的舞步，石榴红裙漾出或深或浅的波，美不胜收。只是太美丽的东西往往是会致命的。

晏和说她武功太差，需要一些毒药防身，所以她住在晏紫楼时制作了许多毒药，这便是其中一种。无色无味，撒于空气中，只要呼吸便会中毒，虽不会伤人性命却能令人在很长一段时间内全身麻痹，最适合防身。而如今中毒的他们，自然是任由晏和搓圆捏扁，毫无反抗能力。

“你们当然不记得我了，不过我一直记得你们，记了整整十年。十年挥金如土的生活过得很开心是不是？如今，也该到还债的时候了。”

一句话说出，众人本就难看的脸色变得更加难看，林掌门惊道：“你……你是严家人！”这段时间他疑神疑鬼，却怎么也没想过会是此人。

“对，我是严家人，是被你们屠了满门的严家！什么名门正派，都是群禽兽不如的东西……”多年压抑的仇恨终于得到发泄的机会，晏和情绪激动。

“坏人死于话多。”突然，一直沉默的西西悠悠吐出一句，晏和一愣，却发现自己忽然不能动弹了。

注意到晏和的异样，林老头儿蓦地高声叫道：“石程，还不动手！”

石程没有动，不是他不听林掌门的话，而是他动不了，因为他也中了毒。

在林老头诧异的目光中，西西径自走到石程身边摸出一颗药丸塞进他口中，扶起他：“石程，我们走。”

对西西的话，石程一直是言听计从的，但这次他没有动，林老头儿眼神一亮，仿佛重新看见了希望：“青青，你快让石程杀了他。”

目光在她爹和晏和身上打了个来回，林青青像是终于下定决心般，对石程缓缓点了点头。

下一刻，龙吟之声响起，那是宝剑出鞘的声音。

“不要！”西西大惊，石程的剑有多快，她再清楚不过，剑已出鞘便无转圜余地，但她的动作仍是先于理智地挡到了晏和面前。

意料之中的疼痛之感并没出现，她颤颤巍巍地睁开眼。

“你……”林老头儿瞪大眼睛难以置信地望着石程，石程的剑插在他胸口。

“杀人夺宝，强占人妻，以人为兽……你做过多少坏事，你还记得吗？”回答他的疑问的却是林青青，“你坏事做尽，活该断子绝孙。”

“你……你果然不……不是……”

“我当然不是，被你养大都令我觉得无比恶心。不过真多亏了你这么相信我，”林青青冷笑一声，“百毒不侵之体，也亏你相信。”

事情发展得太诡异，西西觉得自己完全跟不上节奏了，思维还停留在林青青那句

“以人为兽”上。她记得石程刚被爹娘带回来的时候，明明看着是十来岁的少年，却连话都不会说，浑身满是被野兽撕咬的伤。爹也说过，石程以前过的是非人的生活，她一直以为“非人”只是个修饰词，却没想到是这个意思。看他对林青青的信任，这两个人大约也是有故事的。

“为什么帮我挡剑？”西西这才意识到自己还维持着傻子一般的姿势。

说不清是恼羞成怒还是什么，西西霍然转身，直接伸手从他怀里掏出一张仔细收着的纸，“不打算再骗我了？你明明就记得我，明明用毒之能不在我之下，为什么要弄得好像利用我一样？是想看看我会不会因此讨厌你是吗？”

西西问得太直接，晏和哽了一下，在证据面前竟不知如何回答。

“枉我记着我们的约定，”西西气愤地抖着手中的字条，纸上那朵奇怪的花随风摇曳，“枉我一次次偷溜下山找你，你居然装作不认识我。你知不知道你在树林说漏嘴的时候，我有多难过？我和林青青说的话你却知道，我真的以为你们是一对。”

“西西……”

深吸一口气，西西继续道：“你说喜欢我，可一转身又表现得像是在利用我，晏和，你知不知道你真的很浑蛋！我没那么聪明，在没发现你小心收着这张字条之前，我真的以为你一直在骗我，可即使这样，我还是决定帮你报仇。因为我不想看见你杀人，所以我让石程帮我在酒里下了毒，这些人醒后会武功尽废，你知道这比杀了他们更让他们痛苦。”

“西西，是我错了。”晏和心虚，但一句“我只是不确定你是不是为了气石程才选择了我”怎么也说不出口。

当然西西也没打算给他多说几句的机会：“我说完了，告辞。”

看着西西潇洒离去的背影，晏和愣了片刻才意识到自己还不能动：“西西，西西……我知道错了，你给我解毒啊！”

“活该！”林青青从他面前走过，幸灾乐祸地丢下两个字。

眼见着自己的同盟者这么不厚道，晏和只能将目光投向老实的石程，可惜他忘了石程之前只听西西的话，现在也听林青青的话，但就是不会听他的。

北上当个大英雄【七】

那日之后，石程说要带林青青去沧州接林夫人。于是不愿妨碍二人的西西一个人回家，而后毫无悬念地在半路被晏和追上了。虽然他悲摧地站了一个时辰，但他有千里马啊！

西西努力板着脸，却架不住晏和的各种死皮赖脸，何况她原本也打算原谅他了。

带着晏和小心翼翼地潜进家中，谁想一推开门便瞧见端端正正坐在院中的爹娘，她差点儿吓得跳起来，再看却发现两个人对自己带了个人回来毫无惊讶之色，西西突然就醍醐灌顶了！

从小到大，她不知偷溜过多少次，从来没成功过，这次却这么顺利，现在想来，根本是他们两个故意放她下山帮石程和晏和报仇的。老狐狸啊！她气得爹毛，突然一只手在她后颈上轻轻捏了捏，西西转头瞧见晏和正对她微笑，心情瞬间阴转晴了，拽着晏和冲过去，邀功般道：“爹娘，我把石程卖了换了个聪明点儿的，你们看还行吗？”终

快！
拿下那个
采花贼
Written by | 唐一辰
Painting by | 魔北冥

发梢轻绾茉莉香

【一】

姜采花不是采花贼，更不是一朵花，而是临水县姜县太爷家的三姑娘。姜采花有两个姐姐，一个叫姜采薇，一个叫姜采芹。三小姐满月那天，一位云游四海的算命先生路过此地，姜老爷自以为结下了善缘，亲迎先生上门来为小姑娘赐名，几天没吃饭的先生一边狼吞虎咽地啃着鸡腿，一边大手一挥：“采花！就叫采花好了！”年幼的姜采花不知怎的，“哇”的一声就哭了。

于是这个名字伴随了姜采花十七年，既没给她带来好运，也没给她带来桃花。按说十七年足够让一个邋里邋遢的小丫头出落得亭亭玉立，可抱歉得很，“女大十八变”这句话在姜采花身上没有得到丝毫体现，她看起来依旧像个十四五岁的黄毛丫头，头发稀疏柔软，脸上雀斑点点，唯独一双大眼睛晶莹剔透，笑起来还附赠一对酒窝。就这样，和两个身姿婀娜、貌美如花的姐姐相比，三小姐当之无愧被封为姜府最难嫁的姑娘。

丫鬟银杏说：“小姐相貌不出众不要紧，可以靠才华弥补。”

于是姜采花发愤图强，跟着先生学了两天书，习了两天画，弹了两天琴，绣了两天花，最后先生们一齐向县太爷请辞：“恕老夫直言，三小姐她……她实在不是这块料啊……”

姜采花仅为此苦恼了一天，第二天起床后她便找到了新的人生目标，她捧着一本市井闲书郑重地对银杏说：“本小姐要弃文从武，称霸江湖！”从此以后索性大摇大摆地抛弃了琴棋书画，整日游荡于临水县城，路见不平拔刀相助，张口声讨完毕拔腿就跑，想必也没有人敢追她追到县衙去。

家丁姜小三嘴一撇：“三小姐是天底下最没骨气的‘女侠’。”

可别说，姜采花某一天却真的干了件有骨气的大事。

在姜采花女侠生涯的第七日，临水县城就出了乱子。这件事还是后知后觉的姜采花在要上街“拔刀相助”的时候从银杏口中听说的。

“小姐，今天你可不能再出去了！外面危险！”银杏一把将她拉回来，眼睛瞪得溜圆，一根白白嫩嫩水葱似的手指压在唇上，“最近临水县出大乱子了，这不，昨晚老爷都在县衙没回来。”

姜姑娘顿时来了兴致，兴冲冲地凑过去：“快说快说，是什么样的乱子？”

银杏压着嗓子凑上去，一句话让姜三姑娘兴奋得喘不过气来。银杏说：“临水县闹采花贼了！”

于是晚饭时分，姜老爷、姜夫人愁眉不展，大小姐、二小姐忧心忡忡，只有姜采花神采飞扬，一个人把一碟薄皮包子一扫而空，心中豪气顿生，古有花木兰代父从军，今有姜采花替父捉贼，想到尽兴之处忍不住仰天长笑，姜老爷怒目而视，姜采花难掩豪情拍案而起，小脸因为兴奋涨得通红，开口就是一句：“爹，待女儿替你把那采花贼给抓来！”

于是，姜采花被禁足了。

这世界上就是有这么多不公平的事情。比如——“壮志未酬身先囚”。这句话是姜三小姐幽怨地望着窗子外的夜色，愤愤不平地对看门的姜小三说的。

姜小三听完“嘿嘿”一笑，对打着灯笼送饭的银杏说：“你瞧，小姐才被禁足一天，就学会作诗了。”

银杏一边摆开饭菜一边劝她：“小姐，老爷也是为了你好，虽然这采花贼还没得过手，但是现下闹得满城风雨人心惶惶，小姐就在家好好休息两天吧。”

可是话音未落，忽听院内一阵喧闹，灯火恍恍惚惚从四周聚集起来，有家丁大呼小叫的声音：“抓采花贼啊！”伴随着姑娘的尖叫，一阵疾风扫窗而过，银杏吓得一个激灵，而姜采花愣了片刻之后，大呼一声：“小贼站住！”

在这场风波平息后，大家才发现，姜三小姐跳窗逃跑了。

只有姜采花坚称，她并不是逃跑，而是抓贼去了。

姜采花足跑了五里地，才发现，采花贼被她跟丢了。在半炷香以前她确实看到一个黑影从自家的后门蹿了出去，身手矫健行动敏捷。她把手指抵在嘴唇上仔细思考，此人的身形她记得很清楚，大约是不高不矮，不胖不瘦。

姜采花又在县城里游荡了近半个时辰搜集线索，夜色森森，带着暖意的早春微风竟然吹得她不寒而栗。她拨开额前的碎发，恰见一点灯火悬挂在不远处的山神庙外。而灯火底下，还坐着一个老乞丐和几个小乞丐。

姜采花咽了咽口水，上前问道：“老人家，请问你有没有看见一个黑衣贼从这儿经过？他往哪儿去了？”

老者半眯起已被姜采花忽略的一双老眼，张了张缺了好几颗牙的嘴，颤颤巍巍地挤出三个字：“野……野猪林……”

姜采花一抱拳，利落地转身，迈开步子绝尘而去，尽显女侠风范。

老者半闭着眼睛，低头问旁边的小叫花子：“刚才的姑娘，说……说什么？”

小叫花子迷茫地摇摇头：“爷爷，你还是接着讲野猪林的故事吧。”

老者吹着春风惬意地躺下：“想……当初，也……也就是六……六十年前我在野猪林的时候……”

【二】

姜采花自然知道野猪林，临水县城的每个人都知道，因为野猪林就在临水县外不足十里的小山坡底下。

实际上这个野猪林不是林冲绝处逢生的那个野猪林，野猪林也没有野猪。说起来野猪林其名的来历已经无从考证，唯一可以查到的是，野猪林有另外一个鲜为人知的名字——侠客林。

提及此事，卜快兴冲冲地提笔沾墨，龙飞凤舞地在纸上写出两个大字：君子。写罢抬起一张天真的脸：“大侠，我早就说过，不如把这里的名字改为君子林。”

话音未落，一个巴掌就照着卜快的头顶拍了过去。

“胡说！侠客林就是侠客林！哪里来的君子？”养父林太平吹胡子瞪眼，卜快则不愠不恼。

卜快原本不叫卜快，他只知道自己姓卜，原名却不叫“快”，说起来他实在和“快”不沾边，自他三岁被林太平收养之日起，他就是一副温吞的模样，于是林太平每天对他说得最多的一个字便是：“快”！顺便伴以气急败坏的一张老脸。

说起来卜快原本应该叫林太平一声“义父”，可相遇之日，天资聪颖的卜快盯着明显已年过七十的林太平竟然傻了眼，最终只憋出了一句“爷爷”。身形依旧伟岸的林太平本想一巴掌拍过去，谁知一低头从地上的水坑里瞧见了自己的一副尊容，随即忍了忍，清了清嗓子说：“呃……你以后就管我叫大侠吧。”

所以从那往后，“大侠”便成了卜快对林太平的唯一称谓，而林太平也还给他一个唯一的亲昵称谓，那就是——“快！”

卜快没从林太平口中听过野猪林的历史，不过野猪林里的其他人则告诉他，在六十年前，这里可是个不得了的地方，至于为什么不得了，自有人迫不及待地翻来覆去暗示他，并为之津津乐道。

野猪林里卖烧饼的九十三岁的张大福拍着胸脯告诉他：“想当年，我可是传说中的盗中之圣，轻功一绝，无人能敌。”所以卜快再也不敢开着窗子睡觉。

野猪林里卖草纸的八十六岁的李老四摇头晃脑地告诉他：“想当年，我可是传说中的金笔书生，书画一绝，无人能敌。”所以卜快私底下买了些有字迹的草纸回家珍藏。

野猪林里开茶肆的九十一岁的周小二似笑非笑地告诉他：“想当年，我可是传说中的绝命毒王，制毒一绝，无人能敌。”所以卜快再也没去过茶肆。

就连野猪林里开酒馆的七十七岁的柳三娘也含情脉脉地告诉他：“想当年，我可是江湖第一美人，英雄豪客，万莫能敌。”所以卜快彻底断了成为英雄这个念想。

以上种种，在卜快看来都是些宁可信其有不可信其无的事情，不过总而言之，卜快还是得出了一个全新的结论，那就是整个野猪林里他是最年轻的，不过刚满十九岁，而除他之外的所有人，都起码在这里住了六十年。

那林太平呢，林太平究竟是什么人？在一个月黑风高的夜里，卜快灌醉了林太平，只听林太平醉醺醺地发着呓语：“你问我啊，我是什么人？我……我就是魔教教主啊！一统江湖的那个！”

卜快一口酒没忍住，喷在林太平脸上，见林太平尚不清醒，便悻悻地灰溜溜地闪出门去，从此再也没提过此事。

说起来林太平着实不易，因为这野猪林根本就是个鸟不拉屎的地方，长不出珍稀植物，也不适宜栽花种树，偶有客商往来顶多也就是在茶肆坐一坐，有个一炷香工夫便走了。眼看着野猪林的生计快要维持不下去，林太平突生一计，组织大家排练了一出《鲁智深大闹野猪林》的剧目，想借着“野猪林”的名号赚点儿银两，草台戏班子临时搭建，倒也勉强维持至今，无非博客商一笑。

林太平演林冲，张大福和周小二演衙差，李老四演鲁智深。生活单调的卜快兴冲冲地看着他们排练，忍不住也可怜兮兮地凑上去问了一句：“大侠，能否也给我安排一个角色？”

林太平大手一挥：“你演野猪。”

从此以后，野猪林成了名副其实的野猪林。从此以后，卜快再也没不合时宜地插过嘴。

可最近，卜快却发现野猪林出了件怪事。张大福、周小二和李老四常常在深更半夜进出于林太平的“聚义堂”，低声细语甚至出入打暗号，白天时不时眉来眼去，分明一副有要事相商的姿态，可又分明不想让卜快知道。

卜快一边低头走路一边思索，真是件怪事。紧接着，姜姑娘也遇到了怪事，非但怪，而且怪得气人。

【三】

想必没有人遇到过这样的景象：一位发须银白的正气老者被人绑在树上抽打，而打人的竟也是两个老头儿。最令人气愤的是，周围的年轻看客竟然还拍手叫好。

这就是姜采花在踏入林木不算茂密的野猪林后看到的第一件事。她盯着其中一个打人的老头儿看了许久，不知怎么的，总觉得在哪里见过。

善于“路见不平拔刀相助”的姜三小姐哪里见过这样一桩怪得离谱的“不平事”。于是两三下蹿过去，吓跑两只兔子，惊起一滩鸥鹭，顺便撸起袖子，对着一个打人的老头儿就是一拳，谁知那老头子反应不慢，弯腰一蹲，姜采花一拳打空，打了个趔趄，更令人猝不及防的是，自己原本就不够灵光的脑袋上竟然狠狠地挨了一巴掌。

姜采花抬头一看，只见那被绑在树上的老人不知何时已经挣脱了绳索，正怒目圆睁地盯着她。

姜采花愣了几秒，继而清醒地认识到了自己的现状：救人的反被被救的揍了。

姜三小姐哪里受过这种委屈，一边噼里啪啦掉泪珠一边怒目回视：“我救了你你还打我！这鬼地方还有没有王法！”

张大福和周小二怔怔地盯着她，大约从有野猪林这个地方起，就没人敢和林太平这样说话。幸好卜快适时出现，一张文弱清俊的书生脸凑到姜采花面前，朝着林太平努努嘴，适时地提醒了一句：“瞧见了吗？在这里，他就是王法。”

尚未来得及上场的鲁智深李老四善意地在一旁小声提醒：“姑娘，我们这个月的首场演出被你搞砸了。”

林太平“哼”了一声，把砸场子的罪魁祸首扔在一边，对另外三翁道：“收工回家。”

三翁意味深长地看了卜快一眼，卜快竟然下意识地打了一个冷战，潜意识告诉他，有猫腻。

卜快慢吞吞地打量姜采花，并非他愿意留在这个是非之地，而是眼前这个瘦弱得如黄花菜一般的小姑娘已经扯住了他的袖子。

姜采花脸上还挂着泪珠，可她并非是个记仇的人，作为生性豪爽的一介女侠始终要以大局为重，她满脑子只有一件事，那就是抓到了采花贼再和这林子里的“怪人”慢慢算账。

不过姜采花倒是从没见过卜快这样的小伙，因为临水县城没有这样秀气的男孩子，她下意识把卜快上上下下看了好几遍。

“你有没有看见……”姜采花才刚开口，就被卜快慢吞吞地打断了。

“前路多艰险，你一个小姑娘回头是岸啊。”卜快抖一抖被姜采花扯着的袖子，一边用眼角的余光瞟瞟姜采花死死贴在脏兮兮的小脸上的乱发，一边又瞟瞟她沾满春泥的花裙子，一边慢吞吞地一抱拳：“姑娘保重，慢走不送。”

姜采花急了，毫不留情地一把拉住他：“哎？等一下，你们这林子里藏了个采花贼，我是来抓贼的。”

卜快觉得好奇：“抓贼？你是什么人？”

“我……”姜采花心虚地看着卜快，一双不够虔诚的大眼睛忽闪忽闪，脑中突然灵光大闪：“我是谁？我是捕快啊！”

抓贼的自然是捕快，看惯了捕快抓贼的姜三小姐在心里对自己佩服得五体投地，可是卜快真的愣住了。

他指指姜采花，又指指自己的鼻子，好气又好笑地问姜采花：“你是卜快，那我是谁？”

姜采花被问得摸不着头脑，直勾勾盯着卜快：“我怎么知道你是谁？说不定你就是那个采花贼呢！”

卜快被她盯得发慌，心里巴不得林太平再回来给眼前这个小姑娘补一巴掌。

姜采花瞧着他秀秀气气的一张书生脸，突然一笑，露出两个浅浅的酒窝，大眼睛漂亮得像是宝石。

卜快突然觉得，这姑娘还是挺好看的。于是，天资聪颖的卜快慢吞吞地改变了主意，他四下里瞟瞟，确定林太平已经走远，然后正色看着姜采花，认真道：“知道吗，你算是找对人了。”

姜采花惊得跳脚，一只沾着泥巴的小手颤抖地指着卜快：“你！你真是采花贼！”

恰有客商路过，忍不住侧目，卜快这回可不慢，一把捂住姜采花的嘴。

姜采花鼻中嗅得一阵淡雅的兰香，脑中只觉一阵眩晕，手脚一软竟然摆脱不掉这个清俊书生，只得呜呜咽咽在卜快的手中说出一串含混不清的句子：“呜……你竟然用……迷香！我……女侠一世……英名……”

卜快皱了皱眉，这姑娘似乎脑子不够灵光啊，他突然连解释也懒得解释了，只恨不得林太平再多补几巴掌，好让这小姑娘的脑子也开开窍。

他索性凑上去，慢吞吞、不冷不热地说了句：“对，我就是采花贼。”

继而他惊奇地发现，这位壮志难酬的姜小姑娘姜大女侠，竟然吓得几乎连气息都没了。

卜快好笑又好气地看着姜采花：“我没有用迷香！就算我真是采花贼，要采的可是花，又不是黄花菜，我眼睛可没瞎。”

卜快松开手，看着一脸茫然、惊魂未定，跳出去几步远的姜采花，似笑非笑慢吞吞补充道：“我不是贼，不过能帮你抓到贼。”

“你到底是什么人？”姜采花一口气尚未喘匀，一双惊恐的大眼睛晶莹剔透，招人喜欢。

卜快又凑近了些神秘兮兮地告诉她：“知道我是谁吗？我可是魔教教主，盗中之圣，金笔书生，绝命毒王和……和江湖第一美人的唯一传人。”

下一秒钟，卜快发现，他眼前的这个黄毛丫头竟然激动得连眼睛都绿了。

【四】

穿一袭青布袍子的卜快站在青石上，干干净净的少年深沉地负手而立，双目微闭，时不时甩开姜采花扯着他袖子的手。姜采花咽了咽口水看着他那头比自己茂盛多了的长发。在姜采花“砸”了野猪林的场子半炷香后，姜三小姐和野猪林的“少当家”之间发生了如下对话。

卜快问：“你要我帮你抓贼？”

采花答：“不但要抓贼，还要学武。”

卜快问：“想学什么样的武功？”

采花想了想答：“绝世武功。”

不懂武功的卜快慢吞吞忍住笑：“你到底想学武还是想抓贼？”

采花回答得壮志凌云：“白天学武，晚上抓贼！”

姜采花不打算走了，因为这个叫野猪林的地方，不但有“作恶多端”的采花贼，还有隐居世外的大侠。

而最令卜快难以揣测的竟然是林太平。一向对待外人声色俱厉的林太平竟然平平静静地默许了姜采花留下一事，竟然还大手一挥：“你，去卜快那儿住。”

卜快的院子很小，加上柴房三间破屋，还有一畦菊种和两排绿篱，简直跟卜快的人一样干干净净一丝不乱，明明破屋就是破屋，可怎么看都不像陋室，反倒有点儿雅居的意味。

姜采花就这样留下来了，洗干净脸，穿上卜快的干净袍子，往卜快身边一站，衣服宽大，小脸俏皮，足比卜快矮了半头，怎么看都像个伴读小书童。

卜快告诉姜采花这里的生存之道：“在野猪林，年纪小的要听年纪大的人的话。”

于是从那以后，只要卜快写字时慢吞吞地喊“小花”，姜采花就屁颠屁颠跑过来斟茶递水，只要卜快写完字慢吞吞地喊“小花”，姜采花就欢天喜地跑过来洗衣扫地。甚至从那以后，姜采花连扮演野猪这种杂事都替卜快代劳了，卜快觉得，这世界上简直没有比他更聪慧的书生了，至于姜采花，她白天勤勤恳恳做劳工，一到黄昏便一个人跑出去，在野猪林里游荡整个晚上，直到大半夜才回来。

连卜快都感叹，姜采花确实很勤奋，可他更相信，凭姜采花的脑子和资质，这辈子也抓不到采花贼。

姜采花问：“卜大侠，你什么时候能教我功夫抓贼啊？”

正在练字的卜快头也不抬：“现在。”

卜快说：“所谓金笔书生，一身武艺是从练字里悟出来的，你来试试？”

姜采花煞有介事地拿起笔，边诵边书，潇洒地写下了一句：“春眠不觉晓。”

卜快一口茶水喷出来，盯着那张纸很久才慢吞吞地说：“小花，我觉得，金笔书生的武功可能不适合你。”

于是姜采花若有所思地出去抓贼了。

第二天，姜采花又问：“卜大侠，你什么时候能教我功夫抓贼啊？”

正在整理衣服的卜快抬起头看看她：“现在。”

卜快说：“绝命毒王，制毒要先学会制香。”他丢给姜采花一个粗制滥造的自制香囊，“你闻闻看，闻不出来就打开瞧。”

姜采花郑重其事地接过来，左嗅嗅右嗅嗅，嗅着嗅着，鼻子就离开香囊向窗外凑过去了。“肉包子！”

卜快被吓了一跳，顺着打开的窗子望过去，正好看到开茶肆的周小二送包子过来。

说来也巧，野猪林的住客里，姜采花最喜欢的便是周小二，卜快真不知道这究竟是“为包子折腰”还是真如姜采花所言“看到周爷爷总有一种眼熟的亲切感”。

卜快在看着姜采花吃下毒王送来的第八个包子后，忍不住揉揉她细软的头发，慢吞吞安慰道：“我觉得，绝命毒王的功夫可能也不适合你，不如……”

“谁说的！”姜采花一着急，“噌”地一下站起来，谁知用力过猛，膝盖撞在棱角分明的桌子腿上，继而打了个趔趄，不待卜快慢吞吞地去扶，两只小脚便绊在一起，仰面朝天摔在地上。

卜快痛苦地觉得，即便盗圣亲自来教，她的轻功之路想必也是没戏。

卜快无从知晓姜三小姐在姜府里的种

种光荣历史，自然更不知道姜三小姐异于常人的“天分”。他出门看着蹲在草地上洗完了第三盆衣服的姜采花，红扑扑的小脸温柔俏丽，低垂的眼帘长而浓密，完全不像头发的稀疏。卜快靠着门板，竟突然有些良心发现，他在心底暗自感叹，天底下竟然有这么笨的姑娘，实在笨得太不容易了。于是小手一招：“小花，你过来。”

姜采花一抬头，瞧见站在门口的卜快，欢天喜地蹦跶过来：“卜大侠。”

卜快变魔术一般从袖子里取出一块香喷喷的桂花糕：“吃。”

姜采花一脸欣喜地抬头看着他，大眼睛和淡淡的雀斑相得益彰，搭配起来极为可爱，她把小手在青布袍子上擦了擦，毫不客气地接过来就吃，边吃边问：“卜大侠，我们今天练什么？写字？制毒？轻功？”

卜快忍不住皱眉，他摇摇头：“这些都与你八字犯冲，不好，不好。”

姜采花的眼睛更为明亮：“莫非，今天你要带我去抓贼了？”

卜快长吁一口气：“小花，我问你，你是要抓哪里的采花贼？”

姜采花豪气干云道：“当然是临水县通缉的采花贼！”

卜快看着她，忍俊不禁，考虑到姜三小姐那让人着急的智商，卜快悲悯之情顿生：“你确定临水县的采花贼就在这个林子里？”

姜采花的眼帘翻飞如蝶：“我肯定。”

卜快好气又好笑：“你看这林子里，除了你我，既没有年轻姑娘，也没有年轻小伙，谁会是采花贼？就算真有采花贼，也不会来这里，对不对？”

姜采花认真地想了想，摇摇头。

卜快敲她的脑袋，他有时候真恨不得能把姜采花的脑袋敲得聪明些：“就算采花贼真来过，时至今日也早就跑了。”

姜采花又认真地摇摇头，从袖子里取出一件东西递给卜快：“这不是我的，可这里也没有其他姑娘，那你说会是谁的？”

卜快怔了怔，伸手从那只白嫩的小手里接过来，赫然是一副明晃晃的珍珠耳坠，上面未沾多少尘泥，想必是落在土里没多久。

姜采花继续认真道：“我早晨问过柳三娘了，她说不是她的。”

卜快确实沉默了，他看看耳坠，再慢吞吞地抬头看看一脸天真的姜采花，他无论如何也想不到会有今天，今天，姜采花终于聪明了一回。

卜快问道：“你何时捡到的？”

姜采花想也不想便答：“昨天晚上，就在茶肆的灯下，草地上明晃晃的一大颗，我拿了问，每个人都说没见过。”

卜快把耳坠拿在手中仔细观玩，这耳坠造型夸张，硕大的珍珠坠附近用金箔环绕成漂亮的藤花，的确够显眼，按道理丢在外面绝不会没人发现，野猪林往来的客商不多，但少有女性，即便是谁家姑娘落下的，也很少会一次掉落一对。如此说来，想必这耳坠正是昨天夜晚时分有人路过时落下的，可他昨晚早些时候也去过茶肆，并没什么客人。

莫非这野猪林里真的藏进了采花贼？

卜快沉吟片刻，开口道：“采花贼在不在这里，我们一试便知。”

姜采花睁大了眼睛：“卜大侠，你有什么妙招儿？”

卜快胸有成竹地一笑，慢吞吞道：“不要忘了，我可认识江湖第一美人。若我是采花贼，要采就采最鲜艳的那朵。”

【五】

七十七岁的柳三娘开酒馆，可她酒馆的生意还没有尖嘴猴腮的周小二的茶肆生意好。几年前还有个喝光了酒的醉汉上门挑衅，听闻这醉汉曾是临水县外一恶霸，最喜调戏良家妇女，可看见柳三娘风姿绰约地站在他面前，恶霸只挤出一句话："抱歉，在下走错门了。"

可惜一句"青山不改绿水长流，咱们有缘再见"还未说出口，就被柳三娘一把拉进了酒馆。

后来这件事被擅说书的周小二改编为鬼故事说给来往的客商听："听闻那恶霸进去以后……就再也没出来过……"

江湖第一美人？卜快在心里暗笑，不就是害他彻底断了当英雄念想的柳三娘吗？

柳三娘努力睁着一双已经昏花的杏眼，上下打量着眼前的黄毛丫头，一边颤颤巍巍搬出了一坛酒，张开没牙的嘴，干巴巴说了句："这酒可是二十年陈酿啊……"

卜快则压低声音对姜采花说："她的意思是，这酒馆有二十年没有客人了。"

姜采花不喝酒，只转头问卜快："这难道就是江湖第一美人？"

卜快慢吞吞摇头，低低地说了一句："不，她是江湖第一美人的……奶奶。"

柳三娘抬起皱巴巴的眼皮，瞥了卜快一眼，卜快觉得自己身后顿生寒意。卜快忙作揖道："三娘，小生造访，无非为了一事。"

发髻全白的柳三娘扶了扶头上五颜六色的簪花："说。"

卜快慢吞吞道："这位小花姑娘为了抓捕采花贼，特地上门来求教……"卜快略一思忖，继续道："来求教引蛇出洞之术。"

姜采花站在卜快后面，探出来的脑袋点得像小鸡啄米："没错，就是这样。"

柳三娘突然抬起下巴一笑："我当是何事，原来要用三娘我来做诱饵。"

姜采花和卜快看着柳三娘一张沟壑纵横的老脸，突然一起惆怅了。

姜采花扯扯卜快的袖子："卜大侠，我们是不是走错门了？"

柳三娘干笑了两声，打断道："说笑的，小卜的事就是我三娘的事，小卜的朋友就是我三娘的朋友，不过你们看看，这屋子里谁最适合当诱饵呢？"

柳三娘绕过卜快，一把捏住姜采花的脸，啧啧道："眼睛太大，小脸太瘦，雀斑太多，嘴唇太小，下巴太圆，脖子太细，发育不全。"

随即哄小孩儿般地弯下腰对姜采花说："小妹妹，你今年满十五岁了吗？"

姜采花气得说不出话："谁是你小妹妹？谁说我没有十五岁？一把年纪了还不害臊！奶奶！"

姜采花从小到大就没被人这么冒犯过。

姜府丫鬟银杏说过："三小姐虽然相貌不那么出众，可是一双水灵灵的大眼睛任谁看了都喜欢。"

家丁姜小三也说过："三小姐虽然身姿不婀娜，可小巧玲珑人见人怜。"

说完之后他们在三小姐的院子后欢天喜地找到唉声叹气爱女心切的姜老爷讨了赏银。

不过，无论如何姜采花毕竟是被人夸过的，她不满地瞪着柳三娘。

柳三娘也不恼，上下打量着卜快，继续

用没牙的嘴阴森森地说："我保证，明天还你们一个有倾城之貌的美娇娘。"

姜采花不理她，扭头就走，卜快一边慢吞吞地追，一边慢吞吞地说："小花眼睛明亮，小脸可爱，雀斑俏皮，嘴唇玲珑，下巴温润，脖子纤长……呃……身材小巧。"

于是，姜采花愉快地决定：她原谅柳三娘了。

可第二天一大早，卜快不见了。

卜快的房门是开着的，卜快的衣物是整齐的，卜快的被窝还是热的，姜采花慌了，凭借她多年混迹在县衙的经验和自认为灵光偶现的脑子，她断定，卜快失踪了。

姜采花出了门，因前天下过雨而潮湿的地面在林荫下依旧水迹未干，地面纷乱的足迹里，一行浅浅的脚印直通树林深处茂密的地方。

而远远地姜采花望见一个人，一个青丝如瀑的黄衫女子。

一望之下，只见那女子肩若削成，腰如约素，姜采花看得愈见痴了，忍不住叫了一声："那个，那个……姐姐？"

黄裙子的姑娘微微一回头，只见那明眸皓齿，青丝朱颜，可幽怨的神情分明像是说书先生口中的狐仙。

姜采花越想越怕，拔腿要跑，谁知一道带着明显自怨自艾气质的熟悉声音慢吞吞道："站住。"

"卜大侠！"

姜采花看着那张铅粉胭脂下熟悉的俊脸，突然一拍脑袋，她竟然难得聪明地意识到，柳三娘没有骗人，有倾城之貌的美娇娘就在她面前。

姜采花忽闪着大眼睛一脸崇拜："卜大侠，你怎么在这儿？"

卜快一脸不快，因为今天早晨林太平来找他的时候，见鬼一般瞪了他许久，最后亲切地说了句："快！消失在我面前！"

卜快一甩头发，为了这个奇货可居的傻妞，他已然连读书人的脸面都丢尽了。

实则卜快的想法很简单，他拿出一张纸，提笔沾墨给姜采花分析：如今诱饵是有了，野猪林往来的客商不算太多，但客商来往每天不断，若是采花贼真的藏匿在这附近，如今这里可是有个唾手可得的美人，没有道理不下手。

姜采花痴痴地抬头瞧着卜快的一张倾城之脸："若是那贼认出你来，或者不上钩该怎么办？"

卜快慢吞吞地指着自己的脸："我这个样子，就是我娘在世恐怕都认不出。"说完这话，卜快又在心里补充一句：若是认出来了或是不上钩，想必这采花贼就真的是林子里的人了。

卜快无可奈何地起身负手："算了，说了你也听不懂？"

姜采花则笑得花枝乱颤："我只是在想，若是这贼不上钩，卜大侠岂不是很多天都要这么打扮了。"

卜快慢吞吞地用毛笔敲她的脑袋，他发现，最近小花不但智商长了，还不知道跟谁学坏了。

【六】

卜快成了柳三娘酒馆的常客，杨柳身段扭一扭便八方客来，桃花小扇招一招便客商盈门，莫说这酒馆，连整个野猪林的生意似乎都好起来了。

林太平对他的看法也有了改观，某日还悄悄托人给他捎话："快啊，我觉得你可能更适合女装。”

而姜采花则依旧套着一袭卜快穿剩下的青布衫堂前堂后忙活，殷勤地给卜快斟茶递水。

两天下来，柳三娘赚得盆满钵满，开茶肆的周小二则唉声叹气，即便有一张能说书的好嘴，也比不上卜快的一双“媚眼”。

可令姜采花失望的是，一连几天，莫说采花贼了，连个小蟊贼都不曾出现，反倒文人墨客多了起来，没事儿还会题个诗写个字，一眼望去千篇一律全是“九玄天女下凡尘”之类的句子。

李老四私下里对卜快说：“小卜啊，再这样下去，咱们这林子真的要成君子林了。”

姜采花对卜快诉苦：“卜大侠，照这样下去，我们永远也抓不到贼了。”

卜快摇着一把轻罗小扇，笑得意味深长：“小花，谁说我们毫无进展。”他把姜采花拉到院子里，“你看，这里和昨天有什么区别？”

姜采花抬头望望天，低头看看地，不远处还有一口水井，天还是昨天的天，地还是昨天的地，井还是昨天的井，姜采花呆呆地摇摇头，过了一会儿又看看卜快，道：“你的发髻变了。”

卜快敲敲姜采花的脑袋，悠然道：“笨！难道你没有发现，你晾在这儿的花裙子不见了吗？”

采花愣了几秒，眼圈骤红，一把抓住卜快：“快说！你把我的花裙子藏到哪儿去了！这可是我离开家时穿的裙子！我娘亲手给我做的！”

卜快任她抓着，却白她一眼：“裙子怎么可能是我拿的？你自己想想，有谁会去偷女孩子的裙子？”

姜采花怔怔地盯着卜快，许久才憋出一句话：“卜大侠，莫非采花贼出现了？”

卜快慢吞吞地整理一下衣服，胸有成竹道：“我猜，正是如此。”

于是，姜采花笑了，她又一次觉得，自己离成为女侠不远了，毕竟采花贼已经现身，就算自己捉不住，凭卜快那个毒王盗圣魔教教主第一美人的传人也绝不在话下。

卜快看着小花一副唯恐天下不乱的表情，无可奈何慢吞吞地摇了摇头。

卜快接着问：“小花，除了这件衣服，你还有没有别的东西少了？”

姜采花挠头道：“说到少，倒是还少了一件。”

姜采花说罢指着卜快的窗子：“你的窗纸早就破了，我前日拿了张废纸来糊窗户，昨天就不见了，你说奇怪不奇怪？”

卜快皱眉问道：“用的是哪张纸？”

姜采花道：“就是我写‘春眠不觉晓’的那张。”

偷姜采花练过字的纸，确实是奇闻一桩。

卜快指指柴房：“前天夜里来过，昨天夜里来过，想必今天夜里还会来，我们不如先静观其变，看看这采花贼究竟何许人也。”

【七】

姜采花自认为从没干过这么刺激的事。她曾半夜去姜府的厨房偷东西吃，结果被发现而搞得鸡飞狗跳，又或者在临水县城打抱不平后被人追赶。

可她从未想过，自己有一天竟然真的要

亲眼看到采花贼了。姜采花一阵兴奋，因此在对卜快表达自己的激动之情后，准备打坐以复习内功心法。这种想法很快被卜快费了九牛二虎之力拉了回来。

姜采花和卜快挤在狭小的柴草堆中间，嗅着卜快身上淡淡的花香味，问了句：“卜大侠，一会儿贼出来了，我们去抓吗？”

卜快慢吞吞白了她一眼：“当然不去，我们要以不变应万变，知己知彼百战百胜，先看看再说。”

姜采花“哦”了一声闭上嘴，头却不自觉地靠上了卜快的胸口。

卜快嫌弃地把姜采花头上的柴草棍扒拉开，从小窗内向外望去。只见月光明媚，星光淡泊，晚风轻拂树梢，果真是一个才子佳人相会的好时候。

说到才子佳人，卜快情不自禁低头看了看姜采花，不由自主摇了摇头。

若论才子，他倒还勉强算一个，若论佳人……他忍不住伸出一只手，哆哆嗦嗦替姜采花擦去口水，这位佳人，他实在不敢恭维。

没错，姜采花在做一件她自以为刺激的事情的时候，竟然又毫无意外地睡着了。

幸好你有张良计我有过墙梯，卜快从袖子里摸出一个包子，在姜采花头顶晃了晃，姜采花便又毫无意外地醒了过来。

卜快一脸嫌弃地看着她大嚼包子，一边依旧无知无觉地靠在自己怀里，一边还机警地睁着水汪汪的大眼睛认真地问自己：“卜大侠，有情况吗？”

卜快无可奈何地叹了口气，试想自己一世英明，怎么被如此笨的姑娘拖累得沦落到如今的境地：白天要女装，夜里要蹲点。

他突然意识到，小花简直是个外表纯良的大骗子。他扶额惆怅，意识到这好像跟他自己也有脱不了的干系。

突然，门外传来一阵窸窸窣窣的声音。

姜采花“噌”的一声站起来，屁股却撞到了身后的柴草堆，尘土夹杂着杂草铺天盖地向卜快的头顶招呼而来，卜快一把拉住她，生怕她搞出更大的动静，自己则灰头土脸趴在窗子上往外看，竟然真的看到一个鬼鬼祟祟的人，正蹑手蹑脚地走进他的院子。

卜快向姜采花比了个噤声的手势，姜采花忙不迭点头，谁知用力过猛，一头撞上了窗子旁边的墙壁，发出“咚”的一声闷响。

一向好脾气的卜快此时只想把她扼杀在柴草堆里，可他已经顾不上姜采花了，因为他看到了一件令他更加吃惊的事情，原来那个闻声扭头的月下之贼不是别人……

在清朗月光的映照下，卜快看得清清楚楚，却被姜采花率先脱口而出：“是周爷爷！”

没错，正是开茶肆的周小二。

两个人索性推门而出，佝偻着身躯的周小二第一个动作便是捂脸摇头：“不是我，不是我。”

姜采花惊得跳脚：“还说不是你！你竟然就是采花贼！”

周小二放下手，双手插进袖子里，驼着背一脸委屈，哆哆嗦嗦用没牙的嘴解释：“不是我，我不是采花贼。”

周小二一边斜眼看姜采花，一边向卜快挤眼求助。

卜快冷眼瞧着，冲着周小二明显鼓鼓囊囊的袖子不慌不忙地努努嘴，周小二无可奈何地从袖子里取出一袋碎银交给卜快：“好吧，我……我坦白交代。”

周小二嘿嘿一笑：“我……我这也不过就是想赚点儿外快，伤天害理的事那是绝对不干的。”

姜采花迫不及待地问：“谁让你这么做的，昨天和前天是不是也是你？”

周小二头摇得像拨浪鼓：“不是我！不是！那个人是今天才找上我的，我们有不做伤天害理之事的君子协定。”

周小二压低了声音神秘道：“是个戴着斗笠的人，看不清长相，听声音可能是个中年人，既不要我杀人也不要我放火，只是问我这里有没有一个小姑娘，让我拿一件这小姑娘的东西给他。”

姜采花抓住他的袖子，从自己身上摸出耳坠问他：“这耳坠不是你的？”

卜快扬起眉毛。

周小二的脸色有些异样，突然小孩子赌气一样说道：“不是我的，反正不是我的。”

卜快问：“也不是你拿的？”

周小二再次摇头：“不是我拿的，绝对不是我拿的。”

卜快凑近了，慢吞吞道：“周爷爷，我怎么觉得，你好像知道这是怎么回事？”

周小二一张老脸骤白，第三次拼命摇头：“不不不，小卜，你可不能怀疑我啊，咱们可都是在野……野猪林……”

周小二一说谎就会结巴，卜快好气又好笑，他还没来得及反驳，姜采花就发现了端倪，她忍不住惊呼：“你刚才说野猪林！”

周小二颤颤巍巍道：“干吗，野……野猪林怎么了？”

姜采花险些没掉下眼泪来，她盯着周小二，越看越想看，越看越激动，几乎把整张小脸都贴了过去。

周小二吓得惊呼：“你才是采花贼吧！”

姜采花怒目道：“我是采花，不是采花贼！可你……你既是周爷爷，也是临水县外山神庙外的那个要饭的！”

肯定就是他，两张老脸在姜采花眼前重叠，姜采花气得直跺脚，自己还真是笨，竟然从来没想到。

周小二吓得继续摇头：“不是我！不是我！”

卜快适时地追问一句：“那是谁？”

周小二眼珠一转，忙说：“这一定都是那个戴斗笠的人安排的！”

姜采花还要逼问，周小二忙道：“相信我，我说的都是真的，那个戴斗笠的人最近时常在野猪林出没，一定都是他干的，我可记得他，你们等着，明天我一定帮你们抓住他。”

他边说边往后退，闪身躲开卜快，一溜烟跑了，边跑边头也不回地喊：“明天等我的好消息！”

眼看着一个快要一百岁的老头子活蹦乱跳地从自己面前逃开，姜采花心有不甘，拔腿要追。卜快拦住她，慢吞吞地摆摆手，温和地一笑：“不必追，周爷爷很少骗人，想必有难言之隐，我们不如就等着明天的结果。”

姜采花若有所思地点点头，指着卜快手中的那袋碎银子，缓缓道：“以前有个教过我书的先生说过，穷寇莫追。”

卜快瞬间皱了眉，姜采花还是没变聪明。姜采花抽着鼻子看着卜快，一副欲言又止的样子。

“小花，你有什么想法？但说无妨。”

姜采花终于摸着肚子开了口：“我想吃包子……”

卜快看了她许久，慢吞吞地气绝了。

【八】

翌日，四月二十一，谷雨，宜出行，利嫁娶，忌别离。

姜采花边帮卜快梳头边说：“卜大侠，最后一天打扮成这样，委屈你了。”边说着，边用一副和语气极不符合的表情捻起一朵小花欢快地插在卜快的发髻上。

原本卜快从早晨起来就觉得这是个好日子，可看到姜采花那张幸灾乐祸的脸，他突然觉得什么都不好了。

抓采花贼志在必得，只等那戴斗笠的人上门来。

可没想到由周小二陪着，姜采花和卜快在柳三娘的酒肆里坐了一个多时辰，除了偶尔吟诗弄墨的文人之外，竟然没有一个戴斗笠的人出现。

直到晌午时分，酒肆里才来了个瞧上去与众不同的人，这个人生得五大三粗，虎背熊腰，紫发青虬，穿了件布衫，蹬着双草鞋，却偏偏扛了把价格不菲的宝刀。

卜快给周小二使眼色。

周小二苦着脸摇头，那意思很明显，不是他。

可这大汉径直向着卜快走过来。卜快不想节外生枝，索性扭过脸去，大汉却笑得豪迈，一步上前，一只手托起卜快的下巴，一边开口道：“这么一个小美人，在这酒馆里真是可惜了。”

大汉伸手去拉卜快，正在啃桂花糕的姜采花眼疾手快，一把扑过去抱住大汉象腿一般健壮的胳膊张嘴就是一口。

大汉哪想到半路杀出如此一个程咬金，又疼又气，“哇”的一声举拳便打。而卜快这一辈子却终于快了一回，一闪身挡在姜采花身前，生生让这大汉给自己添了一副乌眼青。

大汉挥拳还要打，可手才抬起来，自己整个人却倒下去了，而且再也没起来。一脚踏在他身上的，竟然是须发全白的林太平。

林太平潇洒地拍拍手，沉声说：“区区蟊贼，也敢放肆！”

这件事过后，卜快和姜采花八卦地用了两天时间寻找各路在场的英雄豪杰打听当日的详情，可奇怪的是，竟然没人看到林太平是如何出手的，更没人知道林太平是如何制伏那大汉的。

当时的卜快想不了这么多，骤然挨了一拳，一介文弱书生只觉得天旋地转，眼前仿佛昨晚的星光又回来了，身子一软，竟靠在了一副更软的身体上。

姜采花红着眼圈看着他，咬着牙恨不得给那大汉还个十拳八拳。她狠狠地埋怨卜快：“你怎么这么笨？”

卜快头昏脑涨却面不变色，慢吞吞地仿佛自言自语：“因为小花很可能是这世上最笨的姑娘，奇货可居。”

姜采花突然语塞，她意识到，自己的感激之情已在一瞬间烟消云散。索性手一松，把卜快扔在地上，干净利落。

卜快被摔得顿时清醒，他叹口气，小花确实变坏了。

姜采花看看意气风发，满身“老侠气质”的林太平，忍不住扯扯旁边周小二的袖子：“周爷爷，林大侠究竟何许人也？”

周小二轻轻说了句：“咳咳，六十年前金盆洗手……曾经想一统江湖的那个……”

姜采花呆立原处，难以置信地看着林太平，一阵窃窃私语骤然而起。

那大汉已然仰面朝天被捆了扔在地上，

面目狰狞，皮肤黝黑，阔耳肥唇，脸庞却棱角分明。

座中有人已然惊起，指着大汉道：“他，他不是正被通缉的那个江洋大盗秦穷吗？”

然而正当众人议论之际，门外闯进来一个戴斗笠的中年男人，男人直奔瘫倒在地的卜快扑上来，一把抱住他：“真的是你！真的是你啊！女儿，你没事吧！女儿，你怎么了！”

周小二惊叫道：“就是他！抓住他！”

闻讯赶来的张大福和李老四齐动手，一把把这中年男人按在地上，男人的斗笠被碰翻在地，而他毫不在乎，只死死抓着卜快不肯放手，老泪纵横道：“女儿！女儿！你变漂亮了！”

姜采花目瞪口呆地看着那张熟悉的面孔，竟然惊得说不出话来：“爹？你……你在干什么？”

姜老爷一怔，回头看看姜采花，再看看卜快，他突然意识到，自己的智商也不够用了。

张大福和李老四松了手，周小二一脸茫然地看看卜快和姜采花，表示：我真的不知道。

原来自姜采花走后，姜老爷派家丁寻遍临水县，一无所获。不得已，姜老爷为寻女独闯野猪林。未进林子，就听往来的客商说这野猪林来了个天仙似的美女，以前从未见过。

姜老爷来到周小二的茶肆打探。

周小二皱巴巴的手一伸，姜老爷立即会意地拍下一袋碎银。周小二便喜笑眉开地说道：“我们这儿啊，只有一个小姑娘，叫小花。”

姜老爷欣喜若狂，急于寻女，谁知恰见一袭女装的卜快从酒馆里盈盈而出，当即呆在原处再不敢相认，就怕姜采花见到他再来个离家出走。

姜老爷只能折返回去，第二日再来，遇见了卖草纸的李老四，买了一筐草纸，只求李老四帮个忙，从这位小花姑娘的住处取一件东西来。

于是第二日，姜老爷顺利得到了自己女儿的墨宝，他认出女儿的字迹，转身便激动得痛哭流涕，坐在山坡上暗自感慨，莫非真的是他们父女感动上天让神仙显灵把小花变漂亮了？为确保万无一失，姜老爷又从野猪林卖烧饼的张大福处买了两筐烧饼，求张大福帮忙，再取一件东西来。

于是第三日，姜老爷顺利得到了女儿的花裙子。他去最近的山神庙烧了几炷高香，以感激神佛眷顾。可当他返回野猪林急于与女儿相认时，卜快的风姿又实在不敢让他相认了，这才再一次找上周小二，可惜的是，周小二并未得手。

林太平鄙夷地看了看张大福、周小二和李老四。可卜快分明从这威严的神情里隐约读出一种“有这种好事怎么不叫我”的心态。

而听至此，柳三娘忍不住感慨：“果真是有其女必有其父。”

卜快在姜采花发怒之前慢吞吞补充道：“果然虎父无犬女啊……”

【九】

至此父女团聚，非但团聚，还抓到了一个江洋大盗。可采花贼呢？既然姜老爷不是采花贼，那么只能说明一件事，那便是……

“周爷爷，你又骗人了！”姜采花扑过去，一把抓住周小二，“采花贼就是你对不对！”

周小二尴尬地咳嗽了两声，看看林太

平，看看张大福，看看李老四，最后目光意味深长地落在了卜快身上。

卜快不禁又打了一个冷战："这件事和你们都有关系？你们四个？"

卜快只觉一阵晕眩，枉他自诩聪明，怎么就没想到这四翁近几日来的异样。

林太平尴尬地咳嗽了一声，缓缓地摇摇头。卜快松了口气。

林太平继续道："不是四个，是五个……"

卜快气绝，柳三娘在一旁笑得花枝乱颤，她一边把客人都送出门去，一边笑嘻嘻关上门，意味深长道："我们这可都是为了你啊。"

"为了谁？"卜快和姜采花异口同声问道，这次，卜快可丝毫不慢。

柳三娘缓缓从身上摸出一张皱巴巴的草纸递给卜快，卜快展开，禁不住念道："王掌柜家三小姐，城东赵寡妇家外甥女，孙小五家大姑娘，林员外家大小姐……姜县太爷家大小姐和二小姐……"

姜采花听得云里雾里，姜老爷却再也忍不住，一把把那张密密麻麻写满了字的纸夺过来，看得目瞪口呆："这……你们真的是采花贼？"

柳三娘摇头叹气："这是我列的临水县城大家闺秀们的名单，但凡传言有点儿姿色和学识的都在上面，可谁知道现在的姑娘们都大门不出二门不迈的，想见也见不着……"

李老四嘿嘿一笑："我们只能出此下策。"

姜采花凑过去看那张名单，却黑了脸。没错，没有她，找遍了整个名单也没有她，她斜着眼睛看柳三娘。

周小二忙道："我们可不是采花贼，我们只看看姑娘，既不偷也不抢。"

李老四哀声道："要不是年纪大了，也不会被人发现，想当初我……"

话音未落，周小二一巴掌拍过去："都怪你，看姑娘就看姑娘，还偷人家耳坠，不害臊！"

林太平也一巴掌拍过去，不过，他拍的却是卜快："还不是为了你？"

张大福跟着帮腔："你可是魔教的少东家，我们这也是为了野猪林的世代昌盛考虑的……"

柳三娘补充道："延续香火，后继有人。"

周小二跟着道："光复魔教，称霸武林。"

李老四道："我们都是为了你好，想当初，这里有人可是一统江湖的……"

林太平清清嗓子："低调。"

姜老爷哭笑不得，一场满城风雨的采花贼事件，竟然是为了野猪林的"少东家"大婚。他因此忍不住插了句嘴："可有看中的？"

周小二道："不是太肥就是太瘦，不是太懒就是太馋，不是太高就是太矮，不是没正义感就是没有责任心，不是胆子太小就是太霸道，不是爱吹牛就是假学识，我和李老四四处奔走谈何容易，不过合适的嘛，嘿嘿，还真是发现一个，比如像贵府三小姐一样能跑能跳胆子大的大家闺秀，我们还都是头一次见。"

就连脑子不那么灵光的姜采花都意识到，这分明是场阴谋，想必对周小二和李老四来说，发现姜采花的存在确实是个意外，可引她过来，分明是有意为之了。

卜快插嘴道："那若是有看中的，该如何？"

林太平故作严肃道："魔教在林子外，还是有十几处地产的，我们退隐江湖太久，也该热闹热闹了。自然是要光明正大地去提亲。"

卜快一抱拳："多谢大侠。"

这次，他可是由衷感激。

姜老爷适时地清了清嗓子，指指名单。

林太平道："我自会变卖一处地产，命人带着礼物上各门各户道歉。"

李老四也忙道："咳咳……我顺手拿走的东西，也会悄悄送回去……"

姜老爷庄严地点点头。可没人知道，他心里早就乐开了花。

在后来的很长一段时间里，姜采花始终怨念："难道我长得就真的那么没存在感吗？"

姜老爷哈哈大笑，他觉得自己简直是这世上最幸运的父亲，自己的女儿不但帮自己破了采花贼一案，顺便抓了个江洋大盗，还一不小心给衙门带回了一个新捕快。

他对这捕快怎么看怎么满意，非但形容俊逸气度不凡，而且精通琴棋书画，最重要的是，自从有了这捕快，整日出门惹是生非的姜采花似乎有了事干，常常坐在花园里打坐，说是要跟这捕快修习魔教心法成为一代女侠。

姜老爷不懂，不过这也不重要了，他捻须点头，心里琢磨着，心里暗暗感激给女儿取名的那算命先生。他想大约自己的女儿的确是有善缘的，将来真有一天能变得和穿女装的卜快一样漂亮也说不定。

而如今的问题是，以后该如何和一群身为魔教中人的怪脾气亲家打交道，非但打不过，而且躲不起。

一想到那帮嚷嚷着要光复野猪林给魔教传宗接代的怪人，姜老爷突然觉得，以后的日子，又有的愁了。

卜快手捧一本书，忧心忡忡，他万万没想到，野猪林擒贼事件过后，小花竟然更加相信手明显无缚鸡之力的他是魔教教主的唯一传人，同时更相信，自己成为一代高手指日可待了。

卜快抬起头，时不时看看已经坐在花间打坐半个时辰的小花，忍不住走过去伸手帮她擦去嘴角的口水，端走放在她身旁的一碟吃剩的包子，摇了摇头，叹了叹气。

及此，姜府里多了一位女侠，江湖中多了一段佳话。轻

平生相见即眉开
Written by | 岳初阳
Painting by | 虚镜游灵

一、刀神

民国八年，呈州。

黄包车在巷子口停住，少女从车上下来，掏给拉车小哥一块大洋后，朝巷子里走去。

少女十七八岁的模样，眉目精致，穿一件蓝色绣花旗袍，衬出细瘦窈窕的身材，惹得拉黄包车的小哥跑开老远还频频回头。

仲秋的天气越发凉薄，她咳嗽几声，抬眼看到小巷尽头已经有人在等她。

男子背对着她，听到脚步声却没有回头，右手微微一动，一把细瘦的柳叶刀便朝她急射而来。她反应迅速，险险避开。

“慕凉？”她惊讶得叫出对方的名字。

“为何私自下山？”男子转过身，表情和语气一样冷，只一双眼睛犀利如刀。

兰芗目光坚毅，向前迈了一步：“我只是想找出五年前杀害我父亲的凶手。”

对方眼中的冰更深一重：“这么说，你背弃了手中的柳叶刀？”

她默默低下头去。面前的男子，号称“刀神”的慕凉，是那么执着于柳叶刀的人，他将柳叶刀视为自己的生命，不允许任何人去侮辱柳叶刀，如今，她让柳叶刀染上仇恨，早已犯了他的大忌，她该猜到下场是什么。

他缓缓举起了手中的柳叶刀，对准了她。那是一把银白色暗器，刀身细瘦，呈柳叶状，长寸余。

她跪在慕凉脚边，抓住他的手腕，仰面望着他：“慕凉，再给我些时间，我一定要让杀害我父亲的凶手身败名裂。”

他的手腕僵滞，眼中闪过一丝犹豫，最终冷冷道：“叫我师父。”

为什么？她叫过他慕凉，叫过他先生，叫过他冷冰冰，他一概接受，五年来，他从未让她叫过他师父，何况她从未磕头认过他为师，他们根本算不上师徒。

她咬着牙就是不开口。她知道，他之前收过一个徒弟，后来那名徒弟侮辱了柳叶刀，最终死在他手下。她才不要落得和那个人一样的结局，她还没有报仇，她的愿望还没有达成，她不能死。

他闭了眼：“就算你不叫我师父，也难逃他那样的结局！”

她一惊，脱口而出：“我知道一个人可以为你证道。”

所谓证道，便是找到一名值得他使出绝招儿“风过柳鸣”的高手。兰芗了解慕凉，他一生追求的“道”便是一招儿完美无瑕的飞刀，他四处找高手比试，却没有一个人值得他用出“风过柳鸣”。

他果然顿住，问：“谁？”

她道：“我二叔，枪王贺飞。”

他毫不犹豫地说：“好！”

兰芗身子一软，瘫坐在地上，神情黯淡。原来，自己在他心中的地位真的不如他的刀，那么，这五年的朝夕相处又算什么呢？

二、旧案

兰芗第一次见到慕凉是在火车上。

她因为不想被送回老家哭闹得厉害。父亲哄着她，一边推开七号车厢的门，一边指着车厢第一排靠窗的位置说：“再哭，可就让哥哥看笑话了。”

兰芗顺着父亲的手指看去。那是这节车

厢里唯一的乘客，一位二十几岁的男子，用胳膊撑着头，闭着眼靠在窗边。

她盯着他看了一会儿，忽然咧嘴笑了："这个人好像冰做的。"说完坐到他对面，托起下巴。

这个人高鼻深目，面部轮廓刚毅，仿佛冰凌雕刻一般，英俊中透着说不出的冷，她忍不住想，他睁开眼又该是怎样的神情？

父亲找到位置，招呼她坐过去。她不理会，从口袋里掏出小橡皮球在面前的桌子上玩起来。她想吸引他注意，可对方听见噪声只皱了下眉，并没有睁开眼。

兰芗眼珠咕噜一转，故意将橡皮球扔到对方座位下面，朗声道："先生，我的东西掉到你那边了。"

他毫无反应。兰芗不依不饶，伸手摇他的胳膊，可不管她怎么做，对方都像一尊冰雕般一动不动。她急了，那可是她最爱的玩具，无奈之下，只能自己钻到座位下面捡。

这时，车厢后门被人猛地拉开，只听父亲大叫一声："兰芗，快跑！"

她急忙从下面钻出来，看见手持柳叶刀的陌生少年和倒在过道中的父亲，吓得哭不出声，一步步后退，直到后背贴到车门上。

少年说："贺小姐，我也是收人钱财，与人方便。"

话音方落，少年的暗器便朝她飞来，她下意识躲避，却还是肩头一疼。少年不可置信地看着她，又举起一把银亮的柳叶刀。

她蹲在地上，捂着肩膀，以为在劫难逃，没想到眼前一晃，那把柳叶刀在她心口一寸远的地方，被一只修长的手稳稳接住。

是他！兰芗吃了一惊，下一秒，便被人抱起。慕凉冷冷地看向少年："收银买命，这就是你的'道'吗？"

少年面露惊惧，忙不迭向后退去："贺家开出天价要这爷俩的性命，徒儿一时起了贪心……"

兰芗蓦然睁眼，不可置信："你说什么？贺家哪个人指使你来的？"

不待对方回答，慕凉的刀便以迅雷不及掩耳之势灌入对方胸口，他说："侮辱柳叶刀的人，不可饶恕，尤其是我的徒弟。"

兰芗还想说什么，却因痛楚难耐，昏死过去。

她不知睡了多久，再醒来，已在旅馆柔软的床上。

慕凉站在旁边，正准备拔出她肩头的柳叶刀，见她醒转，说："会有些疼，忍耐一下。"随即，深吸一口气，俯下身，用牙齿咬住深埋入肤的刀柄。

冰凉柔软的唇停在肩头，伤口传来酥麻的触感。兰芗偏过头，注视对方的侧脸，莫名紧张起来。但来不及胡思乱想，就是一阵钻心的痛，反应过来时，刀已拔出，伤口也擦了酒精，用纱布裹了起来。

她看着兀自忙碌的他，问："为什么救我？"火车上那般冷漠的反应，她以为他定是个麻木不仁的人。

他没有转身，仿佛自言自语："我要你做我的徒弟。"

"你不是有徒弟吗？"她想起火车上的少年，试探着问："你……杀了他？"

他闭上眼，难辨悲喜："柳叶刀一旦染上利益和感情就不再干净纯粹，如果有一天你侮辱了柳叶刀，我也会毫不留情。"

她不服气："我还没答应做你的徒弟。"

他转过身，冷峻的眸子看定了她："你师兄一旦出手，天底下没有几个人能从他刀下逃生，你反应很快，很有天赋，我要你传承我的刀道。”冰冷而强大的气场，完全不给人商量的余地。

她思虑良久，说：“可以，但我不要做你的徒弟。”

他淡淡道：“无所谓。”

三、回家

兰芗带慕凉回了贺家。

她告诉姨娘这就是五年前救了她的“刀神”慕凉先生。五年来，他收容她，给她饭吃，教她习武，更给她一个家。

姨娘听罢，眼里泛出晶莹的泪光，随即双膝一弯，行了个大礼。

姨娘和兰芗的母亲是双胞姐妹。多年前，姨娘家遭了难，便前来投奔姐姐。姨娘没有孩子，兰芗的母亲又走得早，所以姨娘对待她比对亲生女儿还要好。五年前，姨娘接到自己失踪的消息时，急得数个月睡不好，差点叫人把呈州翻个底朝天。

兰芗望着姨娘深弯的脊背和鬓边的几缕白发，忍不住流下泪来。她扶起情绪激动的姨娘，招呼慕凉坐下，又吩咐丫头准备两床干净的棉被送到客房后，才歇下脚来。谁知，三人聊了没几句，院子里就传来男人的声音。

兰芗听出是二叔贺飞的声音。

客厅的门被人踹开，一名身着戎装、眉眼英俊的男子走进来，指着慕凉道：“是谁随便让一个陌生人住进来的？”

“是我！”兰芗站起。

贺飞沉着脸：“这个家什么时候轮到你做主了？”

她反言挑衅：“贺飞，你以为我爹不在了，你就能名正言顺地控制贺家吗？”

贺飞道：“不是吗？你回来又怎样？不过是个不能继承家业的女娃。”

兰芗并不吃这套，好看的眉眼一挑：“是吗？贺飞，难道你还不知道你的身世早被传得满城风雨了吗？你根本不是贺家的子孙，而是贺家收养的弃婴。”

兰芗回到贺家之前做了足够的调查。贺家本是呈州大户，有两个儿子：一个是贺老爷亲生的儿子，也就是兰芗的父亲，贺风；另一个则是贺老爷在家门口捡到的弃婴，贺飞。几年前，贺老爷凭着人脉为贺风谋了个军职。彼时，军阀混战，邻近的崇州觊觎呈州富裕的土地，却碍于呈州严密的军防，几次铩羽而归。后来，贺风被刺，贺飞便接替了他哥哥的军职。兰芗此次回来，竟暗中查出贺飞私通崇军，她怀疑贺飞不仅是害死父亲的元凶，更是崇军打入呈军的奸细。她不仅要为父亲报仇，还要让世人看清他的真面目。于是，她决定，第一步先把贺飞的身世公之于世。

贺飞眼中充满恨意与杀气。

兰芗目光一凛：“贺飞，你以为我还是五年前那个软弱的小女孩吗？”说着，柳叶刀飞出，锐利的刀锋贴着贺飞的耳朵钉入他身后的雕花木门里。

贺飞耳朵一痛，额上青筋凸起，拔出手枪，大步跨上前来，抵在兰芗眉心：“好个不知好歹的丫头！”

兰芗面不改色。倒是身旁的慕凉眼神一动，手不自觉地滑向柳叶刀，却又被兰芗按住手腕。

贺飞瞥一眼慕凉肃杀的神情，终是收了手枪。

晚间，兰芗端了饭菜送到慕凉房间。她

托着下巴问道："中午，你那么着急出手，是在担心我吗？"

慕凉动作一滞："他的枪很快，杀气很重。"兰芗嘟嘴："还是在担心我嘛。"语气中是同龄人该有的任性和可爱。

慕凉不再说话，只觉中午那个临危不惧的女子与此刻天真娇憨的小女孩判若两人，那般的伪装，很辛苦吧？算了，辛苦也是她自找的，他跟她说过多少次，柳叶刀本就不该沾染任何感情。

天色渐晚，兰芗带上门出去，门缝合起的瞬间，她看见他拿出柳叶刀细细擦拭，那般深情，那般虔诚。这样为刀而生、为刀而活的男人又怎么会懂得担心？

是她多想了吧？

他永远不会明白，她那么辛苦地练刀，除了报仇，更是不想辜负他的期望。她想离他近一点儿，再近一点儿。他不知道，她多么想亲自为他证道，但她知道这是不可能的，从遇见他的那一刻就注定了，她永远到不了他的境界。

无爱无恨，无欲无求。

四、证据

翌日，兰芗买了早餐给慕凉送去。

慕凉正对着院中的香椿树练刀。他闭目，手腕一振，银亮的柳叶刀便以肉眼追不上的速度穿透树干，钉在墙头。万籁俱寂，唯有风中传来风吹柳浪的细微声响。

"好一招儿'风过柳鸣'。"她拍手称赞，"果然不愧'刀神'的称号。"

他眉心紧蹙。他没有告诉过她，自从她偷偷下山，他的刀就再不曾进步一丝一毫，起手落手间，眼前总有个挥不去的面容，坚毅中带五分柔软，执拗中掺三分天真。

"在想什么呢？"她伸手在他眼前晃了晃。

他回神，四目交接又转瞬避开："我在想你什么时候才能安排我和贺飞交手。"

"哦。"她失望地垂了眼帘，"等我找到证据，揭发了他的坏事，你们就能交手了。"

他淡淡道："尽快吧。"

吃过早饭，有人跑来在兰芗耳边说了几句话，接着，兰芗连话都来不及交代，拿上相机，叫辆车就直奔东北方向。原来是线人来报说贺飞接了通奇怪的电话，两人说着前言不搭后语的话，之后贺飞便匆忙赶往呈州边境。

兰芗到达呈州边境，果然见贺飞正在树林里与一个身着崇军服装的人凑在一起。她心下一喜，拿出准备好的相机抓拍线索。

本来一切很顺利，可就在她大功告成，背起相机，准备离开时，不小心踩到一截枯树枝。不远处的贺飞听闻声音，拔枪开火。

伴着震耳欲聋的枪响，兰芗身子一飘，被人拉到树后。

是慕凉。兰芗走后他越发心神不宁，这才跟了过来。

她瞪大了眼，被慕凉紧紧捂住嘴巴。过了好一会儿，确认贺飞离开后，他才松开手。淡淡的血腥味飘入鼻孔，兰芗视线一转，这才发现他的右手被子弹擦出条血痕。

她发现他的情绪有些不对，多年来冷漠无悲喜的脸上竟闪现出复杂的表情，可问他什么，他一个字也不说。

简单处理完伤口，二人又去了城西的报社，兰芗要把拍到的照片曝光。

可谁知，两人前脚踏进报社的大门，后脚便闯进两名举着手枪的蒙面人。整洁的办公室一瞬间纸屑翻飞，乱成一团。

蒙面人是冲着兰芗来的，对她步步紧逼。

慕凉见状，并不出刀。兰芗知道这是他的规矩，受伤之手、不洁之手持刀都是对柳叶刀的侮辱。

兰芗的刀法虽也不弱，可毕竟双拳难敌四手，何况对方还是用枪之人，不一会儿便落了下风。她被逼到窗口，两把黑洞洞的手枪同时对准了她。

“慕凉。”她绝望地看着他，他是她最后的希望了。可，他站在离她一丈远的地方，手放在柳叶刀上，犹豫不决。

许是忌惮“刀神”的威名，蒙面人亦迟迟没有开枪。

最终，慕凉的手从柳叶刀旁缓缓移开。

蒙面人见状，再度凛了神色。

兰芗的心像被冷水冲洗过一般，冷得通透：慕凉啊慕凉，在你心里，我的命终究没有你的刀重要吗？

——“砰！”枪声划破天空。

兰芗只觉被人抱住，用力后推，接着，腰部撞到低矮的窗户边缘，随即，重心不稳，仰面翻到窗外，身体迅速下坠，一声闷响过后，她落在一方温暖的怀抱里。她睁开眼，看清垫在下面的男子眼神涣散迷离，头部与地面直接接触的地方蜿蜒出一条红色的小河。

她不可置信地大叫：“慕凉！”

五、心乱

所幸报社的楼不高，慕凉并没有生命危险，只不过伤到头部，导致双目失明，大夫说怕是很难治愈。

兰芗将这个消息告诉慕凉时，他的柳叶刀就停留在她咽喉处。

她知道一双眼睛对一个刀者的重要性，没有了视力，他这辈子都无缘问鼎刀道顶峰。他是因为她才失明的，她理解他的怨、他的恨。但她没有躲。不知为何，她觉着他不会伤害自己。

她望着他无神的双目，问道：“其实你心里有我是吗？不然怎么会冒着危险一次次救我？”

莫名的怒火蹿遍他的全身。可，他有什么好气的呢？没有人强迫他救她，是他自愿救她的，那么再坏的结果他也该接受不是吗？

但他就是生气。气自己，为何明明知道危险，还那么奋不顾身地去救她？他的生命中只有柳叶刀不是吗？如果她是上天给他的考验，如果她是他的劫，那他就亲手斩断这个劫。

他沉默片刻，再度将柳叶刀抹向她的要害：“早知今日，当年就不该救你。”

她震惊，闪身避开。但明刀易躲，恶语难防，冰冷的话语终究让她滚烫的心冷却下来，她说：“等我报了仇，就把我的命还给你。”

他背过身去，不再理她。

她自嘲地笑笑，扶着墙壁退出了房间。也许，从一开始就错了，她不该去爱上一块寒冰，她太自以为是，以为时间久了总能融化它，却没想到，最终被它冷了焰心。

秋夜漫长，她独自跑到凉亭，痛彻心扉却哭不出一声。

脚步声靠近，她狂喜着转身。“慕凉”二字还未出口，笑容就僵在脸上：“你来做什么？贺飞！”愤怒、怨恨一瞬间涌来，她揪住他的衣领，恨不得将他钻心剜骨：“报社的蒙面人是你派来的吧？在树林你就发现我偷拍了吧？”

贺飞答非所问：“我认识一名西洋医生，可以治好慕凉的眼睛。”

兰芗松开手：“你会这么好心？”

贺飞沉默一会儿，说：“前提是，你要嫁给我。”

兰芗讥笑：“哈，你到底看上贺家什么了？为了名正言顺地得到贺家，你连纲常伦理都不顾了吗？”

贺飞道：“既然我的身世早已是公开的秘密，那还讲什么伦理纲常？”

兰芗暗笑，果真是长袖善舞之人，她回来不到半月，就将她的七寸捏得如此狠准。

不过，他以为娶了她，她就会放弃杀父之仇了吗？他以为娶了她，她就会对他手下留情了吗？他以为娶了她，就能控制住她了吗？他做梦！

忖良久，她说：“好，一言为定。”

贺飞张张嘴，顿了片刻，好像想说什么，却终究没说出来。

西洋医生的手术进行得很顺利，一个月后慕凉的眼睛痊愈了。

她没有把将要与贺飞成亲的事告诉慕凉，她怕看到他冷漠无所谓的神情。贺飞却故意挑衅，将这件事告诉了慕凉。

成亲那晚，慕凉怒气冲冲地闯入新房的时候，贺飞正帮面无表情的她卸下沉重的凤冠。他推开贺飞，质问：“为什么不告诉我真相！”

她压下满腔的汹涌故作平静：“没有眼睛你就无法证道，你选择道还是我，不是显而易见的答案吗？”

他无言以对，沉默片刻，突然踹翻面前的红木圆桌，拉起她的手就朝门外冲去：“跟我走！”

她挣开他：“是你教过我的，不论用刀还是做人都要有一颗虔诚的心，他既然治好了你的眼睛，我就不会食言！”

他一怔，旋即拔出柳叶刀向眼部挥去：“好，既然如此，我也不稀罕这双眼睛！”

“不要！”情急之下，她徒手握住锋利的刀刃，鲜红的血将大红色的衣服染得更深一层。

“兰芗！”他大惊之下握住她淌血的手，眼里的疼惜流露无遗。

她呆滞片刻，好像明白了什么。她笑了，笑得疯狂，笑得流出眼泪：“慕凉，你当真是天底下最窝囊的人。”

他听不懂她话里的意思，只一遍遍重复：“跟我走！”

她推开他，逐渐平静下来，她说：“你连一个爱字都说不出口，凭什么带我走！”

凭什么？他感觉心口仿佛插了一把刀，冰冷，疼痛。他的心好乱，这就是爱一个人的感觉吗？他逼她叫他师父，试图以莫须有的师徒名分切断这份情感，终究是失败了吗？他真的爱上她了？那他的道又该置于何地？

他对贺飞说：“赢了我手中的刀，她便是你的。”

贺飞应战。

那场刀枪对决，她从头到尾没有说一句话，只静静地站在一旁，一颗心提起又放下，就这么百转千回。

他不知为何，再不能专注于他的刀，最后一招儿，他的刀足足射偏了三厘米，而贺飞的枪抵在他的心口。

慕凉输了，怔怔地站在那里。

入冬的夜，雪花混着雨水飘落下来。

良久，慕凉转身，再没看她一眼。

六、枪王

慕凉走后，兰芗被贺飞莫名其妙地关了起来。

她不知道自己所处的具体方位，只知道是贺家的某间密室，每日三餐有人做好了送来，但任她问破喉咙，对方也不多说一个字。

就这样，过了一个星期。

这天，她没有如常等来晚饭，不久，便听到头顶传来桌椅倒地和呼喊救命的声音。她担心姨娘遭遇不测，于是拼命呼喊，却无人理会。

两天后，她饿晕过去，昏昏沉沉中，她做了一个梦，梦见刚被慕凉带上山的那几个月，她日日思念爹和姨娘，他便绷着脸唱歌哄她入睡。她常笑他唱歌跑调，他便罚她挥刀一千次。每当这时，她总是撇撇嘴，暗笑他幼稚。

——“兰芗。”

熟悉的声音萦绕在耳边，睁开眼，看见日思夜想的人近在咫尺。她以为自己在做梦，又闭上眼。直到清凉的水滑入喉头，她才彻底清醒过来。她望着慕凉的眼睛，只觉那眸子不再冰冷，反而温柔得像出水青莲。

她急问：“外面发生了什么，姨娘还好吗？”

他沉默一下，说：“贺家被火烧了，无一人生还。”

“你说什么！”她用仅有的力气嘶吼：“是贺飞干的？”

他摇头：“贺飞死了，他根本不是害死你父亲的元凶，也不是崇军的奸细，是你错怪他了。”

贺飞从未动过出卖呈州的念想，之前与他接触的身着崇军服装的人是他派往崇州的线人。他临死时托亲信告诉慕凉，自己在很久以前就发现呈州有崇军的奸细，他们的目的是得到一张古商道地图。因为呈州的军防让崇军束手无策，这条商道又易攻难守，所以通过这条商道，崇军便能不费吹灰之力攻破呈州。而这条商道被用一种神奇的药水绘在兰芗背上，只要体温超过人体正常温度，那张地图就会浮现。贺飞之所以把兰芗关起来就是为了保护她。他故意要与兰芗成亲，是为了刺激慕凉，让他看清自己对兰芗的真心，成全二人。

慕凉说，贺飞无愧于“枪王”的称号。

二人又推测放火之人必是崇州派来的奸细。这个奸细得知了贺飞将兰芗藏在贺家的消息，这才围攻贺飞，放火逼姨娘交出兰芗，可他们没想到除了贺飞，竟真的无人知晓兰芗的藏身之处。

兰芗询问贺家废宅的情况，慕凉说：“至今还有人在监视。”

她仔细想了一会儿，构思出计划，她要以身犯险引出奸细。

慕凉先是不同意，却又拗不过她，便说必须让他在暗中保护她。兰芗嘻嘻一笑：“慕凉，你和之前好像不太一样了呢。”

他的脸微微一红，不再多说，背起她朝密室外走去。她叹口气：“唉，可惜呀，还是块大冰雕！”

慕凉背着兰芗故意从引人注意的正门出去，如他们所料，两名黑衣人跟了上来。他带兰芗找了家旅馆，安顿好她，便下楼叫晚饭去了。

黑衣人果然趁机潜入房间，兰芗佯装昏迷，二人不疑有他，扛起兰芗就往外走，孰料与半途折返的慕凉撞个正着。黑衣人见状，带着兰芗慌不择路，跳窗而逃。

七、刀道

兰芗被带到一个老式库房里，听黑衣人的话，这里应是他们的接头地点。

古商道地图绘在兰芗背上，只有自内而外的高温才能使地图显现出来。也就是说，有两个办法：第一就是杀了她，割下她的皮肉，反放在火上炙烤；第二便是令她发烧。

许是考虑到兰芗与刀神关系不一般，杀了她怕日后刀神报仇，于是，他们选择了第二种方法。

寒冬腊月，大雪纷飞。

他们把兰芗扔进雪地里一个小时，之后又将她拖回屋子里用热水浇灌，如此往复三四次，第二天中午，兰芗便神志不清，头昏脑涨了。

此时，慕凉蹲在房梁上，望着气若游丝的兰芗，心忍不住抽痛。他紧握柳叶刀柄，几次想出手相救，却都见她用力摇头，示意他不要打草惊蛇。

下午，兰芗开始发烧。躺在冰凉的洋灰地上，胸口似有一团火在烧，嗓子眼儿痛痒难耐，咳嗽几下，口中竟满是血腥味。

这？难道！

她微微仰面，正巧对上慕凉的视线。慕凉宛如重生般，目光和神情都与之前不同，眸子宛如寒冰化成的春水，漾满温柔与暖意。她清浅一笑，终是把那口血吞了回去。

傍晚，库房大门再次开启，有个女人走进来，兴奋道：“地图拿到了吗？”

黑衣人展开刚从她背上临摹下的地图道：“拿到了。”

兰芗努力撑开沉重的眼皮，诧异地盯着眼前的女人：“姨娘？”

年过半百的女人穿一身崇州军装，一改往日的慈眉善目，狭长的丹凤眼里带着笑意：“兰芗，你很惊讶吧？”最信任的亲人转眼成了仇人，真相竟是这般残酷。

兰芗的母亲和姨娘这对双胞姐妹是崇州人，母亲心性随和，姨母却争强好胜。她们家族世代经商，并从祖上传下一条秘密的古商道，因着这条古商道，无论治世还是乱世，家族生意都兴盛不衰。

然而，一次瘟疫让母亲和姨娘成了孤儿。母亲机缘巧合来到呈州，结识父亲并生下兰芗。而姨娘却阴差阳错地加入了崇军。姨娘为了得到赏识，不惜说出古商道的秘密，可按照惯例，古商道地图会绘在第一个孩子身上，无论是男是女。这一辈的第一个孩子刚好就是兰芗的母亲。无奈之下，姨娘来到贺家，谎称家里遭难，前来投奔。

彼时，兰芗的母亲已经去世，要得到地图只能从兰芗身上下手。姨娘小心翼翼，却还是被兰芗的父亲察觉到可疑。于是，每次女儿发烧他都把女儿看得紧紧的，不允许别人接近一步，但即便如此，他还是不放心，最后决定将女儿送去老家。姨娘得知后，动了杀心。于是有了五年前火车上和数月前报社里的刺杀行动，这都是为了得到兰芗身上绘着地图的那块皮肉。

姨娘拿着地图，带人离开了。

库房大门关闭的瞬间，慕凉从房梁上跳下来，恨不得飞奔到兰芗身边。

“不要过来！”兰芗用尽浑身力气吼出一句。她对他，很少露出这种严肃认真的神情，慕凉蓦地顿住脚。

她说：“快去，一定要追回古道地图。”他摇头，再次向兰芗走来：“你受了风寒，我要先将你送到医馆。”

“不要过来！”兰芗摸出随身带的柳叶刀，满是泥泞血污的双手紧紧握住刀柄，抵在身前，“你再不去追回古道地图，我就立刻死在你面前！”

那一刻，他望着她执拗的眼神，脑中突然一片清明。

他再不犹豫，转身离开。

一路狂奔，在呈州城外追上姨娘。姨娘虽然瘦弱，枪法却十分了得。二人对峙良久，谁都找不到对方的破绽。最后，慕凉为了一招儿先机，硬生生接了姨娘一枪。子弹射入肩头，浓稠的血顺着胳膊把他的右手染得血红污浊。

从前的他宁愿坐以待毙，也不会弄脏柳叶刀半分。然而，此刻的他，竟用那染满鲜血、污浊不堪的手紧紧握住那把柳叶刀。

时至今日，他才明白，兰芗才是真正懂得刀道的人。受伤之手怎样？不洁之手又怎样？为了信念谁都有出刀的资格。

如果每个人都有不能放弃的信念，那她的信念不过是想和心爱的人在一个岁月安稳的年代、安静祥和的午后说一段故事，唱一支歌谣。既然如此，他的刀便为她出，为祈祷和平而出。刀为道，情为道，不弃刀，不弃情，这便是柳叶刀的真谛。他用了三十年，终于领悟到了。

只是，晚了一步。

慕凉顾念姨娘毕竟是兰芗的血亲，没有下杀手，而是将她和古道地图一并交到了呈军司令部，在那儿，这个疯狂而又可怜的女子将得到最公正的审判。做完这些，慕凉马不停蹄地赶回库房，可，此时的库房，早已人去楼空。

他找遍了附近所有的医馆和药铺，有几个大夫说见过这姑娘，戴着口罩，买了几味药便离开了。他是懂医术的，他将她买过的药材合在一起，发现那竟是治疗肺病的药方。他知道这种病的厉害并且很容易传染，怪不得她不让他靠近，她早就预感到了。

他想起以前她经常偷偷溜下山，他找到她时，她便噘着小嘴，摇着他的胳膊道：“对不起嘛，我下次再也不敢了。”

哈，她又是这样，不告而别，留他一人开始漫长的寻找。只是，这一次，他感觉自己再也找不到她了。

尾声

民国十一年春。此时离慕凉追回古道地图已经三年有余。

这天，慕凉家闯进一名女子。

“姑娘，你不能进去，将军正在休息。”下人拦住她，女子嘴角一弯，晃晃手中银亮的柳叶刀，下人立刻跳开老远。

小睡中的慕凉听到吵闹声走出来，一下子呆住了。

“几年不见，你现在可真是混得风生水起啊，听说还弄了个将军来做？”午后灿烂的阳光洒在蓝色旗袍上，兰芗笑开，清亮的嗓音竟比这春光还要明朗三分。

慕凉望着她，半晌说不出话来。

兰芗嘻嘻一笑，走上前摇着他的胳膊：“怎么不说话，还在气我不告而别吗？哈，就知道你找不到我，所以我乖乖回来啦。”

慕凉无奈，伸出手指，点在兰芗鼻尖，好似她不过朝出暮归般轻骂一句：“以后可不许这样了。”轻

Written by | 绯雨樱
Painting by | 君零天下
元气少女与龙骑士

一

以培养魔法士闻名于白州大陆的青空高校只有三条禁令：

一、禁止校外打工；

二、禁止私下研究狂龙病；

三、禁止在取得等级许可证前进入高于现等级的实战区。

而我们综合排名倒数第一的沈离同学，现在正在违反第一条，所以她在陈树接起电话时才格外焦躁，因为她倏地想起来了，自己的闺密是学生会会长，打工这事不能让她知道，但陈树的电话已经接起，她也只能呵呵傻笑，然后找话题聊：“嗨，美女，你下周有空吗？会展中心下周有新电影上映，陪我去看？”

陈树毫不犹豫地拒绝了：“我没空，而且沈离，你如果有时间看电影，不如准备下下周三的晋级考试，你有把握通过？”

沈离打着哈哈挠头：“有百分之八十的把握吧。”

陈树轻声叹了口气，那声音之沉重，沈离隔着话筒都觉得自己能听到她心里的“但愿如此”，但她并没这么说，只说了句“加油”就挂了电话，留下沈离大汗淋漓地坐在地上，继续苦恼怎么从仓库出去。

她是背着学校在这间研究所打工的，进仓库时抱着一堆器材，脚下又被什么绊了一下，身子一晃就摔了下去。

沈离反应快，半空中抱着箱子转身，落地的瞬间就避免了箱子被摔碎，但她脚踝扭伤了，摔倒后就没法再站起来。沈离翻了半天手机也没找到救兵，当即就有点儿绝望：“我难道要在这里被关到明天？”

话音刚落就听见一声轻笑。沈离惊喜地回头，却在看见对方清秀的五官后整个人都蒙了：“周……周洋？”

“是我。”少年斜靠着门框，十分阳光地冲着她笑，“需要我把你从这带出去吗？”

沈离表情僵了，她默默地抓紧裙边，心想自己现在面对的，绝对是所有可能中最坏的情况。

二

周洋，青空高校综合排名第一的特A级学生，这个分级还不止青空学校，在整个白州大陆的排名里，周洋的评级也是特A。

那是个怎样的概念呢？我们可以做个简单说明：在这个光明与黑暗并存，人类与妖兽共生的世界里，等级为C的能以一敌百，等级为A的可以单兵攻城。周洋就是凌驾于A之上的特A；而沈离同学的战斗力，大概，就处于能轻松扛起饮水机的水平。

所以在被周洋发现自己违反校规后，沈离整个人都蔫儿了，她和周洋还有一段孽缘，就是她在药剂课上，拿周洋的素描本拍熄了旁边同学因为操作失误引燃的火，虽然她的判断很明智，没让那火蔓延，但周洋和她旁边，以及她旁边的旁边的同学——

都、很、精、通、水、系、法、术。

这意味着沈离根本没必要拿周洋最喜欢的素描本拍火，现在虽然托了周洋的福，被他一路扛麻袋似的带到了休息室，沈离却不敢看他，从包里翻出备用药剂，自顾自地兑好就往脚上倒。

她很擅长配药，青空高校也是因为这个原因才一直没有开除她。周洋笑嘻嘻地看着她敷药，突然头一偏，语气肯定地得出了结论：“你想赚钱买攻击型药剂的原料？”

沈离猛地抬头，表情震惊：“你怎么知道？”

“因为我一直在收集关于你的情报。”周洋挑起半边眉梢冲着她笑，随即手一扬，“呼啦啦”地抖出一沓纸来，“青空高校唯一综合排名为E的学生，实战不行，精神力低，就连使用魔法道具都不能增强精神力。我听说你报了名参加下周的晋级测试，多半是想用攻击型药剂击退妖兽来通过测试吧？”

他说着轻笑了下，挥挥手把那沓纸收好：“说真的，我觉得没这个必要。就算你通过了测试，以后上战场也不可能扛着一堆瓶瓶罐罐跑吧？再加上攻击型药剂损耗大，你买得够上战场的量？”

沈离一想还真是，不免有点儿灰心，战场上的情况瞬息万变，稍不注意就非死即残，以她的体力，扛着一堆材料确实没法在战场上跑；配好药剂再出战呢，又不能保证战场上不会有其他种族的伏兵。可她有个问题没想通：“你怎么知道我擅长治疗型药剂？”

周洋笑得更爽朗了：“虽然你绝大部分能力排名为E，但你药剂学成绩排名为A，上课跟我一个班啊。再加上你弄坏了我的素描本，我当然要关心关心你了。”

沈离愣了愣，总觉得自己听到了周洋心里那声冷笑，但周洋并没笑出声，反而一脸戏谑地看着她挑了挑眉：“你就没什么想问我的吗？”

“有啊。”沈离一脸真诚地看着他，“你会告诉老师我违反校规的事吗？”

周洋：“……”

三

周洋真不是那小心眼儿的人，他厚道地帮沈离隐瞒了打工的事，还十分好心地借了买原材料的钱给她，并谆谆教导了沈离十几次“你真的不适合上战场”。

沈离走耳不走心地点头，见周洋好说话，干脆又拖他过来给自己强化补习，而且补习一开始，她就把可能拿来做考题的妖兽列出来问弱点。

例如：“遇上毒怪鸟怎么办？”

周洋：“照头捶。”

以及：“遇上黑灼狐呢？”

周洋：“照头捶。”

或者：“遇上光染蝎呢？”

周洋：“照头捶。”

沈离愤而掀桌：“能不能有个照头捶以外的答案！就我这速度！就我这力度！还有我这跳跃度！你觉得我有办法照着它们的头捶？！”

周洋端着果珍掏耳朵：“不是你让我说最有效的方法吗？绝大部分妖兽弱点都在头部，照头捶当然有效果……嗷，你别打我！”

他跳起来，护着头“噌噌噌”地往板凳那端挪：“E进D是新手级测试，不会让你们打太难的妖兽，你只要带够爆炸型药剂，进场后乱丢就行。”

“真的？”沈离眨巴眨巴眼睛。

“真的。”周洋郑重其事地点头。

“哦。”沈离点点头，心里有了底，立马抄起旁边的本子就照周洋头上拍了下去！

周洋“嗷”地又跳了起来：“干吗又打我！”

“我想试试照头捶的效果。”沈离一脸

天真地看着他，心想：呵呵，谁让你说我这是新手级测试。

四

转眼就到了晋级考试那天。沈离做足了心理准备，背着药剂进入考场时，却还是觉得有什么地方不对，四周的空气仿佛在躁动，好像被日光这么一照，就能照出人心底的不安似的。

但自己并不紧张啊！沈离疑惑地舔了舔嘴唇，她没觉得热，身上的汗却一直在流。旁边的监考官见她没动，伸手推了推她："没事吧？"

"没事。"沈离摇摇头，回头冲监考官笑笑，"我大概是有点儿紧……"

"张"字没说出来，沈离的表情就变了。她木然地盯着站在老师旁边的监考官，木然地开口："解释一下，你怎么在这儿？"

"我担心你考不过啊。"周洋把监考员帽子摘下来，笑眯眯地看着她点头，"虽然我不会在测试中出手，但卖个人情放放水，把你提进D级还是可以的。"

"那我谢谢你的关心了啊。"沈离面无表情地看着他，心里的焦躁感瞬间消失了一半，虽然她傲娇地没道谢，却还是感激地看了周洋一眼，然后色厉内荏地扔下一句"不许跟过来"，接着转身进了密林。

五

她的测试场在九区，是密林里树最多、草最杂的一个区。

沈离沿着山壁往下爬时，刚发现雪叶狼就吃了一惊，因为在她的印象中，那至少是C-进C级的测试兽，但她仔细观察了下，发现那只雪叶狼受过伤，又隐约觉得自己能赢，于是算好距离，在雪叶狼跌跌撞撞走到她脚下时，掏出两个爆炸药剂扔了下去！

"轰隆"一声巨响，药剂炸了，对冲气流形成一股热浪，当即把雪叶狼轰出十米远，沈离见状往前一跃，翻滚的同时将四五个爆炸药剂撒下，瞬间又是"轰轰轰"的连环巨响，待到烟雾散去，沈离定睛一看，就发现雪叶狼已经倒在了地上。

"这就死了？"她不敢确定，总觉得这胜利来得太过容易，正踌躇着要不要再扔一个爆炸药剂时，身后就传来了周洋带着疑惑的声音："雪叶狼怎么会出现在这里？"

"不是你们放进来考试的吗？"沈离也很惊讶，转头去看周洋，却见他眉梢蹙了起来。

"不，开考前我们清过场，绝对没有放过雪叶狼，而且这只雪叶狼的情况不对，就算受过伤，几个爆炸药剂也不可能把它炸倒。"周洋慢慢地踱到沈离旁边，摸着下巴想了想，突地脸色一变，"不好，它得了狂龙病！"

沈离猛地一惊，转头再看，果然惊见之前倒地的雪叶狼站了起来，和倒地前病恹恹的状态相比，它此刻显然更具有攻击性，不仅眼睛发红，周身更是蔓延出肉眼可见的黑气来。

"那就是得了狂龙病的妖兽。"沈离下意识地攥紧了手中的药剂。

这是白州大陆最可怕的病，它能通过空气传播，而且传染性强，无论人或妖兽，只要染上这种病，体力就会不断弱化，唯一不同的是，人类感染狂龙病后会虚弱至死，妖兽感染后，却会在濒死前狂化，届时不仅攻击力加倍，就连攻击频率和反应速度都会大幅上升。

很显然，眼前的雪叶狼已经不是沈离能对付的类型了。周洋也没打算让她应战，一个火球轰飞雪叶狼就追过去应战。

沈离却在这时，突然感到了心悸。

开考前的焦躁感再度出现了，四周的空气仿佛在刹那间变得干燥，就连之前蒸发掉的汗都在瞬间冒了出来。沈离几乎是本能地睁大了眼睛，定定地仔细观察四周，然后，她突然就感应到了那东西的存在。

那是捕食者发现目标的感觉，仿佛空气中所有草木都在日光中变得模糊，对方的想法、心跳、呼吸和计划，却突兀地以某种看不见的波纹传到了沈离心中。

她来不及追究原因，本能地向后跳开，果然在她行动的瞬间，左侧草丛一动，一条遍体乌黑，从头到尾都被黑雾缠绕的龙扑了出来。

那是一条危险分级为A，攻击性强，看上去像麒麟，却被视为狂龙病毒传播源的龙，黑蚀龙。

刹那间沈离想通了很多事，包括为什么会在密林中遇见雪叶狼；为什么雪叶狼会感染狂龙病，但她来不及通知任何人，下一秒就见黑蚀龙朝她喷出两个病毒球，并且这个距离，她避无可避。

病毒球飞来的速度异常快，沈离甚至连抬起胳膊护脸的时间都没有，可就在那电光石火的一刹，沈离突然觉得脚下一空，整个人被向上提起，取而代之的是数支水箭在她脚下炸开，接着就是周洋的声音从耳边传来："赤手空拳对付黑蚀龙，你长脸了啊？"

"我那不是吓得没法动吗！"沈离怒驳，驳完还想接第二句话，周洋却抛球似的把她抛到了旁边悬崖边的树上："待那儿别动，蠢龙交给我对付。"

六

但你也没法对抗这条龙吧？

沈离很想这么说，黑蚀龙却没给她说话的机会，血口一张就喷出数十个病毒球，周洋借力一跳，才跃到空中避开，不远处的黑蚀龙迅速偏过头，朝着沈离喷出几个病毒球。

这原来是个调虎离山计。

但沈离的位置没办法躲，因为她背靠着山壁，往下跳就是悬崖。那瞬间沈离已经做好了被病毒球轰中的准备，半空中的周洋却一扭身完成了三百六十度翻转，奇迹般地瞬间移动到她面前。跟着沈离只听"轰隆"一声巨响！

周洋找出了风之屏障，数十个病毒球没一个落在她的身上，那声巨响却是来自前方。沈离越过护着他的周洋，抬头就见陈树带着十几个人站在山壁下，"突突突"地扛着重机枪朝着黑蚀龙开炮。

"你怎么来了？"沈离惊讶地看着闺密，对方淡定地推了推眼镜："我记得你今天参加晋级测试，刚才又隐约感到了你惊慌失措绝望焦躁畏惧的心情，就带着学生会的人过来看看。"

"有那么夸张吗？"沈离悻悻地往后缩了下，陈树却没什么反应，依然面无表情地补充："我们实力不够，只能暂时击退黑蚀龙，你们遇见的这条黑蚀龙因为和雪叶狼斗过，刚才又被周洋炸了几下，体力应该撑不了多久，这里就由我们顶着吧。"

她说着，目光移向周洋，语气平静而诚

恳：“能麻烦您先带她到医院检查吗？”

沈离这才转过头去看周洋，然后震惊地看着一小团黑雾，从陈树等人看不见的角度融进周洋的皮肤。

七

青空高校特A级学生感染了狂龙病毒。沈离确信自己没看错，然而让她震惊的是，医生把周洋从上到下检查了一遍，又从前到后检查了一遍，最后得出的结论是“没事”。沈离简直想质疑人生，围着周洋前前后后地转：“你真没事？会不会是误诊？我明明看见你感染了狂龙病毒，怎么医生查不出来？”

“哎，你小声点儿，别把眼花看见的幻觉拿出来说好吗？医生还没走远呢。”周洋翻了个白眼，把她拖到床边坐下又跷起二郎腿笑，“正好我想问你个问题，如果我感染了狂龙病毒，你怎么办？”

怎么办？沈离斜他一眼，翻开背包找出药剂，兑了兑就往周洋手里塞：“喏，拿去，这个能暂时压制狂龙病毒。”

周洋微不可言地挑了挑眉梢：“你在研究狂龙病毒？”

沈离闻言一震，这才想起自己救人心切，居然把违反第二条校规的事也暴露了。她可怜地眼巴巴地看着周洋，神情讨好而哀切：“你会告诉老师吗？”

“那倒不会。”周洋表情真挚而友善，“但我有点儿好奇，你怎么会研究狂龙病？”

“因为我有个朋友。”沈离顿了顿，心里有点儿摸不准那家伙有没有把她当朋友，毕竟对方当初没有给过回应，但为了取得周洋的同情，她还是把话说了出来，“小时候认识的，和我关系很好，但是感染了狂龙病，所以我想救他。”

她说完看着周洋，眨眨眼睛，一副等他说话的表情。

周洋正听得起劲，却不料对方三言两语讲完，顿时有点儿回不过神：“完了？就这？然后呢？”

“然后？”沈离笑，“然后我就到青空高校念书，找最好的药剂师授课，又到研究所打工，接触最好的原材料了啊。”

周洋表情更复杂了，他上下打量着沈离，半晌才开口：“但你如果想研究狂龙病毒，完全可以申请药剂士学校，没必要参加魔法士考试吧？”

“我是为了收集一手资料。”沈离平静地看着他笑，“所有与狂龙病毒相关的感染者，送到研究所时都会被隔离，我如果不以魔法士的身份上战场，就不可能收集到直接数据。”

周洋听完沉默了。

沈离又笑了：“我知道大家在背后说我占学员名额，但没办法。从我研究狂龙病到现在，我一直在给他寄药，他收到了，也有回信，但一直没在我面前出现过，我想他一定还没恢复。”

她说着挠挠头：“我知道我能力不够，还没法研究出彻底克制狂龙病毒的药，但是没办法，他家里穷，如果连我也放弃了，他可能就真的没救了。”

沈离说完再看周洋，却见周洋露出惊愕的表情：“家里穷……啊，不是。”他摇了下头，“这事陈树知道吗？”

“她知道，报考青空高校时我跟她提过。”沈离越说越困，下午实战那阵没涌上来的疲惫，此刻都争先恐后地涌了上来。她换了个姿势在床上躺下，又模模糊糊地冲着周洋笑：“我们那届考题很难，很多人都没过，是陈树帮我补了一周实战，再加上我笔试满分，才擦了个边，以最后一名被录取。”

研究所里开着空调，沈离吹着吹着就想睡觉，终于在眼睛即将合上时，听到了周洋很轻的一句话：“我还是觉得青空高校不适合你，这里并没展现出你真正的实力，你以为入学测试拿满分容易吗？”

当然不容易。白州大陆所有人都知道不容易。要照沈离漫不经心的生活方式，她大概考一百次都通不过测试。但她那时想通过测试的心情压过了一切，考试时就有如神助，卷面题目看完，脑子里就自动浮现出答案。所以沈离没觉得难，轻轻松松就通过了笔试。

但大概是入睡前和周洋谈到了小时候的事，沈离很难得地做了一个梦，梦里是她还在乡下居住的时候，她背着奶奶偷偷跑进树林，一脸期待地把馒头塞给那个神色倨傲的少年：“给你，这是你上次说想吃的馒头，我吃午饭时偷偷留了几个。你快尝尝吧！”

少年面无表情地转头，没说话，微闪的日光却在他眉目间轻柔地荡漾，沈离看得发呆，忍不住就问了句话：“我能和你交朋友吗？”

然后沈离清晰地记得，自己并没等到少年的回答。因为少年那次是来同她道别的，理由只有一个，他感染了狂龙病。

少年说完那句话就转头离开了树林，这么多年，哪怕沈离坚持不懈地给他寄药，他也没有给过“已收到”之外的任何回答。

或许少年并没把她当成朋友吧，沈离一直这样觉得，毕竟两个人当初结识的原因，也是沈离抱着刚调配好的药剂，觍着脸上去问那个流着血坐在树下的少年：“你受伤了吗？要不要试试我配的治疗药剂？”

八

这一觉沈离睡得很沉，华灯初上时，沈离才在不断轰鸣的炮火声中醒了过来。她掀开被子下床，走到门边刚准备推门，就听见外面压低的讨论声传来。

“确定被黑蚀龙叼走了？”

“确定。就算有能量球护体，这阵子也差不多被腐蚀了吧。”

“所以学校才准备把他救回来后往隔离区送？真是可惜了，青空高校就那么几个A级学生，怎么偏偏就被叼走了——”

“谁？”沈离猛地推门而出，在一堆惊慌失色转头看她的学生会成员的注视中急切地问，“被黑蚀龙叼走的是谁？”

没人接话，走廊上的少年们都一脸恐慌地看着她。唯独沈离左侧斜靠着门的那人轻笑了下，站直身子朝她看来：“就一个。名叫陈树。”

他笑眯眯地看着沈离：“要跟我一起去救陈树吗？”

“要。”沈离想也不想，一秒即答。

然后就见守在门口的那堆学生炸窝了，一个个跳起来劝周洋：“不行啊！她战斗评级只有E！带她去也帮不上忙！”“那可是黑蚀龙！能传播病毒的古龙！你和陈树联手都不一定能搞定！她去了只会拖后腿！”

周洋对此无动于衷，抬手打了个响指，围着他的一堆人立刻捂着胸口躺下。唯一没受影响的沈离转头看他，却见他笑着露出了一口整齐的白牙：“这些人没一个能打，带过去也没用，就扔在这里吧。你也知道啊，等下我们要去黑蚀龙的老巢，所以要穿过密林到天空山那边，然后把百分之百感染了狂龙病毒的陈树捞回来——这里对感染了狂龙病的人是啥态度你知道，我们只能偷偷用药压住他的毒……”

他说着顿了顿，偏偏头示意沈离跟着他走，又道：“你的治疗药剂够吗？”

沈离愣愣地摸了摸包：“还有二十个。”

“哦，那用来压住刚中毒的人够了。”周洋一路避开医生、护士和摄像头，做贼似的把她带到后院天台，然后喷了口气，倏地召出一大团雾把医院罩住，又回头看着沈离，“你怕高吗？”

沈离摇摇头：“不怕。”

“那就上来吧。”周洋转了转脖子，身子往前一俯，四下飘散的白雾立刻裹住他的身子，刹那间，沈离只觉周围温度陡然一降，再睁眼，就看见白雾下一条长着翅膀，全身黝黑，却金鳞闪闪，体形健壮，虽然只在教科书上出现过一次，评级却是S级的缩小版煌黑龙出现在她眼前。

然后那龙还朝她抛了个媚眼：“能不能自己爬上来？”

沈离：“……”

沈离花了三分钟来重塑三观，然后麻木地看着眼前的一切，终于明白了周洋能淡定地面对黑蚀龙，以及周洋被黑蚀龙喷了一身狂龙病毒还查不出问题的原因。

他是条龙啊！而且是传说中能唤来天灾，危害等级比黑蚀龙高出七八个等级的煌黑龙啊！

要不是周洋对她有救命之恩，她现在还真想打个电话向陈树求助：“我们中出了一个奸细，好可怕啊，周洋是条煌黑龙，陈树，你在哪里？快点儿过来救我！”

但她嘴唇张了张，预想中的字一个都没说，她只是定定地看着周洋，然后膝盖一软跪到了地上。

“胆小的人类。”煌黑龙鄙夷地翻了个白眼，然后低下头，友好而亲昵地蹭了蹭沈离，接着没等她反应，飞快咬住她的衣领往上一抛，直接就把沈离抛到了自己背后。

九

他们一路从空中走，根本就没遇见能阻拦他们的生物。刚开始沈离还战战兢兢双目飙泪，趴在煌黑龙身上不敢动，飞到一半周洋同她商量进攻方案时，沈离就基本镇定下来了：“你的意思是，等下你把黑蚀龙引开，我想办法把陈树抱出来？”

煌黑龙点点头：“我先喷几个火球把毒雾驱散，再来个定点爆破把它逼出来，你就趁这个机会潜进去，把陈树扛出来，然后给我个口哨，偷到人我们就走。”

“就这样？”沈离看着它。“就这样。”煌黑龙点头。

沈离瞬间炸了：“你看看山的高度！”她指指下面渺小得已然缩成一个点的黑蚀龙。

“再看看手无寸铁的我！”她指指自己，“你觉得我有办法下去？”

“但走洞口会被黑蚀龙那个听力很好的瞎子发现。如果由我把它引出来的话，耗时又太长了，回去后不好和学生会交代。”煌黑龙“啪嗒啪嗒”甩着尾巴，尽职尽责地扮演着青空高校特A级好少年，“不如这样，你试着用意念控制一下黑蚀龙？”

“什么？”沈离几乎怀疑自己听错了，煌黑龙却趴下来看着她，表情严肃而认真，“我先朝里面喷几个火球，你再拿几支药剂往身上倒，然后看准黑蚀龙起飞的方向跳，尽可能在跳到它背上时用意念控制它，然后让它降回地面，我再跳下去把陈树和你扛起来，这样我们既不用和黑蚀龙那个蠢货交战，又能毫发无伤地把陈树救回来，你觉得怎样？”

沈离觉得自己只想把药剂全部砸到周洋脸上：“你敢动点儿脑子吗？这么离谱的建议你还能再说一遍吗？我要能用意念控制古龙，我在青空还能混得那么差吗？”

“但你确实控制过我啊！”煌黑龙上蹿下跳地喊冤，“你当年要没用意念控制我，我会在受伤后变成人形找你要药吗！”

“啥？”沈离整个人都惊呆了。她还真发现少年和周洋长得挺像，“我那时……遇见的是你？”

煌黑龙“嗷嗷嗷”地点头：“是我是我！你那时刚调配出治疗的药，傻不拉叽地想找个人试药，正好我受伤，就变成了人形来找你拿药。”

它说着瞄了下面一眼，脸色瞬变。跟着没等沈离反应，“啪嗒”一下就用尾巴把她抽了下去：“总之就像你小时候精神辐射我那样！快把黑蚀龙那个瞎子控制一下，不然它扑上来就完了！”

沈离被抽了个措手不及，她一边下坠一边极为艰难地转头，立马就见黑蚀龙张着血盆大口朝她扑来！

那瞬间沈离差点儿被吓得心脏骤停！头上那可恶的罪魁祸首却连反省之心都没有，“轰轰轰”地朝下喷出数十个火球又开始指挥：“精神控制啊！沈离，快点儿精神控制啊！哎！你掉下去前有没有往自己身上倒治疗药剂压制狂龙病毒啊？”

我有那个时间吗？

沈离气得差点儿飙泪，她几乎是以最快的速度从包里翻出治疗药剂往身上倒，跟着就见黑蚀龙已经冲到了自己的正下方。那么快的速度，那么短的距离，沈离就算有圣光普照，只怕也逃离不了掉进黑蚀龙嘴里的结局了。

上方的煌黑龙似乎咆哮着飞下来了，但在那一晃而过的关头，沈离什么都看不到了，她只能呆呆地看着扑向她的黑蚀龙，然后在心里发了狂地尖叫：停下！快停下！！

在那电光火石的一霎，沈离每次心悸时的那份干燥感来了，之前曾以某种波纹形式袭向她脑海的波纹逆流了，那些看不见的波纹动荡着、奔腾着，如潮水般四面扩散，自下而上的黑蚀龙和自上而下的煌黑龙动作就停了，它们都在空中悬了一瞬，跟着上方扑腾而下的煌黑龙就加速了，它撞坏半空中的岩石，又在沈离伸手抓住它的一刹，“砰”的一声砸在黑蚀龙身上，然后“咕咚咕咚”地跟黑蚀龙一起掉到了地上。

沈离被摔得很惨，一时间内脏五官都晃得差点儿移位，摔下来后连滚十几圈的煌黑龙和黑蚀龙更是连一声都没法吭——只不过煌黑龙状态比黑蚀龙好，倒地不到一秒就飞快地爬了起来。

它小狗似的跑到沈离旁边，叼起她的衣服往背上一甩，然后快速转头叼起仍躺在地上的陈树，头也不回地飞快跑出了山洞。

“不许说我表现得像逃兵。”它一边叼着陈树逃跑，一边居然还抽出了点儿时间义正词严地跟沈离说话，“我们的寿命比你们长，以后还有时间打。但你们回去太晚会被学校怀疑，所以我才先带着你们跑。”

它说着仰起头，语气相当得意道：“还有，你还觉得我穷吗？”

沈离面无表情地揪下了它脖子上的鳞片：“闭嘴，找个地方停下，我好给陈树喂药。”

周洋：“……”

再度启程是十分钟后，黑蚀龙大概被打怕了，这期间一直没追来，可沈离即使端端正正地重新坐回煌黑龙背上起飞了，也还是觉得很惊讶：“照你的说法，我之所以能通过测试，就是因为我用意念控制了出题人的心理？”

周洋肯定地点头：“我早就提醒过你了。这里并不能展现出你真正的实力。你的特殊能力应该是心理操控，包括远距离对话、记忆修改、感情移植、思维控制等所有精神现象，所以你才会经常听到我们内心的话，或者让陈树远距离感觉到你焦躁不安的心情，不过你的精神力有点儿低，没法频繁使用，也没法对太厉害的人使用。不过你这次得辛苦下，回去用你的能力修改一下那几个学生会成员的记忆，不然陈树还得被送去研究院。”

沈离这才想起周洋当初把那群人整晕的利索劲，敢情他那时就想好对策了吧。虽然她觉得这样做有点儿不厚道，转念一想又发现校规里好像没这条说明，何况那三条校规……她其实也一个不落地违反完了吧……

所以还是不要追究了。沈离呵呵地笑，心里开始慢慢暗示自己什么都不知道，身下的煌黑龙却动了动，突然问了个不相干的问题：“我之前还没现出原形时，就是我还是人形时，你是不是挺怕我？”

沈离老老实实地点头：“是。”

“后来怎么不怕了？”

“这个嘛……”沈离笑了笑，狡黠道，“秘密。”

煌黑龙：“……”

其实也算不上什么秘密。因为这只是沈离脚扭伤后被周洋送回去那天晚上发生的一个小插曲。她那闺密过来看她，塞完养伤的药就一本正经地告诉她：“其实你没必要怕周洋。”

“啊？为什么？”

“因为你烧掉的那个素描本，里面画的全是你。”陈树一脸严肃地推了推眼镜，“我觉得他可能暗恋你。”

沈离当即哆嗦，掉了一地鸡皮疙瘩。她直到现在也不认为陈树的推断正确，但她很开心，因为七八年前的那个问题，她现在已经知道了答案。[终]

洋葱小仙落凡间
（四）
Written by | 柳扶疏
Painting by | hervy

前情回顾：杨淙淙在跟沈仪心在外游历的这段日子里，早就将锦澜仙君让她找东西的事情忘得一干二净了，她和沈仪心也成了实实在在的朋友。两个人在到达了灾荒重灾区建州时，因为沈仪心的仗义出手而招来了杀身之祸，危急关头，沈仪心的真正身份也被揭穿。

十四

杨淙淙呆了呆，她没听错吧，皇上?

沈仪心身上的绳子已经被解开，他背着手缓缓踱步下去，看着跪在地上的蒋堃，说道：“你们知不知道，若是你们晚来片刻，如今这江山可就易主了。”

他的语调很淡，但蒋堃的身子已经发抖了：“求……求皇上恕罪……”

“平身吧。”

“谢皇上不杀之恩！”蒋堃惊魂未定地从地上起来，冷汗涔涔已经湿透了衣服。

杨淙淙这时才确信，沈仪心，这个跟她相处了几个月的人，这个有时候傻里傻气的小跟班，竟然是当今皇上，九五之尊!

不……不是吧，这比针尖还小的一点儿概率……竟然就恰好被她遇到了?

想到一路上她对沈仪心的各种欺压，杨淙淙的冷汗流了下来，对皇上这样，岂不是杀头之罪?如果她在人间因为这个而稀里糊涂地死了，那也实在太郁闷了。

想到这里，杨淙淙决定找个机会悄悄溜走。刚刚进来的时候她看到这个院子有个后门，此时所有人的注意力都集中在沈仪心身上，正是她溜走的好时机。

“啊，大哥哥，看到你们没事真是太好了！咦，你要去哪儿呀?”

一个惊喜的声音响起，门边出现了一位瘦瘦的少年，正是玉生。他看到杨淙淙刚刚走到后门前，不由得奇怪地问道。

所有人的目光“哗”地一下全集中在了杨淙淙身上。杨淙淙这时的感觉就像一个小贼刚想伸手的时候被人发现了一样。

“那个……我……我肚子疼……去一下茅厕……”

“原来是这样啊，这里我熟，茅厕就在不远处，我带你去！”玉生听杨淙淙这样说，很热情地要带她去茅厕。

一个男生要带她去茅厕……杨淙淙窘迫万分，只好搪塞道：“现在不怎么疼了，没事，过一会儿再去吧。”

这时候，蒋堃对沈仪心说：“皇上，自从几个月前您离宫出走后，太后焦急万分却又不敢声张，只能暗中发令全国寻找您。三天前，我们在辰宁镇的人收到了您的暗讯得知您要来建州，于是臣立刻调集精兵前来，在刚入城的时候见到了这个少年，他告诉我说知道你们被抓来了这里，我们在他的带领下才顺利赶来。”

杨淙淙这才知道，原来刚才那些人要烧他们的时候沈仪心不慌不乱，是因为知道会有救兵前来。她也知道了玉生走后不放心他们又回来看，发现他们被抓走了，便暗中跟随，得知了他们被抓去的地方，这才能在蒋堃带兵进城的时候给他报信。

后面陆续有全副武装的士兵进来，小小的院子被围了个水泄不通。就在这时，外面的士兵忽然向两边散开，仿佛在给什么人让道似的。

“皇——上——”

随着这声长而响亮的呼喊，一时间，

地动山摇，飞沙走石，沈仪心的脸色就在这声呼喊之中变了。如果说在这些人面前的他是最有帝王威严的，那么在听到了这声呼喊后，他的表情顿时变得窘迫了许多。

这时，在两排穿着铠甲的士兵队列之间的尽头，出现了一大团颜色。

没错，是一大团。

如果用“一团”来形容一个人的体积的话，那么这时出现的这个人，绝对是一大团。

那是一个女子，体形说好听点儿是丰腴，说难听点儿就是肥胖。她的皮肤很黑，身上却穿了一大堆颜色鲜亮的绫罗绸缎，显得极其不协调。

她向这边跑来，由于跑得很急而且体形肥硕，所以显得分外沉重。杨淙淙觉得连地都在颤抖，但她一直告诉自己这是错觉。

女子终于跑到了沈仪心身边，气喘吁吁地说：“皇上，看到你没事，金兰就放心了！”

这个女子，正是当朝宰相唯一的千金——李金兰，正是太后想立为皇后的那名女子。杨淙淙看到她左手腕上戴了个金镯子，上面镶嵌着各种珠宝，一看就价值不菲。

沈仪心不露痕迹地岔开话题：“看看你满头的汗，快擦擦吧！”

“谢皇上关心！”李金兰分外感动，从袖子里掏出一方小小的罗帕来，拿指尖捏着文雅地擦额上的汗。从外表来看，体形分明是很彪悍的那种，却偏偏要努力地做出一副仪态万千的样子，实在是有点儿不和谐，但沈仪心已经见怪不怪了。

“你不是在京城吗，怎么也到这儿来了？”

“我之前听太后派来的人说皇上可能在湄泠河流域，于是顺着河流找你，但一路都没有找到。后来在这儿附近遇到了蒋将军，知道皇上可能遇险了，所以就赶来了。”

沈仪心很吃惊：“你找了我一路？”

“是啊，”李金兰“嘿嘿”地笑了笑，有点儿不好意思地说，“其实也不算太远。”

怎么能不远？沈仪心既吃惊又感动，他这一路，可是走了几个月啊！

“金兰，你看你，这么奔波劳顿，都瘦了。”他看着李金兰，态度显然比之前温和了许多。李金兰喜欢他，这一点他是知道的，可是他自小一直把她当朋友，根本没有往那方面想。自从太后提出要立李金兰为皇后之后，沈仪心不自觉地就跟她疏远了好多，见到她就觉得心里怪怪的，但李金兰还是对他一样好，不管他怎样对她，她总是笑呵呵的。

“还是皇上英明，只有你一个人看出来我瘦了！”听到这句话，李金兰显然非常激动，“那皇上看看我哪儿瘦了，是腰细了，还是脸小了？”

呃……沈仪心顿时有点儿尴尬，他刚才那么一说只是客套，没想到她竟然当真了。

“你……”沈仪心实在答不出来，只好转移话题，“对了，给你介绍一下这两位吧。这位是和我一路同行的朋友，叫杨淙淙。这位是我的救命恩人，叫……”他看了看红衣男子，不知道该如何介绍下去了。

“江月明。”红衣男子淡淡地笑着回答。

李金兰对二人施了个礼，说：“多谢两位一路上照顾皇上，金兰感激不尽。”言语间，她分明把自己当作沈仪心的家人了。

杨淙淙原本对这位宰相千金没什么感觉，此时看她这么有礼，也不管身份高低就对他们这两个平民施礼，对她的好感不由得多了几分。

“皇上，您出来了几个月，也该回宫了。”蒋堃说道。

沈仪心点了点头，是该回去了，许多事情就是逃避得再久，也终究必须面对。况且在这里，他见到了太多民间疾苦，知道绝不能再不管不顾了。

当初告诉杨淙淙他的身世时，他其实没有说谎，只是隐瞒了一小部分。他的父亲是先皇，他的母亲是当今太后，而他的叔叔就是如今炙手可热的睿王——沈越。

作为沈仪心的皇叔，在沈仪心的父皇登上皇位以后，沈越就被封为睿王。沈越其实比沈仪心就大那么十几岁，但思想上分外老成，也十分会运用计谋。先皇去世以后，沈仪心登基，沈越作为摄政王辅佐了他六年。六年间，沈越不断扩展自己的势力，妄图架空太后和皇帝。沈仪心自十六岁亲政至今已经有几年，但手中并没有什么实权，很多事情都得依靠沈越。

除了沈越之外，朝廷中还有一位重臣，那就是当朝李宰相。因为李宰相在朝中的地位颇高，很多官员都是看着他的态度来决定自己的立场的，所以他就成了太后和沈越都要拉拢的对象，他的女儿就是李金兰。如果李金兰成了皇后，李宰相显然就是沈仪心这方的人，对抗沈越就多了一重把握。

可是，沈仪心对李金兰一点儿感情都没有，如今太后让他娶她，他自然不肯。至于那个迫于沈越的压力而不得不娶的女人，是娴妃蒋茹嫣。她名义上虽为后妃，但沈仪心对她一点儿好感也没有，也知道她是沈越安插在他身边的人，因此甚至有些反感了。

如此种种全部压在他的身上，令他不堪重负，因此离宫出走。但如今，他知道自己不能再逃避了。为了天下的百姓，为了江山社稷……这个朝政大权，他一定要从沈越手中夺回来！

十五

开仓放粮、赈济灾民，这都是接下来理所当然要办的事。

发灾难财的建州尹和姚员外被革职、抄家，二人被打入大牢，等待秋后问斩，所有财产全部折合成银两购买粮食发放给灾民，其他相关人等要么入狱，要么充军。此消息一出，人们奔走相告，庆祝这个天大的好消息。

然而，沈仪心的心里却不轻松。

天下之大，不知道还有多少这样的恶霸，也不知道有多少人民过着水深火热的日子，想到这些，他的心情就无比沉重。自从十岁登基，到现在已有十载，他一直被太傅教导要心怀天下黎民百姓，但这句话对他来说也仅仅是一句话而已。他虽曾有雄心壮志，却在皇叔沈越的压制中渐渐流逝，直到最后离宫出走，实在没担起为人君主的责任。

如今，他必须回去了。

建州离京城有半个月的行程，与来的时候完全不同，这回去的一路随行众多，排场极大，大将军蒋堃带来了几百名精兵护驾，一路浩浩荡荡，向北而去。

杨淙淙其实早就想到皇宫里去玩一圈了，看看这全天下最恢宏的地方究竟和他们那里的天宫有什么不同，所以当沈仪心邀她一起回去的时候，她很愉快地答应了。而江月明曾救过他们俩，因此沈仪心也邀请他去皇宫里游玩一些时日。

在听到沈仪心发出邀请的时候，杨淙淙心里是希望江月明拒绝的，谁知道他却说："皇帝陛下盛情邀请，草民哪敢不从，那就恭敬不如从命了。"

她想想，说得也是。皇帝说的话就是圣旨，是绝不能违背的。

其实，在建州江月明第一次出现在她眼前的那一瞬间，她就觉得他并非人类，而是妖。不然的话，那眼神怎么像能勾人魂魄一样呢？但他究竟是什么妖，她却看不出来。

杨淙淙当然不讨厌妖，她觉得妖和人、仙一样，都是芸芸众生中的一种，她的好朋友白珠珠也是妖呢。但她就是对江月明没什么好感，也说不上来原因。

周围忽然多了好多人，杨淙淙觉得没以前自在了，而且之前处处跟着她跑的小跟班成了人人都去讨好的皇帝，她心里的落差感十分强烈。在最初听说沈仪心就是皇帝的那一刻，杨淙淙的心里先是吃惊，再是喜悦，最后是担心，到了现在，就变成了失落。

这天吃过晚饭，走了一天的众人都很累了，在客栈里住下后很早就睡了，只剩下一部分侍卫在值夜。杨淙淙睡不着，于是爬到屋顶上去看月亮。

这天正是十五，天上的月亮又圆又亮，深蓝色丝绒一般的天空上散落着几颗星星，像碎钻一般散发着光芒。初夏的夜里，周围很安静，隐隐约约能听到草丛中传来蛐蛐儿的叫声，让人的心情分外平静。

这些天来都女扮男装，也着实有点儿累了，杨淙淙解开发带，长长的黑发如瀑布一般流泻下来，在风中微微飘舞。她坐在屋檐上荡着脚看天上的月亮，看着看着，忽然觉得有些寂寥。

寂寥……她也不知道自己为什么会有这样的感觉，从来都是大大咧咧开开心心的，为什么会忽然感到寂寥？

厨房那边有声音传来，"叮叮当当"的，好像是在做菜。杨淙淙探头望去，厨房里灯还亮着，一个略显粗壮的背影在里面忙碌着。

是李金兰吗？这么晚了，她在里面做什么？

十六

"原来小洋葱还是个女子。"

有声音从身后传来，杨淙淙吓了一跳，回头一看，原来是江月明，不知道什么时候他也到屋顶上来了。江月明的修为似乎挺高深，能看出她不是人类一点儿都不奇怪。

"鬼鬼祟祟的……"杨淙淙瞥了他一眼，不满地说，"我不叫小洋葱，我有名字的！"

"你不就是一棵小洋葱吗，干吗不让叫，害怕别人知道？"江月明在她身边坐下，"小洋葱这个名字多可爱啊，叫起来就觉得亲热。"

"谁要跟你亲热啦？"杨淙淙反驳。

话刚出口，她看到江月明眨巴着那双细长的眼睛看着她，眼睛中似乎有隐隐的笑意。刚刚说的那句话……似乎有歧义？杨淙淙立刻就后悔了。

"不许多想！我……我才不是那个意思！"分明底气不足，还要装着非常有理的样子，这是她的一贯作风。

江月明耸耸肩，一脸无奈："好吧好吧，既然小洋葱说没有，那就是没有了，行不行？"

这还差不多……听到他这样说，杨淙淙的心里舒服了许多。

“你可千万不能把我不是人类的事情说出去啊，尤其不能告诉沈仪心，不然……哼哼，我就告诉大家你是妖！”她龇牙咧嘴地威胁他，虽然她的威胁其实一点儿都不算威胁。

“说出去对我又没好处，我干吗要说？还会惹小洋葱生气，这种蠢事我才不会去干。”江月明说，“那个沈仪心，你似乎对他很在意？”

这最后的一句话，直接说到了杨淙淙的心里。

是啊，她是在意他的。舍身救她的恩人、尽心尽力的跟班、一路同行的旅伴、同甘共苦的朋友……这一路上，她和沈仪心一起经历了太多，他在她的心里，也越来越重了。

但现在的沈仪心，不再是她的那个小跟班了，他是一国之主、九五之尊。

杨淙淙忽然想到当初他决定做她的跟班时，说：“君……君子一言，驷马难追！”在说出“君”字的时候，沈仪心有一瞬间的犹豫，然后才说出了下面的话，现在想来，他原本想说的或许是“君无戏言”？

是的，君无戏言。他说过了，必须要对天下的黎民百姓负责，所以他再也不会是她的那个呆呆傻傻却又聪慧过人的小跟班。

起初听到他说他有一个半老婆的时候，她还觉得挺新鲜、挺有趣，但到了建州，她看到李金兰，知道她就是宰相千金，也是太后认准了的儿媳妇的时候，心里却忽然有些不是滋味了。

李金兰喜欢沈仪心，这是谁都看得出的，千里迢迢从京城追到建州，如果不是一片痴心，又怎么会这样呢？

杨淙淙叹了口气，很轻的一声，散在夜晚带了些许凉意的风里，打了一个旋儿，不见了。

“没想到小洋葱也有这么多愁善感的时候啊。我看沈仪心也挺喜欢你的，不如你就对他表白了吧，说不定他一高兴立刻就纳你为妃，那你以后不就飞黄腾达了吗？”江月明说，“我想想，你以后的封号叫什么呢？不如就叫葱妃吧，翠绿蓬勃的，多么富有朝气啊！”

葱妃……

分明在拿她开玩笑，江月明的表情却是一本正经的样子，还满脸真诚地看着她，让杨淙淙觉得分外欠扁。她再也不顾忌什么了，一手揪住江月明的耳朵用力一拧！谁知道江月明却丝毫没有反应，整个身子连动都不动一下，反倒是杨淙淙哀号了起来！

怕她的叫声招来下面的侍卫，在她呼喊出口之前，他就已经捂住了她的嘴，哀号被堵在嗓子里，变成了“呜呜”的喉鸣。

他的手指细长冰凉，有一种水一样的感觉。

过了一会儿，江月明放了开来，杨淙淙这时才能够看到自己刚刚拧他耳朵的那只手。只见手上有一道伤口，仿佛被极薄的小刀割伤了一样。

天啊……为什么会这样？这个身穿火红衣服的男人到底是什么妖怪！

“疼吗？”江月明也有些着急了，无比抱歉地说，“忘了告诉你，我的身上有隐形的鳞甲，肉眼是看不见的，平时它们跟没有一样，但在我受到攻击的时候它们就会自动竖立起来进行防护。”

杨淙淙呆了呆：“原来你是乌龟妖？”

“你才是乌龟！”江月明敲了一下她的头，说，“乌龟那是壳，不是鳞甲。”

他用手摸了摸杨淙淙的伤处，那处小小的伤口就很快愈合了，他说：“你这么毛手毛脚的，很容易把自己弄伤。我的修为只能把我所造成的伤口愈合，如果你是因为别人而伤到，我也帮不了你。”

杨淙淙却想着他刚才的话，恍然大悟：“鳞甲，鳞……啊，我知道了！你是鱼对不对？”

江月明恨铁不成钢地看着她：“你的反应速度，实在让人有点儿惆怅啊……”

这不公平，杨淙淙心想。她是一棵长在土里的洋葱，而他是一条在水里游来游去的鱼，这两者的反应速度哪里有可比性呢？

不过这不是重点，现在她的注意力已经完全被江月明所吸引了。

“那你是条什么鱼？修炼多少年了？感觉修为很高深的样子呢。”

江月明饶有兴致地看着她：“怎么一连这么多问题，莫非你对我有什么想法？”

“臭美！”

这只臭鱼妖，真是自恋到一个境界了！杨淙淙正想还击，忽然听到下方厨房的门“吱呀”一声从里面开了，于是立刻闭上了嘴。

十七

李金兰端着一个托盘走了出来，托盘上有一个小汤盅，旁边还有一些点心，看样子都是刚刚做好的。端着这一托盘的东西，李金兰走得小心翼翼，好一会儿才走到了沈仪心的房门外。沈仪心房间里的灯还亮着，看样子还没有睡。门口有侍卫守门，看到李金兰也不阻拦，都心知肚明她是未来的皇后娘娘。

看到她走过去，江月明说：“人家给未来的夫君做夜宵，你在这里偷看个什么劲儿啊？”

“我才没偷看呢，是正大光明地看的。”杨淙淙说，“你不是也在这里偷看吗？”

“我是看到你一个人在屋顶上黯然神伤，想上来陪陪你，你居然说我偷看。”江月明打了个哈欠，站起身来，“算了，小洋葱，你一个人在这里看吧，我先回去睡了，晚睡对皮肤不好，变成你这样我就惨了。”

一个大男人，怎么这么臭美？臭美就不说了，还拿她做反面例子！杨淙淙气得想去掐他，忽然想到了他身上隐形的鳞甲，不由得又很没出息地退缩了。

那个……女子汉大丈夫，她能屈能缩！

咦？怎么好像说来说去都是一个意思……

就在杨淙淙心里想七想八的时候，江月明已经像空气一样从她的身边消失了。修为高深就是好啊，杨淙淙叹了口气，她等一下还得从屋顶上爬下去呢。

就在这时，李金兰从沈仪心的房间里出来了，一脸幸福地回自己的房间去了。又过了一会儿，沈仪心也出来了，手里端着她刚刚拿进去的那个托盘。

他要去哪儿？

杨淙淙好奇地看着他，却发现沈仪心竟然向她的房间那边走去！

他们的房间相隔并不远，沈仪心走到了杨淙淙房间的门口便抬手敲门，而此时的杨淙淙正从屋顶上拼命地往下爬。

这个屋顶上来不难，下去就不那么容易了。杨淙淙好不容易爬下去，向自己的房间跑去，跑到时已经满头大汗。

沈仪心已经在门口等了一会儿，看到杨淙淙从外面跑来，不由得感到奇怪：“这么晚了，你怎么没在房里？”

“我刚去茅厕了。”杨淙淙随便扯了个理由，不然能怎么说？说她在屋顶上看月亮？还和江月明一起？这种话，他不会信的吧？

沈仪心笑道：“原来是这样啊，我还以为你和哪个帅哥在屋顶上看月亮呢。”

杨淙淙顿时被噎了一下。

沈仪心进了屋，把托盘放在了桌上，坐下说：“金兰给我做了点儿夜宵，我想到你喜欢吃这些东西，就拿过来和你一起吃。”

“可是，这是别人特意做给你的……”

“扭扭捏捏，这可不是你的风格啊。”沈仪心看着她，狡黠地笑着说，“其实你早就流口水了吧？”

杨淙淙咽了下口水，不得不说，这次她又被沈仪心说中了。她拿起一块儿桂花糕放到嘴里，这桂花糕做得莹白无比，上面还点缀了一颗枸杞，煞是好看。杨淙淙刚把桂花糕吃到嘴里，然后……整个人快要融化了。

李金兰做的糕点，真是太好吃了！

她又吃了几口别的糕点，每一样都可以毫不夸张地说是人间美味。最值得称赞的是那盅鸡汤，香而不腻，还加入了多种药材和食材，实在是鲜美至极。

在杨淙淙的印象中，富家千金一般都是娇滴滴的模样，大门不出二门不迈，李金兰却彻底颠覆了她的思维。她不仅千里迢迢去找沈仪心，而且食物又做得这么好吃，实在是粗中有细，难能可贵，沈仪心能娶到个这样的老婆，也算是有福气了。

“喂，你瞎想什么呢！”看到杨淙淙的表情，沈仪心就知道她又在乱想了。

“我没瞎想，”杨淙淙说，“你不觉得李金兰很好吗？”

沈仪心鄙视地看了她一眼，说：“所有做饭好吃的人在你眼里都很好吧？”

杨淙淙气鼓鼓地抗议：“我是认真的！”

“嗯……我是觉得她很好啊，但是……你到底想说什么？”

“我想说……”杨淙淙想了想，说，“虽然李金兰外表可能有点儿……但是看人不能只看外表，她对你那么好，一片真心谁都看得出来，如果你能娶她，也未必……”

“别说了！”沈仪心的脸一下子就冷了下来。

“行行行，我不说，那我唱好了吧？”杨淙淙发挥出无赖精神，说，“这几个月来我学到了不少民歌，你想听哪个，我就把我想说的话用那首歌的调子唱出来，行不行？”

沈仪心原本板着的脸一下就再也板不住了，不由得笑了起来，说：“真是拿你没办法。”

他对她说话的口气像对着一个调皮的孩子，温和、无奈，又似乎带着些许的宠溺。

“对了，”沈仪心说，“那天我们在建州受困，被绑在木桩上时你念的那几句是什么？”

天啊，他怎么还记得这个……杨淙淙早都已经有选择性地把那件事忘记了，因为那实在是太丢人了，没想到沈仪心却还记得。

“那个啊……”杨淙淙的思绪在飞速旋转着，想着要怎么回答，“有一天晚上我做梦时梦到了一个仙人，他说会教我几句口诀，如果我有难了念出口诀他就会来帮我。

所以那时候我病急乱投医，忽然想起这个梦来，于是念了。谁知道……嘿嘿，果然只是个梦而已。”

在说出这段话的时候，她在心里已经做了个名叫“锦澜仙君”的小人儿，用小刀将它戳了八百遍。

“原来是这样。”沈仪心若有所悟地看着她。

十八

由于刚刚在屋顶上杨淙淙把头发解开了，所以她的头发一直是这样松散的样子，还好刚才跑回来的时候没有被人看到。沈仪心看着她，说：“淙淙，好久没看到你散下头发的样子了。”

杨淙淙撇嘴：“不知道之前是谁说我男装的样子比女装好看一些来着……”

“那是故意气你的。”沈仪心笑着说，“其实你怎么样都好看。”

“算你有发现美的眼睛，真不愧当了我的小跟班那么久。”说到这里，杨淙淙有些伤感地叹了口气，说，“可惜你现在已经不是我的跟班了。”

“怎么不是？”

“你是皇帝、九五之尊，这个国家里就数你最大了。当时我不知道你的身份，如果知道的话，我也就不会……”

“不会什么？”沈仪心打断了她的话，挑了挑眉。

杨淙淙顿时有了一种被威胁的感觉，立刻改口说：“就不会欺压你啦！”

沈仪心说：“那不算欺压啊，那是照顾。”

你的标准还真低……杨淙淙心想。随后她说道：“对了，那些生活常识，比如洗脚水的温度什么的，你是真不懂还是那时故意装不懂啊？”

“我真的不懂，你觉得除了你，我可能给别人打过洗脚水吗？你可是第一个。”

“是啊，第一个，所以就拿我做试验品喽，害得我的脚差点儿被烫成猪蹄。”

沈仪心笑得不怀好意：“烫成猪蹄了就撒点儿椒盐、孜然什么的吃了吧。”

“就想着吃！”杨淙淙笑着轻轻踹了沈仪心一脚，心里却是暖暖的。这个小跟班啊，虽然他时常惹她生气，却又总是让她那么感动，那么开心。

“到了皇宫，你就是皇帝，就跟现在不一样了。”很快，她又想到了即将面临的现实问题，“听说皇宫里面规矩好多，稍微做不好就要受罚。”

“怎么，难道你不想去皇宫了？”沈仪心说，“别忘了你还打过包票要帮我处理那些令我烦心的家事呢。”

“我那时候哪里想到你的家业那么大，是整个天下？不过，我杨淙淙答应过的事情是绝对不会反悔的，说过帮你，就一定帮到底！”

“那就好，我还怕你离我而去呢。”沈仪心笑了笑，笑容中忽然有些寂寥，“除了你，我再也没有一个可以信任的人了。”

杨淙淙忽然觉得沈仪心很可怜，身为一国之君又如何？身边各种明争暗斗风起云涌，虽然有享不尽的荣华富贵，却连一个可以信任的人都没有，又有什么好呢？

沈仪心曾经说过，在随她游历在外的几个月里，他的笑比之前二十年的加起来还多，那时的她还不相信，觉得他说得太夸张了。可是从建州回来以后，他身边的人多了，笑容就消失了，这一路上她都没有见他笑过，除了今晚在这个小小房间里的片刻时光。

“我只是想看你多笑一点儿，你笑起来的样子还是蛮好看的。”杨淙淙说，“经常板着脸的话，会变老的。”

沈仪心笑了笑，又仿佛忽然想起了什么：“对了，淙淙，你要跟我进宫的话，最好还是扮成男装。皇宫里面，女人之间的斗争也是很厉害的，我怕你平日里跟我走得太近，会因为受到妒忌而遭人陷害，所以扮成男装是最保险的。我不要看到你出任何意外。”

“可是扮成男装，又怎么能在你身边呢？”印象中能在皇帝身边的，除了侍女，就是……啊？他该不会让她扮成小太监吧！

“我知道这很让你为难，可为今之计也只有这个了。”沈仪心垂下了眼睛，“对不起，让你受委屈了。”

此时，与沈仪心的担心和内疚比起来，杨淙淙的心里却是另一种心情。

扮成小太监……听起来，似乎很好玩的样子？太好了，她这趟人间的历练又能多一种身份的体验了！

“嗯。”强力按捺住心中的兴奋，杨淙淙沉重地点了点头。

“真的？”完全没有料到她会答应，沈仪心喜出望外，“你真的不介意？”

“这有什么好介意的，又不是真的做小太监。”杨淙淙说，“不过听说服侍皇帝的太监要经过很严格的挑选，不是随随便便就能混进去的。”

“这好办，有我在，假身份还不容易做吗？我已经让金兰去弄这件事了，你放心，我交代过她不许说出去，她不会说的。”

“嗯，那就好。”

等等！

杨淙淙刚说完，就意识到好像有点儿不对劲儿。“我已经让金兰去弄这件事了”，这句话的意思是不是说，在他来找她之前，就已经安排好了整件事情？

“好你个沈仪心，原来你早有预谋！对不对？”杨淙淙“噌”地一下站起，瞪着沈仪心。

沈仪心有点儿委屈地看着她，小声说：“我还不是想让你待在我身边嘛……”

这这这……是不是就是传说中的“撒娇”？

一见到他这样，杨淙淙立刻就没了脾气。有谁会想到，堂堂皇帝陛下、一国之君，现在正在这个小房间里跟她撒娇啊！

唉，她啊，是被他吃定了。怪

（未完待续）

下一季内容预告：回京的大队人马需要穿过一片戈壁才能到达京城，入夜，大家就在戈壁整装休息。好动又好奇的杨淙淙拉着江月明去闲逛，途中江月明突然消失不见，眼看天越来越黑，杨淙淙焦急地四处寻找，在一处泉水边，找到了现出真身的江月明……

白头永不负
Written by | 莲沐初光
Painting by | 宅宅米

白头永不负

【一】

正是余热未尽的夏夜。

书玉点了一盏莲花灯，坐在案前描字帖，不时听到有蚊虫撞在纱质灯罩上，那落笔就怎么也出不了柳骨的味道。

烦闷之下，她唤来宫女："去，拿扇子把这蚊虫都赶一赶。"

宫女应了声"是"，却在转身之后低声道："嘁，还真当自己是正经主子呢。"

声音不大不小，飘进书玉的耳朵里，让她一时发了怔。这倒是提醒了她——自己从来不是什么正经主子，无论是在白府，还是在这皇宫。

表面上，她是太后亲封的英硕公主，其实谁都知道，这不过是皇家惯用的把戏。只因蒙古王子求亲，太后舍不得长公主远嫁，才打算从宗亲里挑了贵女临时册封，塞到蒙古和亲应付了事。懿旨到了白府，书玉的爹舍不得嫡女，便让她这个庶女来顶上。阴差阳错地，她这才成了公主。

这个公主头衔，从来是个笑话。

宫女拿了扇子，懒洋洋地开始驱赶蚊虫。书玉再也没了描字的心情，将笔一搁道："你下去吧。"待到四处无人，她这才将莲花灯挑亮，捧起那本字帖细细看起来。

那字帖的落款处，有一枚鲜红的印章，刻着"泽清"二字。她静静地看着，一直看到落泪。再过不久，她就要和他分离，天各一方。

白头永不负

【二】

翌日，书玉起了个大早。宫女进来为她梳头时，她已经描好了青黛眉，点好了绛朱唇。青铜镜里，映着一张清艳的脸。

"公主，博士（古为官名，从事教授生徒的官职）到了。"宫女进来禀报。

卫泽清是宫里教习公主们琴棋书画的博士，才学出众。因为书玉刚入宫，许多规矩还不懂，太后便命他来教习。

书玉整了整身上的紫纱舞衣，淡淡道："知道了。"她扶着宫女的手走到中堂，心头却还是忍不住雀跃。

他已在琴案后等待，穿着一身月牙白的官服，玉冠束起墨发，丰神俊朗。见她到来，他的眸光有过一刻的失神，随即恢复常态，起身向她敛衽行礼。

书玉最喜欢看他微微展笑。那笑温润柔雅，恨不得化成蜜入了心。只是今天，她发觉卫泽清笑得有些发苦。

"公主，蒙古王子已经入宫，后天皇上设宴，公主要在宴会上为王子一舞。"卫泽清道。

仿佛是伏暑天里一盆冰水泼来，书玉整个人都被这消息惊住。

"蒙古王子，已经入宫？"

卫泽清低声道："是，据说是为了亲事而来。"

书玉定了定神，屏退左右道："知道了，还烦请博士为我奏曲。"

他应声落座，调好琴音，乐声淙淙从指下流淌而出。只是今日，那曲调里的宫商角徵羽透着无限的悲伤。

书玉忍住心头酸涩，翩然起舞。蒙古王子已经入宫，所以他抚琴，她曼舞的日子，已经不多了。

记得刚入宫时，宫女们听闻她不过是白府里的小小庶女，所以都大着胆子欺生。一日她在书库里看书入了迷，等到回神，才发现库门不知何时被锁上了。油灯燃尽，她坐在黑暗里啜泣，是他执着一豆灯火来寻。

他手中的灯火太美丽，柔柔的像盛开的荼蘼。书玉也不知怎的，忽然失了所有矜持，扑进他怀里痛哭起来。同时萦绕在她耳畔的，是他宽慰的轻声细语。

书玉活了十几年，在白府受尽冷遇，在皇宫遭到冷遇，忽然有人对她关怀备至，就一脚跌入了情网。

从那晚过后，两人惺惺相惜起来。借着教习的名头，他吟诗，她品茶；他弹琴，她起舞。

书玉曾问，他是不是对其他的公主也这么好。卫泽清只淡淡一笑，道："人生得一知己便已足矣。"

那时，他们的日子惬意又自在，恨不得时光就此停驻。只是谁都没有想到，蒙古王子会这么早入宫。

"此情无计可消除，才下眉头，却上心头。"

书玉一边舞，一边轻声将这句词吟唱了出来。许是触及了心头痛，卫泽清就在这时停了琴，伸手将一根琴弦生生勒断。他面色铁青，将拳头砸在琴案上："书玉，我终究还是……守不住你了。"

她停了纱质水袖，泪盈于睫，强笑着看他："阿清，今生能和你相识一场，已经够了。"

白头永不负

【三】

该来的终究会来。

宫宴如期举行，笙箫歌舞不绝于耳。书玉盛装走进宫殿，满眼都是宾客尽欢的盛景。

大成边关受蒙古叨扰多年，眼下可以用一名女子换来至少十几年的太平，自然是求之不得。皇帝给蒙古王子频频敬酒，言辞中不乏拉拢之意。见书玉进殿，教坊忙准备奏乐。

书玉低头，仍感觉一束热辣的目光直直射来，不觉有些尴尬。待乐声奏响，她踏节而舞，水袖在身旁飞舞翩跹。

终于跳完一舞，皇帝赐座，书玉拜谢之后落座。没想到，蒙古王子突然拿着酒壶走了过来，黝黑的脸上堆满笑容："公主，初次见面，请饮薄酒一杯。"

他这番举动不合礼数，但大成怎会为了一个假公主的尊严而得罪蒙古王子？书玉只好接过酒杯一饮而尽。

不料他竟然变本加厉，凑到她身边道："听说你叫白书玉……真是人如其名，雪肤白，雅如书，美似玉。"

从大殿出来后，书玉气得每一步都是虚的。宴上献舞已是变相的羞辱了，那个蒙古王子居然当场出言调戏，害得她颜面尽失。

更过分的是，他居然向皇帝请求将婚期提前。这下子，她在宫中的时日还不足十日。

书玉揪紧了帕子走进寝宫，抬头看到廊庑下飘摇的宫灯，计上心来。

"准备热水，我要沐浴。"

翌日，书玉便感染风寒，病倒在床。

这病来得凶猛，将她整个人缠得病恹恹的，面上没有一丝血色。太医来了好几趟，汤药一服一服地开，却收效甚微。最后，太医只得回禀皇帝，书玉身体抱恙，恐怕只能慢慢调理。

这样一来，就只能推迟婚期。

没有人知道，是书玉那晚屏退了宫女，穿着衣服跳进浴桶，然后裹着一身湿衣服坐在风口，一直坐到半夜。那些汤药，她一口都没喝，都偷偷吐在锦帕上。

可惜，这并没有瞒过卫泽清。他在一个午后来拜见，隔着重重的纱帘，突然叹气："公主，你又何必作践自己？"

书玉抬起昏昏沉沉的头，喃喃道："阿清，若是去了蒙古，我活着和死了又有什么分别？"她已经下定决心，宁愿病死也不肯嫁给蒙古王子。

何况，她已经将一颗心都交付给了眼前人，如何还能容下他人？

卫泽清沉默片刻，终于道："公主，此事也不是没有回旋的余地，白家不还有一个女儿吗？"

"可是，爹爹不舍得让嫡姐远嫁。"

"若公主信得过我，这件事就交由我来办。"

书玉心头一喜。

她知道他在宫中行走多年，积累了一些人脉，若是能托人在太后或皇帝那边说上一两句话，和亲的人就不是她了。

尽管知道他看不见，她还是痴痴地向着鹅黄纱帘伸出手去。

阿清，多想和你誓言定百年，白头永不负。

白头永不负【四】

经过一番打点，事情总算有了些转机。太后托人来看望书玉，见她病得这么严重，也开始犹豫另立公主的事宜。

只是还是棋差一着。

两日后，有人掀开她的帘子，笑嘻嘻地道："玉妹，你怎么突然病了？"

书玉睁开眼，看到一张娇俏可人的脸，却不亚于看到了黑白无常。她强撑着坐起来："姐，你怎么来了？"

来者是芙青，她的嫡姐，也是爹爹的掌上明珠。

芙青笑道："是爹向皇上讨了个恩典，让我进宫陪你。爹说，也许你是想家了，说不定看见家里人，你的病就全好了。"

书玉闻言，心头苦笑。

想家？

当年娘是个陪嫁丫头，生下她之后不久就被大娘逼迫至死，留她一人在白府苦苦挣扎。这样的家，她会思念？

芙青转身从宫女手中接过药碗递过去："玉妹，快喝药吧，良药苦口，喝了才会好。"

她笑吟吟的，目光却是锐利的。书玉糊弄不过去，只得将药汁喝完。

此后五天，芙青每日都要盯着书玉喝药用膳，丝毫不马虎。书玉也明白，芙青哪里是探望自己，不过是寻个借口。和亲事宜又提上日程，只是这次，太后不打算另立公主了。毕竟在王子跟前露过脸的，是书玉。

渐渐地，书玉的风寒痊愈了。

卫泽清来拜见过书玉几次，但芙青在旁，总不方便互诉衷肠，他们也只能做一些教习诗词、吟诗弹唱的表面功夫。

礼部开始准备公主出嫁的行头了。但因为这还不是让书玉烦心的事情，而是芙青在见到卫泽清之后，整天一副小儿女的情动模样。

"玉妹，听闻卫泽清虽然家世不错，

但因为他自视清高，所以还未迎娶呢。”芙青坐在窗前绣着一方蝶戏牡丹的帕子，似是无意地说，“你说，他会看上哪家的女儿呢？”

书玉极力稳住心神：“谁知道呢？再说他娶不娶亲，和咱们有什么关系？”

芙青只是笑，脸颊上通红一片，也不知是羞涩，还是被窗边的霞光所晕染。书玉就在那一刻，心彻底乱了。

她去蒙古和亲之后，卫泽清也会另觅新欢吧？一生那么漫长，谁会为了一两个人苦守到白头？

“公主，礼部送婚服来了。”

书玉打了个激灵，看宫人捧进一件凤冠霞帔的大红婚服来，上面用金线绣着凤鸟，尾羽绚丽多彩，袖口还绣着两串足以以假乱真的葡萄，寓意着多子多福。配着占了好彩头的如意锦缎云肩，真是华美绝伦。

“玉妹，好漂亮的婚服，你真有福气！来，我帮你换上。”芙青谄笑着上前。

书玉再也忍不住了，将她的手一把拂开，冷声道：“不敢劳烦姐姐。”

芙青有些尴尬，但见她确实动了怒，才怏怏地走了出去。书玉扫了一眼婚服：“回礼部的话，婚服合身。”

那宫人应了一声，却在起身的时候一扯书玉的袖子。书玉诧异，下意识地用手去挡，手心里却被塞进了一件东西。

那是一张叠得整齐的纸。

她心头猛跳，仔细去看宫人。那宫人已经低头不再看她，只低声道：“奴婢办完了差事，这就先行告退。”

等到四下无人，书玉这才拆开手心里的纸。那纸上是卫泽清的笔迹，不过只是几个数字。她歪头看了半晌，蓦然记起了那本字帖。

按照数字去寻字帖上的字，果然拼成了一句话——三更来右院。

书玉眉心突突地跳。这是卫泽清的邀约，若不是因为什么重大的事情，他绝对不会冒留宫的风险的。

白头永不负【五】

三更很快就到了。

书玉蹑手蹑脚地起了床，先探查了一番外间，看芙青和宫女们睡得香甜，才放心大胆地向外走去。

天边一弯下弦月，散发着惨兮兮的微光。为了掩人耳目，书玉没敢打灯笼，只就着月光一路摸到右院。推开生了锈的铁门，她听到有人在角落里轻喊：“你来了。”

这声音轻轻柔柔，清溪撞石般的清冽，让她一辈子都忘不掉。书玉循声走过去，看到他从阴影中走出，周身黑衣遮不住那股俊逸的气质。

“还有几日，我就要去蒙古了。”书玉苦笑，“阿清，你还是忘了我吧。”

他蹙眉：“书玉，事情还有转机。”

“白府不会让芙青远嫁的，所以和亲的人选只能是我。”她控制不住哀伤。

他反问：“那如果……你死了呢？”

书玉心念一动，颤声问：“什么意思？”

卫泽清从袖中掏出一只小瓷瓶：“这里面有一颗假死药，服下之后会让人气息全无，毫无脉息，但是三天后会安然醒来。你只要服下药丸，我便会想办法救你出来。”

假死？

若是被发现，那可是欺君的罪名！

书玉颤抖着手接过瓷瓶，手指间麻木得几乎没有知觉。卫泽清看出了她的怯懦，在她耳边笃定地道："书玉，别怕，记住我们'白头永不负'的誓言。"

这便是鼓励了，给她勇气吞下药丸，欺君罔上，瞒天过海，然后和他一起到关外过一段逍遥日子。

但是，事情会这样简单吗？

转眼便是成亲前夜。

宫里人来人往，热闹异常。有些上了年纪的老嬷嬷，开始教书玉出宫前的各种礼仪。书玉坐在凳上，木呆呆地听着嬷嬷们聒噪。

终于，宫人们都退了出去，书玉这才从怀里掏出那只小瓷瓶。瓶身是精致的白瓷，在灯火映照下散发着细腻的光泽。

真的要走这步险棋？

若是触怒君颜，那便是株连九族的一场大祸。

书玉犹犹豫豫地从瓷瓶里倒出那枚药丸。就在这时，房门"哐啷"一声被人推开，芙青泪流满面地扑进来："玉妹，你真的这么狠心吗？"

她吓了一跳，忙将假死药收起来。芙青已经返身将门关好，才哽咽道："我知道你们有什么打算……只是你想过没有，你一死，皇上让我和亲还是好的，若是迁怒白家，白家老小可就全完了。"

这番言辞，表面上是哀求，实际上是软硬兼施。只要有人知道了这个计划，那么就不能服下假死药，不然以芙青的性子，指不定会将真相告诉别人。

终究，她还是咬了咬牙，道："你放心，婚礼会如期举行。"

芙青松了一口气："玉妹，你不如出了宫再服用假死药，说不定被送回中原，我和爹都能救你。"

出宫再服药？

那样的话，既应付了蒙古王子，又能让白家保全皇恩，真是好深的计谋。

书玉不再看她，转而看着窗外一抹凋敝的夕光。白家的荣宠和天家的体面都得以保全，唯有她的一颗心，伤得彻骨。

白头永不负【六】

书玉再也没有见过卫泽清。

她想，他必定是恨她的。他冒着这样大的风险为她筹谋，她却错失了服下假死药的良机。

大婚那日，书玉盖着大红盖头，穿戴盛装登上喜轿，送亲的队伍浩浩荡荡地出了宫。

蒙古的队伍在城外三十里处迎亲，场面声势十分浩大。书玉懒得下轿看一眼，蒙古王子却兴冲冲地闯进轿子，将她的大红盖头一把揭开："走，我教你骑马。"

书玉惊得去夺那红绸盖头，怒道："还未出中原，这成何体统？"蒙古王子毫不在意地道："怕什么，这又不是在紫禁城！"

话音刚落，她就被他挟在臂中，强行扯出轿外，婚服上的珠翠发出清脆的响声。书玉气得挣扎："你快放开我！"

蒙古王子哈哈一笑，将她放在马背上，自己则坐在她身后。两腿一夹，马儿就向前狂奔起来。书玉第一次骑马，此时已经惧怕到极点，正想要张口斥责，却"哇"的一声呕吐起来。

也就在这时，郊野上突然飘来一声悠

长的琴音。那琴音如泣如诉，却在音阶拔高处用足了指力，听起来又像夹杂着哀怨和恼恨。

郊野之上很静谧，只回荡着这曲神秘的琴音。书玉细细地品着，忽然察觉到，那就是卫泽清素日里弹奏的《荻花散》！

当时她在旁边听他弹琴，还不明白他眉间眼梢流露出来的哀伤。如今，她终于懂了。

“铮——”尖锐的一声琴音响起，此后便是寂静无声。

琴已断。

他是在用这首曲子向她告别。风烟万里，回首不见归途。高山流水，从此天涯各一方。往后是福是祸，只能各自领取。

“阿清！”书玉终于忍不住，向琴声那边扑过去。蒙古王子一把拽住她，恼火万分地下令：“来人，给我查探是哪个贼人作乱。”

蒙古王子的人马闹哄哄地一拥而上。然而他们仔细地搜了一遍，却没有发现半个人影。

无奈之下，蒙古王子只得命令队伍继续出发，但是他似乎察觉到了什么，再也不让书玉踏出喜轿一步，对她的态度也一落千丈。

书玉落了个清净，倒也乐意。只是在夜深人静的时候，她总会想起卫泽清，想起那遽然而断的琴音。

相思得太过，便是万念成灰。

她决定不再煎熬下去。

终于，在喜队人马都扎营休息的深夜，书玉独自待在帐篷里，从怀里掏出了那颗假死药。

也许正如芙青所说，出了宫再服用假死药，是最好的选择。

“阿清，也许这一赌，会赌掉我的命。但是为了你，我心甘情愿。”她狠了狠心，将假死药放进口中。

然而就在这时，一道人影从帐外闪进来，一掌钳住她的下巴。书玉吃痛，忍不住将假死药吐了出来。

帐中灯火通明，蒙古王子站在书玉面前，冷冷地看着她：“你，想逃？”

书玉惶然退到角落：“你一直在监视我？”

“不监视你，怎么知道你在皇宫里还有个情郎？”蒙古王子黑着脸，拍了拍手，一只海东青（世界上飞得最高和最快的鸟，有“万鹰之神”的含义。）从外面飞进来，以雷霆之势将地上的假死药吞了下去。

“你想做什么？”

蒙古王子答道：“我要让你看看，你眼中的假死药，究竟是怎么回事。”

话音刚落，那只海东青就倒在地上，两爪朝天，浑身抽搐，不多时就口吐白沫。

它竟然死了。

书玉骇然：“怎么会这样？”

那明明是假死药，服下会无声无息，怎么会有口吐白沫的中毒迹象？

“明白了吧？卫泽清给你的根本就不是假死药，而是砒霜！他得不到你，就索性想要毁掉你！你还蒙在鼓里，以为他是为了你好？”蒙古王子毫不留情地道，“用琴音来送别，也不过是想激起你的旧情，好让你乖乖服下药丸。他根本就是薄情寡义！”

书玉整个人瘫坐在地上，难以置信地摇头：“不，他不会的，他怎么会……”

那个执着油灯来寻她的少年郎，那个会

弹奏风花雪月的心上人，怎么会给她一颗毒药丸，让她去寻死？

蒙古王子的脸浸在一片灯影中，显得那样可怖。他阴沉沉地道："你若是还不信，我可以送你回京城，当面问一问卫泽清，他的心究竟是红的，还是黑的。"

书玉摇头，但很快又迟疑着点头。

她真的很想亲口问他，你，真的想要我死吗？

白头永不负

【七】

书玉没有想到，回到京城，酒楼茶肆里传言最多的就是，白府的大小姐白芙青和宫中博士卫泽清的婚事。

人人都说，卫泽清算是高攀了白小姐。他当年状元及第，却因为祖上曾得罪过当朝宰相，所以只做了一个小小的教习官。攀上白家这门亲事，他肯定会升官晋爵，一场泼天富贵唾手可得。

书玉僵坐在桌前，任由那一句句话如刀子般剜着自己的心。原来真相竟是如此吗？白头不负的誓言，还是比不过顶上官帽。

蒙古王子已是一身中原打扮，就坐在书玉的对面，颇有玩味地问："你如今还想问他真相吗？"

"问，为何不问？"书玉咬着牙，噙着泪，一字一顿地道，"我还想……将他给我的毒药全部还回去。"

蒙古王子开怀一笑，心情大好地招呼："掌柜，上好酒！"

两坛上好的女儿红被搬了上来，书玉仰头灌下一大碗酒。酒入愁肠，分外凄苦。可只有这样，才能让她暂时忘了伤痛。

没几日，便是卫泽清的大婚之日。

那日红装遍地，锣鼓喧天。书玉乔装打扮混在人群里，冷眼看着熙熙攘攘的宾客。蒙古王子向身后几名武功高强的侍卫一摆手："给我上！"

侍卫们抽刀向人群冲去，转眼间，恐惧的尖叫声此起彼伏。蒙古王子一脚踏进陈府大院，高喊道："让新郎官出来！否则我的刀可不长眼睛！"

"原来是蒙古王子大驾光临。"清冷的声音从身后响起，削金断玉般。

书玉循声望去，只见卫泽清从人群中信步走出，一身喜服灼痛了她的眼睛。芙青站在他身侧，吓得花容失色："阿清，他们是谁？"

卫泽清扭头答道："他是蒙古王子，来参加婚宴的。只是王子此行并未上报朝廷，所以才令这么多人惊慌失措。"

蒙古王子往地上唾了一口，嚷道："少废话！新郎官，今天你得晚半个时辰拜堂了，否则我兄弟可要大开杀戒！"

大成国国势衰弱，长年被蒙古打怕了。如今蒙古小王子来这里挑衅，没人敢说半个不字。

卫泽清自然是意识到了这一点，略微颔首，算作答应。蒙古王子回头看了书玉一眼，那一眼意味深长。

书玉紧了紧衣袖，从人群中施施然走了出来。在她的衣袖里，藏着一颗黑色的药丸。

她曾对蒙古王子说，她想将卫泽清给她的毒药全部还回去。

卫泽清望着她，目光淡然高远，让书玉有过一瞬间的恍惚。那眸光里，仿佛藏着千山万水。

是她拼尽了余生，都迈不过去的万水千山。短短的几步距离，她走得那样艰难。那一刻爱恨缠绵，迷乱了她所有的心智。

“既然故人相聚，那我就不妨碍你们了。”蒙古王子邪邪一笑，将一只酒壶递给了书玉。

卫泽清看到那只酒壶时，脸色微微变了。他才华横溢，满手的锦绣文章，这样聪明的人，早就猜到今日的结局了吧？

芙青盯着那只酒壶，太阳穴突突一跳，当即失声叫喊起来：“书玉！你想干什么？他可是你姐夫！”

话音未落，蒙古王子便一掌拍在芙青后背，于是芙青软软地倒了下去。

蒙古王子已经蛮横地踢开一道门，将两个人推了进去，阴沉沉地道：“陈公子，我劝你放聪明点儿，还能留个全尸。否则——我屠尽喜堂！”

门“咣当”一声关上。

书玉茫然四顾，痴痴地看着房内的大红喜被，鸳鸯红烛。这曾是她梦寐以求的，如今他却转眼许给了旁人。

“书玉，你真的要如此绝情吗？”卫泽清道，“芙青去讨了懿旨，太皇太后给我赐了婚。若是违抗懿旨，卫家上下就剩不下人命了。”

“赐婚？”

卫泽清苦笑：“芙青势在必得，不惜用皇权压制我。为了逼我就范，逼我娶了芙青，父亲差点儿给我跪下……书玉，人生不如意十有八九，哪里都无法遂了自己的心愿。”

书玉不语，只从袖中掏出那颗药丸放进酒壶。晃一晃，她倒满一杯酒，终于泪凝于睫。

真相是什么，已经不重要了。

她颤抖着手举起酒杯：“你若是不负我，便喝下这杯酒。”

只有死人，才不会背叛。

卫泽清深深地看她，忽然哑然失笑。“好，你敬我的酒，我怎能不喝？”说完接过酒杯，一饮而尽。

书玉含泪而笑，执起酒壶，猛然将酒水倒进自己的喉咙。

白雪红尘里，如果没有了他，她也不愿意独活。

等到蒙古王子发觉异样，破门而入时，书玉和卫泽清已经双双倒在了地上。他将她抱起来，愤怒地问：“你为什么这么傻？”

书玉的眼前渐渐朦胧起来，混混沌沌的黑，只有一盏灯火在眼前飘忽。犹如初遇的那日，卫泽清执着一豆灯火来到书库，火光如盛开的荼蘼。

她挣扎着扭头，向卫泽清看去最后一眼。他倒在地上，尽管痛苦非常，还是对她说出了两个字。

——不悔。

书玉闭上了眼睛。

她也是，此生，不悔。

白头永不负
【尾声】

江南边陲的香玉酒楼里，换了一茬茬的客人，尤其是说书人跟前更是爆满。只听那说书人讲述了今秋震动京城的一段故事之后，有人在座中问：“那白二小姐和卫公子，真的死了吗？”

说书人用扇子一下下地打着手心：“你说奇不奇怪，两人双双服毒自尽，灵堂里却不见了尸体。所以，这两人是生还是死，就不得而知了。”

人群中窃窃私语，大多是议论着故事的后续。说书人却不愿意多讲，只将袍袖一拢，便离开了。

酒楼的一角坐着一男一女，都蒙着厚厚的面纱，让人不得窥见真容。男子微微一哂：“没想到咱们的事，居然连江南都传遍了。”

女子道：“当时闹得那样大，传到这里也在情理之中。”她掏出一条香妃紫的绢帕，护着手往酒壶上一摸，道：“酒烫得差不多了，你还不喝？”

那抹淡紫撞进眼底，让他莫名地就记起了夏日，她穿着一袭淡紫舞衣在眼前轻舞。那时他弹琴，她曼舞，不远处的夏花，只有荼蘼轻轻绽放。哪里想到，千回百转之后，他和她还能鲜衣怒马，品酒闲游。

大婚那天，白书玉的确是和他双双喝了毒酒。只不过，那不是能致死的毒药，而是假死药。

当初，他其实给了她两枚假死药，一枚用瓷瓶装着，一枚偷偷地塞进她的衣袖里。

因为夜色太昏暗，所以芙青在暗地里偷看，也只看到了那只小瓷瓶，听到了假死药的计划，却不知那假死药还有另外一颗。

芙青一直想要书玉和亲，自己嫁给卫泽清。在知道自己对卫泽清是落花有意流水无情之后，她起了杀心。

芙青住在书玉隔壁，趁她熟睡，偷偷找出假死药，替换成砒霜。为了害死书玉，也为了让和亲顺利进行，她骗白书玉出宫后再服下。

幸好，书玉没有将两颗假死药放在一起。当她发现两颗假死药的色泽、形状、气味都有所不同时，心里已经明白芙青动了手脚。这个变故反而让她有了另外一个主意。

她故意制造卫泽清辜负自己的假象，装作伤心欲绝，骗蒙古王子将自己送回去。在婚房里，她并没有将砒霜放进酒壶，而是放进了第二颗假死药。

三天后，他们在灵堂里醒来，偷偷地逃出生天，来到了江南。

“阿清，你可怨我？是我让你丢了官职。”书玉收回思绪，为他斟满一杯酒，稳稳地递给他。

卫泽清挑起她的下巴：“那你可怨我？是我让你做不成蒙古王妃。”

她便笑，像极了那个夏日里的荼蘼。

你我誓言定百年，白头永不负。

经历多少明争暗斗，腥风血雨，他们才终于得以执手一生。

风引·雪鹿归
Written by | 芝麻板
Painting by | akano

【他们的故事开始于结束之后】

feng yin · xuelu gui

来敦煌的第十天，李匪石迫于囊中羞涩，从星级酒店搬进了隔壁街枇杷巷尾一家叫“不转”的廉价旅馆。

旅馆不大，有个院子，中央立着一棵烧焦的枇杷树。店内装潢简单而古朴，堂中屏风上绘了一只漂亮的九色鹿。

这儿的老板是个刚毕业的男大学生，本身对做生意不感兴趣，不过子承父业罢了，多数时间喜欢趴在前台打盹儿。

旅馆的生意冷清，不到十个客人。李匪石是里面最普通的，十九岁，二流大学的学生，来敦煌是为了追寻一段梦境，一个从小做到大的梦。

没事的时候，李匪石总是搬张躺椅，对着院子里那棵烧焦的枇杷树发呆，从日出到日落，一坐就是一天。

晚上九点，敦煌的日头才落下去。她从躺椅里站起来，闭上眼，伸个懒腰，又是一天。

“听过九色鹿的故事吗？”老板突然走过来，像是自言自语。

她有些惊讶，住进来一周，这是老板第一次主动和她说话。

“鹿王本生？”她反问。关于九色鹿的故事，她只知道莫高窟壁画上的这个，她前前后后去看了七八次，说的是恒河岸边的一只九色鹿救下一名落水者后，反被其出卖的故事。

老板摇摇头，摊开手，一颗翠绿的石头安静地躺在掌心：“想不想听个故事？”

“故事？”

老板点点头，指着庭中那棵不知多少年前烧焦的枇杷树说：“一个关于九色鹿，关于这棵枇杷树的故事，主角嘛……暂时也叫她匪石好了。”

“我的名字？”李匪石看着年轻的老板，清秀的容貌算不上帅气，却有种在哪里见过的熟悉感，神思片刻恍惚，她问：“你叫什么名字？”

老板笑笑：“我啊，我姓夏侯。”

【一】

feng yin · xuelu gui

匪石醒来时发现自己是在一个山洞，身上盖着一件不知什么动物皮毛做成的白色大氅，旁边燃了篝火，冻僵的身子渐渐暖和起来。

“醒了？”出神间，年轻男子走进山洞。他跺跺脚，抖搂身上零星的雪花，抬起头来。

映入眼帘的是一张貌似“无害”的清俊面庞。匪石生气道：“怎么又是你？不是说过不要跟着我了吗？”

男子摇摇头，一边从地上捡起两根树枝，穿起两条刚从冰河里打上来的鲤鱼，一边说：“如果不是我，你早掉进冰河里淹死了。”

匪石闭上眼回忆。

前些日子，九色鹿为祸国中，国王下令，让敦煌城主夏侯烁即刻派人搜捕。今早，她随夏侯烁进山寻找九色鹿，中午来到一条冰封的小河边，为了给夏侯烁准备一顿午饭，不惜卧冰求鲤。谁知，才化开一个冰窟窿，就冷得几近昏厥。偏在这时，身后传来窸窣的脚步声。冰河倒影中，一只毛分数色、身高四尺的九色鹿走近。她怕吓走了九色鹿，便悄悄站起身，准备绕过去通知夏侯烁。谁知，夏侯烁突然从树后转出来，羽箭

“嗖”地射出。她想躲远点儿，竟忘了站在冰河上，一个重心不稳，掉进冰窟窿里。失去意识之前，她听见羽箭穿透皮肉的声音和九色鹿的哀鸣。

是这个人救了她吧。

匪石尴尬道谢。

男子给鱼翻了个身，轻柔一笑：“恰巧路过罢了。”

匪石努努嘴，路过？呵呵，她才不信他的鬼话。

这个人叫阿奕，据他说是个行走各地的商人。几天前，他路过她家门外，跟她讨了碗水喝，之后就一直跟着她。问他做什么，他便认真地回答：“自然是带你离开了。”第一次，匪石还吓了一跳，过了几次，匪石就习惯了，会坚定地回他三个字：“有毛病！”

阿奕递上一条烤得外焦里嫩的鲤鱼。

俗话说吃人嘴短，她不能因为一条鱼把自己卖了，刚要拒绝，肚子却一阵抗议，再想，反正救都救了，一条鱼又算得了什么，大不了回去还他钱就是了，于是接过来一顿享受。

“你的脚？”阿奕指着匪石的脚。

匪石吐掉一条鱼刺，瞥了一眼。深冬腊月，大雪纷飞，她穿着草鞋在雪里走了半天，此刻脚指头冻得看不出本色，小脚丫无意识地朝火堆靠去。

阿奕眼中流露出疼惜，脱下她的草鞋，将冷得像冰的小脚放进怀中衣服里。匪石僵了僵，足足愣了半刻钟才回过神，猛地踢了他一脚，骂道：“你干什么？有毛病啊！”

她不觉着用了很大力气，可阿奕痛得浑身一缩，腹部渐渐渗出血来。

“你受伤了？”匪石问。

阿奕转过身去，背着她重新包扎伤口：“无妨，刚才出去被树枝划伤了。”出于内疚，匪石想帮他处理下伤口，却被拒绝了。

【二】

feng yin · xuelu gui

天渐渐暗下来，雪越下越大，山路又难走，无奈他们只得在洞中将就一晚。

第二天傍晚，天才放晴。

阿奕的伤势越来越重，脸白得没有一丝血色。毕竟是救命之恩，匪石又心地善良，就让他先去自己家休养几日。阿奕阴谋得逞似的“奸诈”一笑。

她狠狠瞪他一眼，嘴上不饶人，却还是扶他下了山。她感觉他虚弱极了，单薄得像一层纸，甚至有一瞬，好像看见他变成了透明人。

匪石家住在偏僻的城郊。传说这块地皮本是大户人家的旧址，因风水不好，举家迁居，如今荒凉下来，方圆两里再没有其他住户。

她家很穷，门是别人用坏的，院墙是篱笆围的。院子里有一棵枇杷树，约莫一丈，常青的枝叶被大雪覆盖，宛如一柄撑开的大伞。

她让阿奕歇息，自己则打水烧饭。

饭做到一半，院子里传来一阵欢快的脚步声，一个七八岁的女娃冲进来，扑到匪石怀里：“太好了，姐姐没事，吓死小九了。”

小九也是孤儿，和匪石一起被干爹收养。

干爹很疼匪石，她知道干爹是把她当成自己死去的亲生女儿了，干爹不止一次地说，她们俩长得很像很像。

匪石望着浑身脏兮兮，嘴角青了一块的小九，不禁责备："你跑到哪里去了，怎么弄了一身伤？"

小九说，昨天轮到姐姐歇假，却没有回来，她就去夏侯家找，谁知被赶了出来。管家很生气，说不知姐姐去了哪里，还说如果回来让我转告姐姐，以后都不用去夏侯家了。

什么！她可是费了千辛万苦才能到夏侯家做事的，好不容易离那个人近了，怎么可以就这么完了！这样想着，她扔了手头的灶具，就往外冲。

阿奕拉住她，劝道："夏侯烁这小子刚受完惊吓，还在气头上，你此刻去反而不好！"

"惊吓？什么惊吓？"匪石不明白。

阿奕遮遮掩掩："我的意思是，这小子这般生气，很有可能是在山里遇见了什么。"

匪石觉得这话在理，又见阿奕脸色白得吓人，暂且打消了念头。

匪石告诉小九，阿奕是她的救命恩人，要好好照顾。小九看一眼阿奕，不知为何吓得哆嗦起来："姐姐，这个人是……是……"

匪石忙着烧饭，没听见小九的话。阿奕伸出食指，覆上女娃的小嘴，邪魅一笑："小孩子乱说话是会被割掉舌头的。"

吃过晚饭，阿奕对着院子里的枇杷树出神。匪石让他住干爹的房间，干爹出门去了，暂时回不来。阿奕心不在焉，喃喃道："这棵树都这么大了。"

【三】

翌日，匪石叫阿奕吃早饭，敲了几下房门无人回应。推门进去，床上的被褥、枕头叠得整整齐齐。正奇怪阿奕去了哪里，却见阿奕从院中枇杷树后绕出来。

"昨晚没睡好？"她问。

阿奕说："睡得很好，就是早起了一会儿。"

她点点头，见阿奕神清气爽，全然没有昨天的虚弱，想来伤势好了大半。接着去叫小九，谁知小九躲在房间里，狠扒着门不出来，口中含混不清地说着血、枇杷树、九色鹿几个词语。

吃过早饭，匪石去了夏侯家。

夏侯烁自从回来就生了场怪病，没日没夜地躲在祠堂里烧香，听见一点儿风吹草动就吓得躲起来，口中喊着："鬼啊，不要过来。"

匪石被管家带到夏侯烁面前，夏侯烁先是吓得躲到门后，看清情形后，暴跳如雷，一个巴掌扇在她脸上："死丫头，你跑得倒是快，少爷我差点儿没命知道吗？"说完，又猛踹她几脚。她没有告诉夏侯烁，自己当时的境遇也很危险，她不知道掉下冰河后，夏侯烁遭遇了什么，只是静静地承受着他的拳打脚踢。

她以为，只要让他打一顿出出气，就能获得他的谅解，谁知还是被赶了出来。

她跪在门外，拼命磕头，每一下都在门前的雪地里留下一个血印："公子，我知错了，求求你不要赶我走。"

很少人知道，从十岁生辰那天，她第一次在街上邂逅夏侯烁，直到现在，还差十天又两个时辰，就整整十年了。她痴迷地、疯狂地、卑微地喜欢了他十年。他俊朗的五官，他纨绔的坏笑，他的玉树临风，每一个表情，每一个动作都被她清晰地刻在脑海里。她不止一次地幻想着被他温柔地抱在怀里，轻轻亲吻的场景。

为了这个梦想，她一次次制造与他“邂逅”的机会，十年来，一千七百七十七次，没有一次不以羞辱和嘲讽告终。

好不容易有了个机会，可以留在夏侯家做个丫鬟，怎么能这么快结束？她不甘心。可是，任她把头磕得“咚咚”作响，任她面前血流成河，那扇大门依旧纹丝不动。

“够了！”阿奕不知从哪里冲出来，一边拉起她，一边吼道，“夏侯家的人就是一群浑蛋！”

她挣开他的手，甩了他一个耳光：“你凭什么骂人！我就是喜欢他，喜欢到连命都可以给他，你管得着吗？”

好熟悉的话。阿奕愣了愣，缓和下来：“可以了，你已经为那个人做得够多了，放了自己吧。”

匪石不说话，跑回家拿了弓箭，往山里走去。阿奕问：“你要做什么？”她说：“只要我能抓到九色鹿，公子一定会很高兴，说不定就会原谅我了。”

阿奕试图阻止她：“不可以，你知不知道，九色鹿是森林的守护神，传说看到九色鹿的人会一生幸福。”

匪石握紧弓箭：“那又怎样？传说终究只是传说，公子说九色鹿祸国殃民，那它就该死！”

【四】

feng yin · xuelu gui

几天内，匪石数次入山，都没有发现九色鹿的踪迹。

这天，在阿奕的陪同下，匪石再次入山，中途二人吵了几句嘴分开了。

她越想越气，不知不觉迷了路。

四周一片死寂，几只雪狼跟上了她。她害怕极了，撑开弓箭，手却抖得厉害，接连数发，都没有射中目标。绝望之下，她拔腿就跑。雪狼见状，冲上来，狠狠咬住她的腿和胳膊，她痛得惨叫，以为必死无疑。

“匪石——”熟悉的嗓音破空而来。

匪石强撑起伤痕累累的身体，勉强睁眼。

不远处，男子一身白色大氅，领口厚实温暖的绒毛拥着一张清俊而焦急的脸，她张了张嘴，想叫他逃，意识却越来越模糊。

醒来时还是在雪地里，她躺在阿奕膝盖上。四周是浓重的血腥味，雪狼横七竖八地倒在雪地里，死了。匪石活动下身体，惊讶地发现伤口不药而愈。

阿奕扶起她，解释道：“我说过的，九色鹿是神兽，只会救人，不会害人的。”

“你的意思是九色鹿救了我们？”匪石不敢相信。

阿奕不置一词，只是柔和地笑。淡淡的黄昏的光洒在他脸上，匪石忽然发现这个“有毛病”的人竟比夏侯烁更清俊风流，玉树临风，如果……

她猛然摇头，她在想什么呢？怎么会萌生出嫁给他的念头？在一起的时间久了，她也有毛病了？

二人回到家，夏侯家差人来叫匪石去一趟，说是匪石的干爹也在那儿，两家人有要事相商。

匪石不解。

阿奕听到“干爹”二字表情一变，说：“不要去。”

呵呵，怎么可能？她说过的，就算是为了夏侯烁死，她也愿意。他的话，她不可能违抗。

结果出人意料。夏侯烁竟然要娶匪石，婚期就定在三天后。

阿奕沉默片刻，说："匪石，不可以，这一次你绝对不可以再和夏侯家有任何关联。"

匪石冷笑："哈，我爱了他十年，你凭什么以为因为你的一句话我就会放弃，你未免太自信了。"说这话时，她的表情很复杂，难过、悲伤、犹豫，就是没有高兴。

【五】

feng yin · xuelu gui

婚事没有如期举行。

成亲当天，阿奕在匪石的饭菜里下了迷药。他雇了辆马车，带着匪石奔向深山。

马车跑了一天，最终在白雪覆盖的林子里停住。

"阿奕。"匪石从马车里探出头来，脸上流露出悲伤的情绪。

此刻，阿奕脸色惨白，手中缰绳一脱，整个人从马车上掉下来，他几次想站起，都徒劳无功："才一天时间，怎么会一点儿力气都没有？"

匪石俯下身，手停留在阿奕腹部的伤口上。

"不要。"阿奕倒在地上动弹不得，只一双眼睛充满祈求地望着匪石。

几经犹豫，匪石终于缓缓解开阿奕腹部的绷带，露出伤口。这是箭伤！她忙不迭起身，捂着嘴连连后退："你真的是九色鹿！"

那天，她被叫到夏侯家。

干爹和小九也都在那儿。干爹告诉她一直跟在她身边的阿奕就是为祸一方的九色鹿，而他的巢穴就是家中那棵枇杷树。小九之所以害怕阿奕，是因为曾经误打误撞走进了枇杷树里，目睹他杀死一名女子。阿奕住在匪石家的这些天，并没有睡在房间里，而是每晚回到枇杷树里，因为只要他离开枇杷树超过一天，他的身体就会变得很虚弱，这种虚弱会逐日增强，一旦体力耗尽，就会变回九色鹿。

起初，她并不相信干爹的话。岂知干爹老泪纵横："匪石，你可知道爹的女儿就是被他害死的！二十年前，他扮作商旅住进我家，一步步引我女儿上钩。开始我没察觉，后来，我亲眼在女儿房里看见了变回九色鹿的他。于是，我想把他赶走，没想到，他竟带着我的女儿一起走了，从那以后，我再也没见过女儿。直到后来，小九无意间在枇杷树里看到那些，我才知道女儿定是遭了他的毒手。这么多年，我思前想后，才把整件事情捋清楚。"

匪石震惊之余回忆起这些天的事情。夏侯烁的羽箭射中了九色鹿，而阿奕的腹部刚巧也受了伤，还有被雪狼围攻后，她身上不药而愈的伤口。

听完匪石的叙述，阿奕没有辩解，只是淡淡一问："那么，你要杀了我，为你爹报仇吗？"

"爹的女儿，还活着吗？"这么问也许多此一举，但她还是希冀着一个不可能的答案。

阿奕摇摇头。

匪石失望地转身，却觉腿一沉。

阿奕挣扎着抓住她的衣角："匪石，你不可以再回夏侯家，不可以再和夏侯家有一丝关联，我不想再眼睁睁看着悲剧一遍遍重演。"

他已经猜出来了，仅仅离开枇杷树一

天，不可能虚弱到这种地步，想来是她也在他的饭菜里下了药。其实，从她说要和夏侯烁成亲的那一刻，他就知道有一个局在等着他，最好的办法就是静观其变。可没有时间了，他决定为她赌一把，但还是输了。

黑暗中一排火把靠近。匪石的干爹走过来，脸上布满恨意，若不是匪石拦着，剔骨的钢刀已经在阿奕身上戳出几十个窟窿。

匪石问他还有什么话说。她多么希望他有苦衷，她多么希望他开口辩解。可是，他自始至终缄默不语。

不远处的马车里，传来夏侯烁兴奋的声音："把他带回去关起来，等现出原形便取了鹿皮，献给国王。"

呵呵，什么祸国殃民，不过是为了那张珍贵的鹿皮罢了。

【六】

feng yin · xuelu gui

九色鹿落网，匪石与夏侯烁的婚事自然取消。唯一让匪石好受的是她又回到了夏侯家，虽然只是个小丫鬟，但她也很满足了。

这天晚上，丫鬟们聊起夏侯家的发家史，说夏侯家的祖先是如何从一个普通的采药人一跃成为国中权贵的。匪石对这些陈年旧事不感兴趣，一个人来到庭院。

天下起雪来，云层低垂，夜空暗淡。还有一个时辰就是她二十岁的生辰了，她多么希望喜欢的人能陪在自己身边，脑海里不禁浮出一个画面：白色大氅，清俊温柔的男子独立在漫天飞雪中，她则像只小动物，依偎在他的怀里，嗅着他特有的气息。

怎么会这样？此时此刻，她心心念念的竟然是一个认识不过数天的陌生人。

是愧疚吗？是因为得知抓九色鹿的真正原因其实只是王后想用九色鹿皮做一件漂亮的大氅吗？

她无法解释，只觉思念如蔓草般疯长。

她沿着曲折的小径，来到后院。

阿奕就被锁在院子里的大笼子里，夏侯烁心高气傲，九色鹿又体力将尽，就只派了一名家丁看着。

匪石使了点儿小把戏引开家丁，又找了块石头砸开锁头，救出阿奕。

阿奕的身体轻得像一片羽毛，浑身呈半透明状，只那片温暖的柔情未变："我知道，你会来救我的，傻匪石。"

匪石示意他闭嘴，扶着他跌跌撞撞地朝大门走去。为什么要救他，歉意、愧疚，还是仅仅出于单纯的……本能？

来不及细想，黑暗中有人大喊一声："九色鹿跑了！"紧接着，四周亮起来。二人加快了脚步，可最终还是在大门外被夏侯烁截住了。

匪石心想完了。

阿奕伸出手轻轻握住她的手，用细微的声音说："别怕，有我。"他沉默片刻，攒足了力气，走到夏侯烁面前。寒风袭来，吹开他凌乱的头发，露出一张完整清晰的脸："夏侯烁，祖宗的遗训你都忘了吗？"声音洪亮，透着长辈的威严。

"鬼啊！"看清阿奕的样子后，夏侯烁吓得瘫倒在地，众人不解，没有主人的命令不敢轻举妄动。

二人趁机脱逃，跑到城门口的时候，匪石停了下来。时间一点一滴流走，还有半个时辰，就是她的生辰了，有些事情，她该想起来。

雪停了，星星点点的光芒钻出云层。她背过手去，盯着阿奕，突然"咯咯"笑了起来："嘻嘻，夏侯奕，我们又见面了，这一次你总该娶我了吧？"

【七】

feng yin · xuelu gui

匪石才是真正的九色鹿。

故事要追溯到三百年前。

那时，她还是幼年的状态，没有多少神力。有一次，她掉进了捕猎者的陷阱，一条腿被捕猎夹夹住，动弹不得，就在她痛得要哭出来的时候，一双手从头顶伸下来，将她温柔地抱起。

"不小心踩到陷阱了吧？"

他的声音那么好听，他的眉眼那么好看，她躺在他怀里，任由他轻柔地帮她处理伤口："傻小鹿，遇到陷阱怎么也不知道躲呢？"

她闻言，生气道："我才不是傻小鹿，我可是九色神鹿，和凤凰一样，能够涅槃重生，拥有成千上万年的寿命，你们人类又算得了什么？"

他一怔，放下她的同时在她脸颊上落下一个吻，随即转身："好吧，那么，再见了九色鹿，但愿我有生之年还能再见到你。"

她呆在原地，被吻过的地方发起高烧，等再回过神时，早已没了人影。他是生气了吗？她开始懊悔不该对他说这种话。

山神爷爷告诉她要小心人，因为人是世上最狡猾、最无情的动物。

她才不信，这么温柔的人怎么会无情？不过，不管怎样，她都不可能再见到他了吧，人的生命是那样短暂，下辈子，唉，人类又不会涅槃，怎么会有下辈子呢？这样想着，她觉着永远都不会笑了。

可没想到，两年后，她又见到了他。

这一次，她救了失足落水的他。她高兴极了，说什么也要跟他回家。

他妻子早亡，带着孩子，靠行医卖药过活，很孤单也很辛苦。她努力修习，终于在一年后，化身成一个美貌少女。她记得那天他很开心，送给她一粒从很远的地方带回来的枇杷树种子，她把它种在院子中央。

她不懂世事，像个孩子缠着他问东问西。"阿奕，为什么我每次亲你的时候都好开心呢？""阿奕，你什么时候娶我啊？"每每这么问时，他总是笑着不置一词。

她知道有一个词叫日久情深，她想他们在一起的日子还不够长，不过，没关系，她有的是时间。

可，没过多久，九色鹿的事情就传到国王耳朵里，国王听说吃了九色鹿的心能长生不老，于是传旨，只要夏侯奕交出九色鹿，保他世世代代荣华富贵。

一贫如洗的他心动了。

三天后，王宫侍卫来取九色鹿心，她抵死反抗。侍卫不是九色鹿的对手，只好抓他去问罪，他吓坏了，用皮鞭狠狠抽了她。

匪石忍着痛，瞪着无辜的大眼睛，怯生生地问："阿奕生气了吗？"

阿奕不说话，愤怒的目光盯紧着她。她低下头沉默一会儿，拾起地上的利刃，递给他："嘻嘻，好吧，我的心只给阿奕一个人哟。"

他松了口气，不管神鹿还是妖鹿，到底是一只愚蠢的畜生。

利刃挥下的时候，她依然笑得天真："等我涅槃重生后，还要来找阿奕，那个时候你再娶我吧。"鲜红的血顺着刀刃缓缓渗入地底，那粒枇杷种子须臾间破土、发芽、开花、长成。

他突然明白，与匪石在一起的那些快乐和温暖，竟是不曾说出口的爱。

可惜，太晚了。

他的心好痛，他后悔了。他想伸出手留住她，却只抓住虚空中的一句话："气息为引，枇杷为记，等我涅槃重生，还来这儿找你，阿奕。"

【八】

feng yin · xuelu gui

几天前，在冰河边，匪石看到水中九色鹿的倒影，其实是自己，阿奕是为了救她才被羽箭射中的；让二人在狼群中脱险的也是匪石自己。因为，九色鹿涅槃重生，会失去二十年的记忆与鹿身，直到二十年后才逐渐恢复鹿身，记起前尘。

而每一次涅槃都仿佛一个诅咒，无论她流落何方，最终都会回到这个地方，循着夏侯奕的气息爱上他的后人，而后，再被其后人伤得体无完肤，惨淡死去。

三百年前，匪石死在阿奕刀下时，那棵承受她神血的枇杷树便有了前往未来的力量，只要在每个夜晚默念匪石的名字，便可以来到匪石涅槃后的世界。夏侯奕就是利用这棵枇杷树从三百年前来到匪石身边，但他不能在不属于他的世界待太久，一旦待太久就会虚弱无力，浑身透明，慢慢消失。

夏侯奕是想打破这个诅咒。但他前前后后跟着她涅槃了十次，无一例外都眼睁睁看着她们爱上他的后人，继而爱而不得，凄凉死去，难道这一次还是同样的结果？

匪石扶着几近透明的阿奕往家赶去。

那里早埋伏好人马等着他们，二人被团团围住。

阿奕说："你快离开，时辰一到，你会变成九色鹿，他们不会放过你。"

"不要，阿奕，我才不要离开你。"她的天真，她的倔强，他从来都是无可奈何。他像三百年前一样摸摸她的小脑袋，叹一句："真是傻小鹿呢。"

她满足地笑笑，却没想到下一刻温柔的手就从身边毫不犹豫地抽离。不待她反应过来，就听见他大喊："看清楚了，这个人才是九色鹿，你们要抓的人是她。"

"阿奕？"匪石不可置信。

愤怒，从未体会过的愤怒将她的身体烧得滚烫，金色的光芒充斥夜空，透过阿奕幽深的瞳孔，她看到自己彩色的皮毛和绝望的神情，她慢慢向他走近，无数次的浴火重生和无数回的遍体鳞伤，把她眼中的热情变成毫无温度的冷。

她终于明白，原来，她于他从来是替代品，孤单的替代品、愧疚的替代品，不管怎样，永远都抵不过荣华富贵、自家性命。

"阿奕，你告诉我，你的心到底有没有那么一小会儿是真正停留在我身上的？"

"对不起。"他只留下三个字和隐没在枇杷树里的背影。

——"气息为引，枇杷为记，等我涅槃重生后，还要来找阿奕。"

什么气息为引，枇杷为记，夏侯奕，我要烧了这棵树，你我二人永生永世，再不相见。火光明灭，往事如烟。她不敢确定夏侯奕的话哪一句是真，哪一句是假，但最起码有一句他说的是真的："真是只傻小鹿。"

可不是吗？

【他们的故事结束于开始之前】

feng yin · xuelu gui

讲完这个故事，敦煌的天已经黑透了。

李匪石从躺椅里直起身，嘟哝一句：“夏侯烁看过夏侯奕的遗像，这才被吓坏了？”

老板把玩着手中翠绿的石头，白了李匪石一眼：“拜托，这不是重点好吗？”

李匪石捋了一遍故事情节，问道：“故事就这么完了？夏侯奕和九色鹿最后怎么样了？结局是什么？”

“结局是什么，你很清楚不是吗？”老板又露出一个欠揍的笑容。李匪石懒得理他，爬回房间，洗洗睡了。

晚上，她又做了那个奇怪的梦。

她梦见自己变成了一只九色鹿，在森林里的小河边遇到了一名落水者。梦境很真实，却像那个故事一样没有结局。

又过了半个月，李匪石要开学了。离开敦煌的那天，老板终于把故事的结局告诉了她。

最后，夏侯奕利用枇杷树回到了第二次见到九色鹿，也就是不慎落水的那天，这一次他没有去抓那根救命树枝。而九色鹿因为没能救起心爱之人而伤心了好多年，不过也只是好多年罢了。

有些爱，终会淡忘；有些情，终会消失。

阿奕追随了匪石三百年，才明白，真正让她陷入僵局的不是诅咒，而是他自己。

从森林的陷阱旁，从落水的小溪边，从她告诉他名字的那一刻，她的死局已经开始。既然如此，那就让所有的悲剧都结束于开始之前。

李匪石笑问：“你不会真当自己是夏侯奕的后人吧？这故事荒诞得很，你相信？”

老板拿出一颗翠绿的石头，说：“这个就是我的祖先夏侯奕留下来的。”

李匪石指着院子里的枇杷树：“好吧，如果这个故事是真的，按结局，夏侯奕早在落水当天就死了，也就没有后面匪石种枇杷和烧枇杷树的事了，那么这棵烧焦的枇杷树就该消失才对。”

老板摇摇头，把翠绿石头偷偷塞进李匪石书包里，长舒一口气。这个他不知道，他只知道传承千百年的任务完成了，这间稳赔不赚的小旅店终于可以关门大吉了。

回到学校，李匪石在行李包里发现了一颗翠绿的石头，上面刻了一句话，因为年代久远，有些模糊了，但隐约还能辨认出这么一句：我心匪石，不可转也。

——“阿奕，你告诉我，你的心到底有没有那么一小会儿是真正停留在我身上的？”

——“匪石，这就是我的答案，你看到了吗？”

手机铃声响起，是舍友为她置办了一场生日宴会，今晚就是她二十岁的生日。零点一过，她又会想起多年前小溪边的落水者，只是，关于落水者的故事对她而言也不过是一个子虚乌有的传说罢了。

后来，她时常皱着眉头。她想不明白为什么“不转”旅店的那棵枇杷树还在。

也许真的只能用“奇迹”二字解释吧。

因为，随着时光的流逝，有些爱，终会淡忘，有些情，终会消失。但是，总有些比时光还要强大的感情，它们超越时间与空间，最终在宇宙的某个角落留下独特的印记。

犹如他曾为她——

纵横生死，上下古今。轻

葬红梅·定风波
Written by | 圆不破
Painting by | 永 夜

一

沉沉暮色，火轮尽掩，瑟瑟秋风卷起零星落叶，流连于宫墙长巷之中，无数穿着青衣的宫人悄声地传递着手中的素色孝袍，虽庆禧宫的那位至今未去，但摄政王传下令来，一切早做准备。

早做准备，便是再无回转余地！

庆禧宫是天凤皇朝最高掌权者的寝宫，天华女帝前后在位五十余年，国富民安兵强粮足，她励精图治推陈出新，为天凤皇朝建功无数，是皇朝上下齐望之楷模。她先为帝、后禅让皇位于其女承泰女皇，承泰故后，天华女帝不敌举国浩大拥立声势重穿黄袍的经历也堪称传奇。然，再辉煌之刻终有消散之时，如今已年逾八十的天华女帝，也不过是一位辗转病榻的垂垂老者罢了。

庆禧宫内，发丝灰白如烬的天华女帝倚在雕刻八宝福果的罗汉床间，怀拥着一个七八岁的女娃轻声说话。床侧侍立的女官目含悲戚，女帝已有日子没坐起来过，如今，怕是大限将至，回光返照了。

“皇太祖母，这上面写的是什么？”女帝怀中的女娃摆弄着手里的一方印信，却看不懂上面镌刻的文字。

天华慈蔼一笑，却掩不住眼中偶现的灰败气息：“写的是如帝亲临。”

女娃年纪虽小，却自幼在宫中长大，自是晓得这方印信的含义，稚嫩的面容上多了几许凝重，将信印小心地放回罗汉床旁的紫檀镶金边矮几上。

如帝亲临，并非寻常的如朕亲临。帝，是天凤皇朝的开国皇帝，这方印信传了两百三十五年，是历代女皇尊贵身份的证明，若无此印，岂能让天下人认同？

天华偏头看她：“想要吗？”

女娃抬起头，黑白分明的一双澈眼直迎天华的目光：“想，我想成为像皇太祖母一样伟大的女皇，可这方印信我不能拿，唯有皇太祖母赐下方可。”

天华微浊的目光连连闪动：“我若赐予你，你可敢接？”

女娃心愿即将达成，却不见她有丝毫喜色，反倒越发谨慎。天华问道：“在想什么？”

女娃道：“我在想，有谁能帮我保住这方印信。”

天华眼中一亮：“可想到了？”

女娃灿然而笑：“想到了！”

天华指尖轻颤地抚上女娃黑如锦缎的额发：“你可知道，你祖母承泰女皇因何而逝？”再开口，问的却是毫不相关之语。

女娃目光一黯：“祖母是因病而逝。”

“不。”天华喘息一下，脸上的细纹仿佛舒展开了一些，“是我杀的。”女娃睁了睁眼，似乎没听懂天华的话。

“你可知道，你父亲卫陵因何而逝？”天华又问。

女娃澄澈的眼睛里现出微微的迟疑：“是……遇袭而死。”

“不。”天华压不住指尖的轻颤，可语气如轻风拂面一般，“也是我杀的。”女娃抽了一口凉气。

“你可知道，你母亲……”天华咳嗽了一阵，“你母亲凤嫣……因何而逝？”

女娃双唇微抖：“是……是……”

天华缓缓摇了摇头：“她是殉情而死。”

“啊！”女娃面色怆然地软倒在天华怀中，已全然不见刚刚的聪慧稳重。

承泰女皇继位十年，殚精竭虑，久病而

崩。皇太女嫣，奇姿天纵，代皇南巡，遇刺而薨。皇太夫卫陵，护殿下身亡。

“你祖母纵容侍人，沾染恶习，玩物丧志，置天下苍生于不顾；你母亲宠信你父，再不纳夫，年逾三旬也仅有你一脉子嗣，这都难为皇朝所容。启儿，”天华语意蔼蔼地唤这女娃，“你可有万分喜爱之物？”

名为启儿的女娃懵懵懂懂，思量再三，怯怯开口：“祖母与母亲，得了自己喜爱之物，却忘了苍生天下，身为女皇，身体发肤尽为皇朝所有，岂可肆意糟蹋？”

天华抚掌而笑：“好孩子，善待这天下。”次日，天华女帝溘然而逝，前皇太女凤嫣之嗣凤启得遗诏而奉天下，年号安景。

二

安景元年，四月初十。

立国之日，普天同庆，如今这天下的主人却顶着九凤赤金攒珠冠怯生生地躲在御园的假山之后。“蓝璃哥哥，阿乌带来了吗？”被水雾蒙住的清澈的双眸微微垂着，看也不敢看向眼前的蓝衣少年。

那少年顶多十岁，眉清目秀，小小的身量尚未长成，却学人稳重穿一袭深蓝色的直裰，腰间的松香玉石腰带在夏日的阳光下折射出温润的色彩，一如这少年的莹莹目光。

“你要看，我自然给你带来。”蓝璃说着自身后拎出藏了许久的鲛纱口袋，半透明的鲛纱下，在袋中不断挣扎的是一只通体油黑隐泛紫蓝色彩的鹩哥。“带它进来可真是难，不过你现在出不去，就算再难我也得给你带进来。”

宫中门禁森严，任何带进宫中的东西都要经过严格查验，尤其是活物，要谨防有人暗存祸心训练活物袭刺圣驾，所以带这么一只会说话的鸟儿进来，说得轻松，但过程必然紧张刺激。若是以往，凤启少不得追问其中过程，少年也等着她问。可今天，凤启咬着唇，未开口，大颗的泪珠已扑簌而下。

蓝璃吓了一跳，当即扔了手里的鸟儿去替她擦泪：“怎么说哭就哭了？”蓝璃回身轻踢一下在袋内蹦跳不休的阿乌：“是不是它惹着你了？我替你教训它！”说着又踢了几下，不过，到底是自小养大的鸟儿，也不忍踢重了，只是做做样子。

凤启连连摇头：“蓝璃哥哥，你把它放了吧，行吗？让我以后再看不见它！”

蓝璃怔了许久。放了……这可是她送他的第一份礼物，从扎着羊角辫的凤启手里接过阿乌时，他就决定细心待它一辈子的。蓝璃看看满面泪痕的凤启，再看看阿乌，躬身将鲛纱袋子拎起来，几下便将扎着袋口的绳结松了开来。

阿乌自纱袋中飞出来，神气地落在凤启的肩上。澄黄色的喙被牛筋捆着，阿乌极不舒适，脑袋在凤启肩头蹭来蹭去，试图挣开束缚。凤启伸手抓下它，解了它喙上的牛筋。

阿乌清啼一声：“哥哥妹妹！”这是它会说的第一句话，也是唯一会说的话，是蓝璃教的。

“走吧！”凤启双手一扬，将阿乌扔上天空。阿乌在空中转了一圈，又停在蓝璃头顶：“哥哥妹妹！”

蓝璃见凤启是真心想放阿乌走，虽不知为什么，却也跟着伸手赶它：“快走吧。”心里又担心，养了这么多年的家鸟，放出去只怕没两天就饿死了。阿乌却只当主人在与它玩，来来回回地穿梭在蓝璃和凤启之间，最后凤启下了狠心，从地上拾起一块石头扔它，才将它惊走。

“我想了几个月，什么才是我最喜爱的东西。”凤启忍着眼泪，却忘了自己脸上早就泪痕遍布了，“皇太祖母说，想做一个好女皇，最喜爱的东西不能留。我想做一个像皇太祖母那样的好女皇，所以，我也不能有最喜爱的东西。”

四月的月桂树下，伴随着偶然零落的淡色桂花，她对少年说出心底埋藏最深的私秘话语。由爱故生忧，由爱故生怖，若离于爱者，无忧亦无怖。

空中一声清啼，却是阿乌不知去哪里飞了一圈，又转了回来。清亮的啼叫唤回少年怔忡的思绪，看着在头顶不断飞旋的鸟儿，蓝璃一咬银牙，拾起一块青石，用上自己近来才领悟到的暗劲之力，石子激射而出，阿乌没来得及发出最后一声啼鸣，直坠而下。

凤启惊呼一声，待看清了坠下的是什么，忙不迭地捂住眼睛，继而号啕大哭。蓝璃红着眼眶，狠攥了一下紧张得发抖的手掌，上前将她拥进怀里，轻声安抚，一如往日她受了委屈，他安慰她时一样：“死了干净，免得天天惦记，误了你的功课。”

一国之君，听起来风光至极，可谁又知道为人君上所要付出的辛勤与努力？天凤皇朝，自第一任女皇开始，皇女们便要熟识历史、牢背律例，习古诗、读通鉴，经史典籍无一不学，空闲的时间尚有练字、习画、音律之学，每日午后还要加练一节骑射，以强身健体。

凤启为皇女之时这些功课便是日日都要做的，不过那时她总有办法溜出宫去玩，现在金冠于顶，皇袍加身，却是再难动弹分毫，行走坐卧、饮食言笑，都有人一一记录在册，竟是比做皇女时还要束缚几分。

“每天背书，也别忘了吃东西。”蓝璃用袖口擦了擦凤启的脸蛋，又伸手捏了一下，“都瘦了。”

三

安景三年，端午。

“雄黄酒有什么好喝，给我喝，我还不乐意呢！”凤启的小嘴从嘟起就再没放下过，一颗明珠在双眉间晃啊晃，极为不甘。

“你年纪还小呢。”蓝璃倒了一杯果子蜜递过去，“先尝尝这个就行了，免得一会儿在群臣面前醉了，岂不闹笑话？”

“反正一会儿也用不着我做什么……我乖乖做个发声筒就好……”嘟囔着，凤启还是接了果子蜜，一口喝光。

蓝璃拧了眉头，十三岁的少年身量有些抽长了，和凤启站在一起已不能平视她的眼睛，需要微微低下头，才能与她对视了。“果子蜜虽然酒劲不大，也不是这个喝法。”蓝璃夺去凤启手里的酒杯，却是再不给她了。

“真小气。”凤启托着腮，终没再讨要。

“听说你砸了四皇女心爱的夜光杯？”蓝璃就着她的杯子也给自己倒了些蜜酒。

凤启立时瞪圆了眼睛：“你和你师父躲在深山老林里啃竹子竟也知道这件事？”

蓝璃无奈：“我不是写信跟你说过了吗？师父喜欢清静，所以选在山中修行，山里建了很大的别院，用度一应俱全，什么啃竹子？师父是剑术大贤，在朝野民间都有很大的声望，你这么说让人听到，大大的不妥。”

凤启一吐舌头：“我是女皇我怕谁？”

蓝璃便笑得连眼睛都眯起来：“是啊，女皇陛下快与我说说夜光杯的事吧。”

四皇女的夜光杯是天华女帝所赐，颇有来历。凤启没了精神："谁让她自恃美貌，还恬不知耻地说要你奉她的驸马？"

蓝璃垂下那如山溪般透彻的双眸："你不让我奉她，难不成要奉你？"

凤启摇了摇头："我来日定许一门最好的亲事给你。"

四

安景五年，六月三十，深夜。

掐丝珐琅缠枝莲座烛台上，五彩云纹蜡燃得正亮，凤启倚在如意榻上，手里捧着一本书，目光却全然没在书上。十三岁的她褪去了女娃的娇柔，多了些少女的神韵，赤金冠上垂下的明珠晃动在她眉眼之间，衬得她的双目更加明亮清澈。庆禧宫里静得出奇，明明站满了宫人，却连衣物摩擦声都不曾发出。

"什么时辰了？"凤启轻声问道。

身侧的女官哑着嗓子："禀女皇，已快到子时了。"

凤启起了身，却忘了手里正拿着书，"啪"的一声书卷落地，震得凤启心中微颤。

今夜注定不会平静。自五年前的那个冬天，她将"如帝亲临"印信送住左相蓝池手中时，就注定了今日之乱！是成，是败，俱在今夜；是为帝，还是退位，天明之前便全会揭晓。

五年前她告诉皇太祖母，她想到了可以为她保住印信、可与摄政王一较高下的人。

摄政王凤妩是凤启的姑姑，皇太女薨逝后，天资卓越的凤妩本应继皇太女之位，可天华女帝并未再立皇太女，直到临逝前两年，女帝神志偶有涣散，不堪繁重国务，才封凤妩为摄政王，辅助朝政。

凤妩的陈年怨念、勃勃野心，在这两年间暴露无疑。她想做女皇，这是所有人都知道的事，可天华女帝偏不如她的意，选了当时还不满八岁的凤启继位。

凤启还记得自己是如何在凤妩的炙炙目光中一步步登上御座的，凤妩的眼中带着毫不掩饰的寒凉与杀机，是蓝池，三代忠良、皇朝赖以为重的左相大人，替她挡去所有的心机暗算。今晚同样是蓝氏一族，为固皇朝之本，同摄政王展开殊死决斗。摄政王手握一支奇兵，如今京城被五万精兵所困，是死是活，全看蓝家如何应对！

"陛下！"外出探风的近侍常乐扑跌进大殿，"城……城破了！"

凤启向后微错一步，城破、身败，不只是她，近年来支持她而反对摄政王凤妩的皇族宗室，俱会含恨殒落！蓝家败了吗？凤启压不住惊惧的念头，心里怕得很，可在宫人面前，仍得强自镇定。

子丑交会之时，庆禧宫沉重的宫门被人由外破开。满天的喊杀声，瞬间涌至凤启的耳畔。摄政王凤妩一身火红骑装，英姿飒飒，眼角眉梢里泛着狰狞。

"印信在何处？"凤妩左右张望着朝凤启走来，张望这苦求多年却一直无法得到的庆禧宫，一抹笑容现于她的唇角，"交出印信，只当你禅位于我。"

皇朝玉玺她已找到，欠的只是"如帝亲临"印信。凤启指尖冰凉，凉透心扉，只有她自己知道。十三岁的少女努力挺直脊背，头上那顶赤金盘凤冠因此显得更为清傲了些："孤乃天命所授，乱臣贼子，何敢相迫！"

凤妩带笑的容颜陡然寒厉："敬酒不吃吃罚酒！"凤妩武艺高超，虽带了近身侍卫，但她更乐于自己动手。走得近了，凤启才发现她身上的骑装并非红色，那浓重的颜色，是血。

凤妩翻手取薄刃出鞘，踢飞了忠心护主的宫人，青锋利刃直顶凤启稚弱的喉头："说出印信下落，留你全尸……"最后一字仍浮在空中，凤启身侧一个始终低头瑟瑟的小太监飞掠而出，挥剑斩了凤妩的头颅！温热的鲜血浓稠而腥甜，就那么喷了凤启一身，染红了她头顶的赤金皇冠。

突遭大变，上一刻阴森迫人的摄政女王，如今已成一摊死肉。那小太监拎了凤妩的头颅在手，高喝一声："贼子伏诛，尔等还不归降？"宫门前一阵喧喝，刀兵相交之声暂罢，无数手持兵刃身染鲜血的强兵攻了进来，将凤妩带来的近侍瞬间俘获。

"贼子狡诈，只有非常手段才能近身相搏，未能事先告之圣上，蓝璃死罪！"随手抛去凤妩头颅，蓝璃回身跪至凤启身前。

凤启久久不能回神，缓回思绪，见到的却是他满面血色。想来他杀出那一剑，凤妩也做了还击，只是他拼着双亡之局，终要了凤妩的性命！这是一个局！由始至终都是，她堂堂女皇，被蓝氏一族做了诱饵，扔在庆禧宫中，陪着她一起的，是蓝氏族内最优秀的长子嫡孙。活，一起活；死，也一起死。

他是什么时候下的山？又是什么时候混到自己身边的？凤启无从回想，眼中尽是他那只浸在血中的眼睛，恍惚间伸出手去，指尖在他额前一寸停住。不，不是她停住，是他后退了一寸。他目光蒙眬地望着她，笑着，语气也软和下来："叛贼伏诛，请女皇陛下示下定夺。"

凤启紧咬下唇，唇间刺痛，口中便弥散了腥甜的味道："宣太医，不惜倾国之力，保住他的眼睛。"

五

蓝璃的眼睛，足足养了两年。两年之后，他再入宫帏，正赶上参加女皇的大婚仪式。

孤高而遥远的御座之上，坐着的是初现风华的豆蔻少女，正红的颜色让她看起来越发白皙，已然长开的眉眼秀雅细致，赤金盘凤头冠上垂下的明珠遮住了她清澈的双眼，也因此让她多一分神秘与威严。

女皇身边坐着一个高大修隽的男子，那是定远大将军家的长子殷宁，蓝璃曾与他一处习武。定远大将军于两年前的叛乱中坚定立场，与蓝相合作率兵尽诛叛臣，这是谁也无法抹煞的天大功劳。

蓝家也因此得益，除得赐大笔金银、加官进爵外，蓝氏另有两名子弟被纳入后宫，直封四品院君，掌一院之事，以示女皇对蓝氏的宠信。蓝璃混在朝臣之中，遥祝女皇与新后，竟也被人发现，起身之时，他与女皇对视一眼。

"蓝卿上前。"

蓝璃含笑上前，再祝女皇新喜。凤启的目光自他眉间深刻入骨的伤痕缓缓扫过："可看得清了？"

蓝璃跪于殿中："托吾皇洪福，臣眼疾已愈。"

凤启的眼中便多了些欢喜之色，扭头与殷宁道："蓝卿救驾有功，卿以为赏他点儿什么好？"

殷宁笑意盈盈："一切听女皇示下。"

凤启想了想："蓝卿今年也有十七岁了吧。"蓝璃低头称是。

"孤欲将八皇姐许配给你，你可愿意？"

八皇女为孝阳王所出，出身高贵，性

格温良娴静，朝中权贵多有屡求不得者，的确是极好的良配。蓝璃唇边泛笑："谢主隆恩。"加封世袭罔替一等公爵位的左相蓝池同样出列谢恩，再奉上女皇新婚大礼。

大婚之日，还政于皇。这是凤启送出印信当日与蓝家做的交易。蓝璃曾问过她，怕不怕蓝家不还？印信所在，便连玉玺之势也弱上一分。她说，不怕。蓝璃笑着点头，以己相要，以命相胁，蓝池虽爱权势，更爱自己唯一的儿子。

六

安景十年，中秋。边关营帐之中，身形颀长的蓝璃踞身而坐，面色阴郁。

"将军，鞑子耐冷耐寒，马速奇佳，一旦进入冬季，我军不攻自溃，还是向朝廷请粮增兵吧！"身边将官不知第几次提出这样的建议，俱被蓝璃否了回去。

闲时为农、战时为兵，不用朝廷一粮一粟，本就是他向女皇保证的新措之一，于此她才能力排众议，将二十万大军的全军督管之权全数交到他的手上。二十万大军，放在哪里都是一股不容忽视的力量，同时也是一个天大的重负，二十万将士，每日的吃穿用度，银两以万计投进来，连个响声都听不到。

"鞑子上马为兵，下马成民，三军后方是数以万计的牛羊，粮草用度自给自足，打消耗战，我们永远不是敌手。"蓝璃对朝廷保证的新措便是由对手的生存之道演变而来，"如今之计，只有派死士潜入敌营摸清主营所在，袭杀哈布善！"

哈布善原乃一方游牧之首，后刺死族长成为部落新任首领，短短十年间整合零散部族无数，集军十余万，不断骚扰皇朝边境，从前年春天开始更连克两城，大有挥军南下之势，此等势头虽在朝廷派出良将增援边境后便被击散，但哈布善毫无疑问已成为天凤皇朝要铲除的首要目标。

"属下这便去调隐字营高手！"将官满心无奈，为除哈布善遣出的死士无数，都是有去无回！

蓝璃轻轻一摆手："这次我亲自去。"

将官大惊失色："将军不可！"

人人都知道，蓝璃将军师从剑术大贤秦墨先生，一身本领尽得大贤真传，又青出于蓝，是皇朝当之无愧的剑术第一人！若非如此天资，又岂会在十五岁时一个照面便斩杀了素以武艺见称的乱臣摄政王？

蓝璃将军三年前得女皇力挺独排众议接下二十万大军虎符，从此二十万大军不再属女皇所有，而成了蓝璃将军的私有之物。三年间，蓝璃将军率军缴哈布善五处大营，军心振奋，势如破竹。可哈布善隐而不发，一休便是数月。如今即将入冬，即将进入皇朝将士最难熬的季节，哈布善休养生息之后又蠢蠢欲动，不拔其根源，边关永无宁日！这个道理，尽人皆知，可又有谁敢让左相唯一的亲子以命犯险？

将官于京中家人深受左相照拂，急得额间见汗。"将军日前才收到家书，八公主喜诞麟儿，将军尚未见稚子一面，岂可以身犯险？"紧急时刻，不得不以亲情相劝。

蓝璃轻笑。他也没料到，去年年底回京述职，短短几日八公主便有了身子，可见是天意如此："既有子嗣，又何须再有顾虑？"

七

安景十年，重阳。斜倚在油亮的黑木美

人榻上，凤启微眯着眼睛，精神有些不好。

“陛下，该用药了。”女官捧来红酸枝刻如意云纹的托盘，盘中搁置着一只碧色小碗，内盛着半碗药汤。

凤启睁了眼睛，清澈的眼睛通透依旧，又添了女人的风采与光华。凤启微拧秀眉捧着那碗药汁，觉得有点儿烫，便先没喝。“刚刚可是殷宁来过？”女官轻声道：“他来询问陛下的身体。”

凤启揉了揉额角：“告诉他孤没事，再将羯罗国供上的几柄奇刃赐给他，看他能否找出破解马上挥刃之法。”女帝后宫历来都是藏龙卧虎之地，三宫六院七十二君，虽不得入仕，但各职其能，殷宁精通剑艺，便著剑书，专供皇朝培养人才之用。

“定远侯又上了折子。”女官捧来一摞奏章。又是劝她善待腹中胎儿的……凤启看也不看，只让女官继续读其他的折子。

连年天灾，四境受扰，内忧外患便是此时皇朝的最佳写照！民间尚有流言，说凤启不是天命之帝，故而天降灾祸。凤启又何尝不愿善待自己的孩子？只是皇朝飘摇，她何以独善其身？近日她连觉腹中异动，时刻想着难免分神，便寻了法子让他安稳一些，却不想被封了侯爵的定远老将军知道，一天三道奏章递进来，让她善待他的外孙。

“蓝璃将军上了一道密折。”既是密折，便是只能过帝君之目。女官奉上一个封了火漆的木匣到凤启身边，而后退至五步开外。

凤启放下手中未喝的汤药，去了火漆，掀开盒子，入眼的是一截如白玉般洁白的羊骨。不过指长，骨上有孔，吹之声传十里。是哈布善的领头哨。凤启看看搁到一旁的浓黑汤药，伸手轻抚小腹：“殷将军可有折子递上？”

殷将军乃殷宁亲弟，与蓝璃共处边关军中，做急先锋。女官麻利地自其余奏折间翻出一本，打开，一眼扫过，已确定女皇欲听之事。“蓝璃将军孤身入漠，袭杀哈布善。”

“没了？”凤启问。

女官答道：“是。”

只这么一句，说明蓝璃必然重伤难愈，否则殷将军不会吝于替他报一声平安。“宣密旨。”短暂的宁静过后，凤启淡淡开口：“蓝璃将军袭杀鞑虏功在社稷，然而南疆大月国近来蠢蠢欲动，望蓝璃将军以国事为念，怒放挥军直指大月，固我国疆。南疆大月国占天堑之利，其人擅用机关，易守，难攻。”

八

安景十八年，冬至。

十余年的边疆生活、劳碌征战，让年仅二十八岁的蓝璃过早地体验了风霜加鬓的滋味。八公主多年不见丈夫，自见了面，眼泪就没停过。蓝璃自镜中看她，笑个不停：“都做娘的人了，还这么爱哭。”

八公主用小刷细致地将染料涂在他的鬓边，却发现，发丝颜色可变，可他眼中的沧桑，面上的风霜，如何能变？伸手抚过他眉间越发深刻的印痕，八公主痛哭失声：“你为女皇出生入死，她竟忍心如此待你。”

征战十年，平定四方，开疆扩土，一朝回京，即以君命不受之罪夺兵权、去官袍。

“阿纤。”隐含警示地一声低唤，看着痛哭的妻子，蓝璃飞扬的眉眼柔和了许多，“怎能非议陛下？保家卫国，固我所愿。”

“何为非议？”曾作为皇女入住内宫的女子又岂是寻常妇孺？“不提你斩杀凤妩乱臣之功，当年内忧外患，她殚精竭虑，连腹中胎儿都无法照拂，若非你及时平定北疆，皇长女如何能平安出世？

“那一年你身负重伤濒死，她问也不问一句，下旨遣你攻打南月，南月人擅机巧，二十万大军几乎全扔在那里，若非秦先生下山相救，你又岂有命在？

“十五年你奉命围缴江湖异士，其中多有秦先生故交，秦先生赶赴相求，你不管不问一剑斩下，斩断了秦先生与你十数年的师徒情谊！

“何须如此？”凤纤不解地摇摇头，“不管身为左相之子，抑或八驸马，你都有无数坦途可走！何须选一条最难的？”

蓝璃静静地听着，待她说完，他轻笑：“原来我只做了这几件事。”

诛叛臣、安内患，四海平定，北疆南月俱列皇朝版图。十八年，弹指而过。

九

庆禧宫内，一身锦绣华服的凤启缓缓扫阅着手中的奏章，女官此时进门通报，殷宁求见。

殷宁屈膝见礼，获平身后，自近侍手中拿过一封书信，将信件呈于案头。那是一封家书，已官拜正三品骁骑参领的殷家小弟给长兄写信，无意间提及福广的外乡人一夜之间多了不少。

凤启看罢书信，目光凝重。福广靠海，往年常受倭寇侵袭，今年已过大半，却无一起海警，本就让凤启心中警钟长鸣。

“让蓝璃去。”须臾之间，女帝已有决断。

殷宁提醒：“陛下才夺了他的兵权与官位。”

“能夺，就能给。”凤启唤进女官，书写圣旨。

“蓝将军从未打过海战。”殷宁说。

凤启神色漠漠：“这便让他打一次。”倭寇来自海外孤岛，一袭便退，天凤将官多不擅水战，是而多年对倭寇来往自如无可奈何。

“蓝将军为国鞠躬尽瘁，请陛下允他稍作休整。”毕竟有同门之谊，殷宁在做最后努力。

凤启反问：“倭寇可会等他？”

殷宁轻叹，凤启女皇慧眼如炬，圣明有加，唯独在对待功臣方面有待加强，偏那大功臣浑不在意，一个打得开心，一个挨得爽快。

“臣与陛下夫妻近十载，心中始终有一事不明。”殷宁微垂下疏朗的眼眸，“当年蓝、殷两族助陛下平乱立下大功，为何选我做通谊之好，不选蓝璃？”以蓝璃与女帝自小的情谊，又立下如此大功，陛下竟只纳了蓝氏两名旁支子弟，将成为皇亲国戚、获无上荣华的机会给了殷氏一族。

凤启轻掀红唇：“你是怪孤将你困在后宫，埋没了你的天分？”以殷宁之能，放出京去保不齐又是一个蓝璃。

殷宁笑笑：“臣并无此意，只是不解。”不解女帝的无情之处，不解蓝璃的甘之如饴。

女官将写好的圣旨呈上，凤启接过，一个字一个字地看下去：“因为，我不喜欢他。”越长大，越不喜欢。

十

安景二十年，除夕。冗长的宫巷之间，一队人匆匆急行。早上刚下了雪，青石砖上有许多积雪尚未来得及清理，那些人踩在积雪上，发出抓心刺耳的“咯吱”声，领头太监不断回头看顾，时不时嘱咐抬轿宫人：“小心！别惊断了将军心脉。”

用“惊”便可断去的心脉，可见轿内之人已只剩一口气！

“快快！”领头太监心急如焚，又惊又惧。惧的是若那重伤的人真死在轿里，他和这几个抬轿的宫人恐怕都得一块儿陪葬！惊的是，这样的重伤，换作旁人怕只求一死了事，这位大人却硬从福广撑回了京城，就为见女帝一面！

万幸，轿中之人被抬进庆禧宫的时候，还活着。凤启女帝着深红锦衣，听到声响也不曾从窗前回头一顾。

“今年的雪少，你多看看。”明明只剩一口气，仍是随她高兴。

凤启双肩微紧，好一会儿，才又重回原有的轻松弧度：“你为什么不死？”回过头，女帝面色如常。倒在肩舆上再无动弹之力的人轻笑：“我这便死了。”

“你为何不死在外面？”女帝语出无情。

二十年来，那个人第一次没再回避她的眼睛，一如稚子之时，与她沉淀了岁月与安静的双眸对望，“死在外面，你如何安心？”

女帝红唇轻抿：“海外孤岛，去了也便等于死了。”

“不好。”他阖眼反驳，与她留下最后一句话，“死了干净，免得天天惦记。”

明明身负重伤，吊着最后一口气千里奔波，到了京城却要先将自己打理干净，一身深蓝色直裰整齐熨帖，一如当年月桂树下风光霁月的少年，腰间的松香玉石腰带泛着细细的流光，染着自衣下不断渗出的浓稠鲜血。他再不说话，再不动弹，如他所说，这便死了。

天华女帝曾问她，启儿，你可有万分喜爱之物？

心爱之下，全情付出，是否会像她的祖母与母亲一样，深陷泥淖不能自拔？为己而伤身，那便负了整个天下！她说，她要成为比天华女帝更伟大的女皇，她的心愿，终是会达成的。

掌间传来隐约的刺痛，凤启缓缓地抬起手来，见原本握在手中的东西不知何时碎了。那是一只来自北疆草原的洁白骨笛，由于长时间的摩挲，骨笛表面早已变得光滑圆润，此时却裂成数片，尖锐的骨刺扎进她的皮肉，沾染着腥红的鲜血，几乎将她的手掌刺穿。那些血带着热度从她的掌心淌过手腕，最后没入袖中，在她白皙的腕上形成一条蜿蜒的血河，她垂下手臂，感觉着掌心的温热一点点地流失，凤启转过头，双眼不带一点儿波澜地望向窗外。

庆禧宫的院子里本来栽种了一株红梅，凤启小的时候便每日来看，什么时候开花、什么时候结果，她都清清楚楚。待长大了些，每逢雪日，她看着枝头摇曳的红梅心情便总会好一些，也总想着去看。时间长了，她命人将那些红梅剪下，可今年剪了，明年又长回来，每当飘雪之时，她总能见到窗外素净的天地里那抹颤人心扉的红，让人心思飘摇。

今年总算没有了，窗外素白一片，再无半点儿颜色。早在第一场雪时，她让人挖了那棵树。

由爱故生忧，由爱故生怖，若离于爱者，无忧亦无怖。

心间风波由此定。轻

读编会

上班的时候哥想要买一个烤红薯作为早饭，正好刚出地铁就看到一个大爷在卖烤红薯，简直就是 lucky day（幸运日）啊！不知道爱卿们在买烤红薯的时候有没有用手指戳红薯的习惯……哥发誓，哥真的没有用力，在伸手戳烤红薯的时候把烤红薯戳破了，最后不得不买了一个超大的，这回真的是糗大了……

主持人◎半夜抽筋睡不着觉的大野

流木：周末“大战”小恶魔

周末的时候亲戚把她家的小孩儿交给我暂时看管，流小木觉得我天生就很讨小孩子喜欢！你们想啊，小孩儿都喜欢吃东西吧，我也很喜欢；小孩子都很喜欢看动画片吧，我也很喜欢，这样一想我觉得我就是个天生的孩子王啊！立即满口答应了下来，拍着胸脯保证说：“没问题，交给我吧！”结果，我还是太天真了，周末的噩梦刚刚开始。

亲戚家的小孩儿的小名叫东东，年龄：恶魔的 7 岁……我眼看着他一脸乖孩子的表情站在门口跟妈妈挥手说“拜拜”。之后转头看着我面无表情地说：“我要吃冰淇淋。”现在的小孩子变脸都这么快吗？我感觉我的身心受到了极大的伤害……这之后出现了“瓜子要剥好壳啊，我只吃瓜子仁。”“为什么牛奶不放蜂蜜啊？我都是喝放蜂蜜的啊！”“你下棋怎么这么烂？跟你下棋好无聊。”“都多大了还看动画片，我们班都没有看动画片的了……”

那些说小孩子很可爱很天真很萌的都站出来，咱们来谈谈人生！

这种情况一直持续到东东的妈妈来接他回家，我还要收拾一屋子的瓜子壳、零食袋、纸飞机，还有滚得到处都是的弹珠……以后再也不想照看小魔王了，哭……

米修：再也不买手办了

攒了好几个月的工资终于入手了期待很久的“深海少女 MIKU”手办（具有收藏价值的人物模型）！啊，MIKU 简直是我的女神。（大野：对着一个塑料玩偶流口水，难怪你没朋友！）整个手办拿到手里的感觉简直棒棒嗒，至于某人的言论那绝对是赤裸裸的嫉妒。因为这款手办除了 MIKU 本身之外，还有底座和一些珊瑚装饰，外包装的盒子就已经很大了，我横看竖看发现我的手办展示柜根本塞不进去。于是一咬牙一跺脚买了一个长方形小鱼缸，还顺手买了一些亮晶晶的石头做装饰。反正手办的主题就是“深海”，用鱼缸做展示柜也算是贴合主题。但是！万万没想到！如果上天再给我一次机会，我一定不会手贱去买那个鱼缸！

我吭哧吭哧地把鱼缸搬回家，又里里外外擦了一遍，之后才把手办放了进去，然后开开心心地去上班了。等到晚上下班回家，出现在我面前的那些个热带鱼是怎么回事？而且我爸还站在鱼缸前面撒着鱼食在喂鱼……

我大吼一声：“老爸！住手！”

老爸皱着眉放下鱼食说：“为什么叫那么大声？”

“老爸，你怎么在我的鱼缸里养鱼！”

“鱼缸不养鱼摆着干什么？”

嗯……他说得好有道理，我竟然无法反驳……但是我那四位数的手办啊，我觉得整个心都在滴血。

“老爸，你没看到我这鱼缸里面还有个手办吗？”我都快哭出来了。

“哦……那个塑料小人儿啊，不是背景吗？你摆得还挺好看的嘛！”

我想要静静，别问我静静是谁，我不想给你们寄刀片……

大野：士可杀不可辱

今天编辑部聊起上学的时候有没有当过班委，哥觉得这件事情哥最有发言权，想当年哥在班级里也是个呼风唤雨、叱咤风云的……咳，语文课代表。那边偷笑的米修你闭嘴，语文课代表也是很伟大的好吗？现在回想起来，我的班干部史简直可以谱写成一部《甄嬛传》外加一部《无间道》。初中的时候因为收作业偷偷打过体育委员的小报告，结果这家伙不知道怎么就知道了。在体育班委的安排下那年的校运动会，哥就在不知情的情况下“被”参加了一百米跨栏！这是同班同学能干出来的事吗？那可是跨栏好吗？那栏杆立起来到哥的腰啊！像哥这种能动口坚决不动手的文人怎么可能跳得过去？不是哥害怕啊，都说上帝关上一扇门必然会给你打开一扇窗，哥觉得自己的体育天赋压根儿就没满点过。

不过士可杀不可辱，一个跨栏不能难倒哥！为了让那个体育委员看看哥的决心，哥毅然顶着班里 60 多号人的眼神冲了上去，之后一路踹倒跨栏的栏杆走到了终点！

过程如何不重要（挥手），起码哥觉得那一刻自己绝对是万众瞩目的，嗯！

朱颜：不要挑战麦霸的尊严，哼

最近很多爱卿好奇小编们平时都有什么减压放松的娱乐活动，其实小编们都比较宅，像登山游泳这类消耗大量卡路里的运动我们都不行的啦！不过大家倒是有个共同的爱好，那就是去唱歌！正好，上周末大家刚好时间可以凑到一起，于是一群人又浩浩荡荡地进了歌厅的包房。米修自称是中华小曲库，但是他的曲库绝对是 1.0 版本的，有三年都没更新了，大野的最爱就是《最炫民族风》，每次去唱歌，“苍茫的天涯是我的爱”必然是作为开场曲播放的。不知道这些家伙是不是在来之前就串通好了，一连过了十多首歌都没有到我的歌，作为麦霸的我简直不能忍。力压群众跑到点唱台那里护住屏幕喊：“你们都住手！该我唱了！”结果米修摆摆手说：“每次你都一首接一首，唱起来就没完，这次只能点一首啊！”

一首就一首！你们太小看麦霸的实力了！

结果，我选了一首《劲歌金曲》，时长：11 分钟！

非非：“就不应该把麦克风交给你……”

凉小葵：好心办了坏事

最近编辑部来了一个新丁，是个实习生，关键还是个长得很漂亮的小女生，小实习生来的第一天就一脸怯生生地偷偷问我：“请问……哪一位是大野呀？”哎呀！原来她是一个大野的粉丝。我悄悄给大野留言说：“大野，我遇到你的小粉丝啦！”结果大野很骄傲地说：“哈哈……哥的帅气果然无法抵挡，谁呀？”

“就是新来的那个小实习生啊！”

“嗯……我就知道群众的眼睛是雪亮的，我觉得她可以跟着我一起学校稿。”

听完大野吹牛，我戳了戳小实习生的 QQ 号，告诉她编辑部进门前排的位子就是大野的。按照剧本，接下来就应该是“偶像，给我签个名吧”！

可惜我猜中了故事的开头却没猜中结尾。

大野的位子跟米修是挨着的，所以满怀即将看到偶像的激动心情的小实习生一把握住米修的手说：“你就是大野吧！其实长得很帅嘛。”

大野一口茶喷了整个屏幕，慢慢地说：“我才是大野……”

就因为这个，米修更加认定自己是编辑部最帅的人了，我好像做了什么不得了的事情。另外，大野不理我了，简直太没有同事爱了，我应该如何帮助他摆脱这个阴影？急，在线等……

非非：一个美丽的错误

其实一开始接到初中同学聚会的通知，我是拒绝的，我跟发起聚会的班长讲：“我实在是忙得脱不开身啊！”但是后来班长大人发话说：“你还记得咱班当年最帅的 ×× 君吗？他今天从国外回京，说一定参加咱们聚会，你要是忙，不来也行。”

听完这话，我火速地把手头的稿子扔给了大野与米修两个人，叫了辆出租车就奔赴聚会地点了。大野和米修还说我“重色轻友”，他们懂什么？我这是和老同学联络感情！（米修：还说不是去看帅哥？）

“非非，在这里！”我刚进酒店就看到班长，旁边还坐着一个人……都说岁月是把杀猪刀，但是这把刀丝毫没有影响到 ×× 君的容貌啊，反而觉得他陌生又英俊，是不是在国外整容完了回来炫耀的啊？ ×× 君客气地转过头对我微笑了一下。哎哟，顿时我的心就融化了，脑海里闪现和 ×× 君未来同游欧洲十二国的浪漫画面……我迅速飞奔过去坐在他身边，喋喋不休地开始回忆初中时代的青涩往事，该英俊帅哥可能是因为我的变化太大（当然是变美），事业有成又热情，对我不断报以微笑……

此时，门又开了，一个萌熊一样憨厚、可爱、庞大（？）的男生走了进来，拖着大行李，风风火火地跟我们每个人熊抱了一下，我的脑袋上还挨了他一记栗暴，接着就听见一个巨大的嗓门发出的声音直冲我耳朵：“飞机倒是没误点，你们北京的机场高速和三环四环堵爆了好吗！”其他同学都哈哈大笑迎了上去，呼喊着：“×× 就等你了！”

……

等等！我是失忆了吗？萌熊大哥是 ×× ？这变化也太大了吧？那我眼前这位陌生的英俊帅男是谁？是谁？是谁啊？

这时不远处有人推门进来，叫了一个名字，帅哥站起来和班长说了几句话，还很礼貌地再次对我微笑了一下就离开了。我颤抖着问班长：“这是谁……”班长摸摸下巴说：“嗯……这是我大学同学，在这家酒店做副总，我跟他说今天我过来有个聚会，他就过来顺便看我一下，没想到你这么热情……我都没好意思拦你……”

我的天哪！给我上五斤包子先让我撑死自己吧！丢人丢到了姥姥家！

我不甘心！纵然我认错了人，总不能就这么让他消失在茫茫人海吧！当我再次要求班长攒个私人小饭局，叫上心仪的帅哥，也捎带着我的时候，班长同情地看着我，掏出手机朋友圈，打开一张照片，对我说：“这是我同学的闺女，今年两岁了……可爱吧……”

故事的结尾很平静，就是我灰溜溜地回到公司，开始了我的加班生活！哼，明年我一定要找到属于我的真正的幸福，忘记这场美丽的错误！轻

女巫店

主持人◎“春困症”晚期患者凉小葵

天气一天天转暖，柔柔的阳光洒在身上，真想变成一只每时每刻都在阳光下打盹儿的猫。

回想起来，每个兵荒马乱准备上班的早上，面团儿还在睡它的回笼觉；每个精疲力竭回到家的傍晚，我就要充当它的“喂食器”和“铲屎官”。最可气的是，我想抱抱它的时候，它就摇一摇尾巴，留给我一个不可一世的背影……

各路小宠现已凭借着爆表的萌值，逆袭成为高高在上的“主子”。爱卿们也有关于养宠物的心酸血泪史吗？请写信告诉我，让我知道我不是一个人……

本期就来玩玩和萌萌宠物有关的有趣测试吧！

一、都说女生像猫，你我的身体里可能也藏着神秘的“猫元素”哦！是优雅可人还是神秘孤傲？

接下来就来看看你是哪类猫小姐吧！

1. 认为男生都是外貌协会的？
是——2
不一定——9

2. 男生的哪种性格，让你无法接受？
小气，不大方——3
大男子主义——14

3. 哪种颜色你认为最具有神秘感？
黑色——4
紫色——11

4. 认为男女生之间应该保持适当的距离，不应该毫无顾忌？
是的——5
不是——11

5. 若派你前往马戏团工作，你会选择以下哪种表演秀？
小丑——6
驯兽师——7

6. 会与异性倾诉你的苦恼吗？
会——7
不会——16

7. 哪种同学会让你敬而远之？
严以待人，宽以对己的同学——8
爱传播八卦消息的同学——15

8. 朋友有了喜欢的人，却瞒着你没说，你会很不爽？
是的——A
不会——16

9. 从别人口中听到好朋友的绯闻，你会怎么做？

直接向好朋友问个明白——10

想办法暗中调查，或向别人打探——17

10. 路上看到漂亮可爱的女生，你也会觉得赏心悦目，多看几眼？

当然——3

不会——18

11. 同性缘和异性缘都不错？

是的——12

不是——7

12. 小学时期已有心动的感觉？

是的——13

没有——7

13. 有肌肉的男生更吸引你？

是的——B

不一定——8

14. 认为即使是死党，钱也要分清楚，所以不会轻易借钱给朋友？

是的——4

不会——10

15. 在学校被欺负，就算对方比你强势，仍会动脑筋有技巧地回击？

是的——C

不会——D

16. 只喝甜饮料，不喜欢口感苦涩的茶？

是的——E

不是——15

17. 很中意的一件物品，即使价格远远超过你的预算，还是会攒几个月的钱买下来？

是的——4

不会——3

18. 拥有好声音或唱歌好听的男生会特别吸引你？

是的——12

不会——11

A：波斯猫

波斯猫——猫指数 70%

如波斯猫的你，做事和读书通常都是按部就班，从小就是让父母师长放心的乖小孩儿。被父母呵护着的你，气质和家教都为上成，不过看似乖乖的你，却偷偷羡慕有着野豹般叛逆和大胆的人，很想成为他们的朋友。

小提醒：你常常想得多做得少，担心自己表现得不够优秀，最后却什么都没做。其实大不了跌倒后重来，别老挂记着薄薄的面子，放手去展现自己吧！

B：凯蒂猫

凯蒂猫——猫指数 90%

拥有温柔笑容，如同和熙阳光的你，性格单纯善良，会主动替他人着想。看到别人有困难或者不开心，你的同情机制就会启动，主动伸出援手；当看到别人不再苦恼，你会感到很欣慰；而当你遇到挫折，会先自己想办法解决，不想劳烦他人。男生女生都会被你的甜美征服。

小提醒：爱心充沛的你，对别人付出时要量力而为，千万不要硬撑。同时也要想想自己是不是太过关心别人，甚至达到“鸡婆”的程度，有些人会对你的关心感到压力，更有人会吃定你的好心肠，依赖你为他做这做那。

C：美洲豹

美洲豹——猫指数10%

你是强势有个性的美洲豹少女，你聪明、自尊心强，兼具男女的个性魅力，血液中流淌着反传统的因子。你知道没有凭空掉下来的好运，想要什么都要靠自己去争取，当然你也觉得靠自己努力得来的果实更为甜美。人生对你来说是一道道的关卡，你会用野心和耐力不断奋斗，超越过去的自己。

小提醒：很在乎保护自己隐私的你，不太谈论自己，和众人会保持一段距离。你富有神秘感的气质，常常会勾起众人的好奇心。属豹不属猫的你，可没有那么容易亲近，大部分时候想靠近你的人，都会知趣地离开。

D：暹罗猫

暹罗猫——猫指数50%

你是暹罗猫型的女子，有智慧、懂技巧，也很重视自身的魅力，会花很多时间进行保养，也时常充实自己的大脑，使自己言之有物。温柔也是你的武器，让别人为你的美貌和温柔倾倒，但别人一旦触犯了你的原则，你就会伸出暗藏的利爪，给他们好看，他们才会惊觉你并非乖乖的凯蒂猫。

小提醒：外柔内刚的你，独立要强，习惯任何事都亲力亲为，并且要求所有事都做到最好。可是人没有分身，放松自己，否则最后只会累死自己。

E：虎斑猫

虎斑猫——猫指数30%

你是直率的虎斑猫，活力似乎永远用不完，即使已经疲惫不堪，只要是去吃喝玩乐，你的精神就又回来了。你是个积极主动的女生，敢说敢做，你无法接受不合理的事情，会直接说出自己的想法。你的个性和胆量，让身边的人都很佩服，把你当偶像一样膜拜。

小提醒：你没什么耐性又很急躁，是标准的“三分钟小姐”。你时常在开头冲得很快，把其他人远远甩在后面，却不会持续到最后一刻。急躁的性格会太快泄露你的底牌，让别人把你看个透。如果你能学会沉住气，成功会很快来到你身边。

二、喵星人固然可爱，但它们那忽冷忽热的性格也不是所有人都能忍受的。据说不同性格的人，适合养的宠物也不同哦。（面团儿你等着，“铲屎官”要有新爱了，你就要失宠了！）你适合养只什么宠物陪伴呢？

饥饿的你面对桌子上丰富的食物，会选择先吃哪种？

A. 牛排
B. 米饭
C. 沙拉
D. 汤
E. 甜点

A. 牛排

喵星人。你们有着同样高贵、优雅的气质，当你需要安静的时候，它会静静地待在一边；你高兴的时候，它会赖在你的腿边撒娇。（唉，别人家的猫……）

B. 米饭

汪星人。它们充满活力并且坚毅勇敢，对主人非常忠心。对生活认真且脚踏实地的你，非常适合拥有这样的“朋友”。

C. 沙拉

乌龟。它们胆小可爱，能够忍耐饥饿，非常适合陪伴比较粗心的你，偶尔忘记喂食它也不会怪你哦。

D. 汤

宠物猪。它们憨态可掬，无论是看着它们呼呼大睡，还是带它们去散步玩乐，都会让你觉得乐趣无穷。

E. 甜点

小白兔。温柔可人的你很适合养一只乖巧的小白兔。这种干净、温和的小宠物最能让你爱不释手。怪

乐漫社

主持人◎时尚潮人流小木

前阵子，好闺密给“万年嫁不出去星人”流小木介绍了一位据说年轻有为、帅气多金、在时尚杂志社担任主编的男青年。为了能够以最好的面貌与对方见面，流小木最近便迷上了时尚。穿衣搭配向朱颜求教，化妆发型自然要找小葵，言谈举止也在米修和野哥的教导下变得fashion（时尚）起来，各种流行语张口就来。为了给各位爱卿们看看我的努力成果，本期“乐漫社”，流小木决定就结合这些年度的流行语，为大家做一期特别的动漫盘点，大家鼓掌！

本期主题：动漫流行语哪家强！

流行语一：小鲜肉
代表作：《Free！》（自由男子游泳部）
代表人物：七濑遥

不知从什么时候起，“小鲜肉”这个词悄然兴起，甭管是体育界还是娱乐圈，但凡出现这个词，必定说明广大妹子们的眼福来了——新鲜小帅哥出炉啦！在二次元的动漫世界里，如果说最抢眼的小鲜肉，首先想到的必定是《Free！》里的一众美少年啦，无论游泳时的帅气身姿，还是秀丽无双的脸庞，都堪称完美的“小鲜肉”典范！不过米娜桑可能想问，这么多美少年，为啥单独点名了七濑遥？对此，流小木只想说一句话：因为我最喜欢七濑遥呗，这就是身为主持人的特权啦！叉腰笑！

一个偶然的契机，人类和妖梦之间出生的少年神原秋人，与在学校屋顶打算跳楼的少女栗山未来相遇了……以上，是故事简介。听起来是不是暗涛汹涌，仿佛一场恶战一触即发？别担心，虽然背景听起来大气磅礴让人心头一紧，但其实整部动漫都在卖萌！不得不说，在这个动漫作品不卖萌就没法活的年代，《境界的彼方》卖萌卖得恰到好处，而且完全不让人讨厌！不信，打开你的微信表情包，里面就有我们软萌可爱、毫不扭捏造作的萌妹子栗山未来哦！平日里戴着一副眼镜，总是紧张兮兮，生起气来却意外果断，一句“我不高兴”就能搞定一切，这样的栗山未来，“萌萌哒”教主封号非你莫属！

流行语二：萌萌哒
代表作：《境界的彼方》
代表人物：栗山未来

流行语三：土豪，我们做朋友吧

代表作：《Fate Zero（命运长夜前传）》

代表人物：吉尔伽美什

其实，在提名吉尔伽美什的时候，我差点儿忘了他的名字怎么写。看完《Fate Zero》的亲们都知道，他的大名已经很少有人提及了，取而代之的是一个亲切可爱、朗朗上口，还充满土豪感的昵称——金闪闪！遥想当年《FZ》刚刚播出，金闪闪一出场，所有人都呼吸困难了，流小木当时就好想拿个麦克风高唱："摇晃的红酒杯，那不寻常的美……"之后又发现金闪闪同学不单颜值高、气场足、技能多，小金库里还收集了世界上所有的财宝。一瞬间，流小木麦克风也不想要了，只想扑上去紧紧握住他的手：金闪闪，我们做朋友吧！

流行语四：这片鱼塘被我承包了

代表作：《Dramatical Murder（戏剧性谋杀）》

代表人物：诺伊兹

遥想当年，"霸道总裁"一句"我要让全世界都知道，这片鱼塘被你承包了"，引得多少人面（疯）红（狂）心（吐）跳（槽），但想来如果换成金发碧眼的"德国小鲜肉总裁"诺伊兹，流小木大概也会像剧里的女主角一样眼冒红心吧？只可惜诺伊兹空有一副霸气总裁的资质，却没有那份儿心情，浑身上下写满了"任性"两个字，那一句轻描淡写的"反正我有的是钱"，真是比一百个鱼塘加起来都要有分量！又高又帅又有钱，脑袋好使一片痴情，这才是霸道总裁正确的打开方式吧？诺伊兹总裁，你家缺女佣吗？

流行语五：不作死就不会死

代表作：《机动战士 Z 高达》

代表人物：卡缪

"不作死就不会死"这句流行语，大家大概都不陌生，但它到底出自哪里，肯定有很多亲不知道！其实这句话出自 1985 年（那时流小木还没出生）的动漫《机动战士 Z 高达》，卡缪在击落一台剑鱼战机时说的台词：不抵抗就不会死，你为什么就不明白呢？现在看来，这句名言当初在动漫里听着还挺霸气，如今却硬生生被恶搞成了这样……不过，即使是作为恶搞通用语，这句话依然透着浓浓的智慧——想想二次元世界里的反派们，分明每一个都强大无比，却非得为了主角的光辉形象做一些作死的事情，瞬间就变成了人家打怪升级的踏脚石。对此，我只能长叹一句：肉都是吃出来的，死都是作出来的啊……轻

段王爷

主持人◎梳起双马尾的凉小葵

要说办公室我最佩服的吃货，就是流木同学了。她的至理名言就是——能吃的决不浪费。她的口头禅是——贴春膘，贴夏膘，贴秋膘，贴冬膘，贴贴贴！她既能在小馆子里吃得畅汗淋漓，也能在高级餐厅里吃得优雅有礼，她不盲从潮流，也不轻信大众，仅靠一根舌头就成了我们办公室神一般的存在。

每当有人看到流木同学“塞”东西进嘴露出惊讶神色时，她总是羞涩地说“还差得远，差得远”，我一直以为是她太“谦虚”，直到有一天她给我发来几张截图……

#什么是神级吃货#

1.“阿姨，你在做什么好吃的？我能尝一口吗？”

“我在熬中药！”

“那我尝一小口。”

……

2. 一寸土地都不能丢，谁知道会长出什么好吃的！

3. 男生没有任何原因要和女生分手，女生非常生气，手里拿着奶茶，大吼道：“要不是奶茶好喝，我真想泼你一脸！”说完，她抱着奶茶头也不回地走了……

4. 吃货的一生：一开始——谁给我买个甜筒我就跟谁走；后来——谁给我买个全家桶我就跟谁好；再后来——谁请我吃顿自助餐我就当谁女朋友；最后——谁不嫌我胖我就嫁给谁！

5.“吃饱了吗？”

“饱了。”

“那还吃吗？”

“吃！”

6. 小学有位对花生过敏的同学，某天午餐时那个孩子突然站起来大声宣布自己受不了了，不论怎样一定要尝尝 Reese（一种花生酱糖）的味道。说完他奋力咬了一口 Reese，紧接着告诉老师给医院打电话。

看完以上，我深深地觉得流小木同学在吃货的道路上任重道远啊！如果不同血型的吃货凑在一起吃！吃！吃！又会产生什么化学“笑”果呢？快来一起感受下！轻

青春范

主持人◎请叫我影视剧达人流小木

最近有爱卿给流小木留言说：“流小木同学，你的爱好是不是吃、吃和吃？”真是太没有礼貌了，虽然流小木我是个吃货，但是我的爱好怎么可能都是吃呢？我的爱好明明是吃、吃和看电视剧！（米修：有区别吗？）说起电视剧，近几年很多导演都选择用改编的方式拍电视剧，虽然这种二次创作的方式并不是首创也不时髦了，但是总有那么几部电视剧很戳流小木的笑点，下面就让电视剧小达人流小木跟大家讲讲那些匆匆而过的电视剧……

Part. 1 五毛钱特效与一块钱特效的区别

虽然电视剧大部分的时候比不上电影的投资金额巨大，但是电视剧也是需要后期特效制作的，一部电视剧的后期特效做得好不好，直接决定了这部电视剧吐槽度的高低！

《白衣校花与大长腿》

是的，爱卿们，你们没有看错，这个题目稍显恶俗的名字真的是一部电视剧，而且它已经红红火火、顶着众多观众吐槽拍完了第二部。流小木是被朋友疯狂推荐这部剧的，看了三分钟之后流小木表示我的脸已经笑僵了。这部剧一直在网络上播放，据说这是一部“灰姑娘与王子”错综复杂的爱情故事……之所以说据说，是因为流小木从看到那 PS（修图工具）入门级水平的开篇特效就一直“哈哈哈”到片尾字幕。放几张剧照大家感受一下——

《石敢当之雄峙天东》

这部开播于 2015 年的魔幻电视剧被观众们吐槽得也很魔幻，不过流小木觉得这部剧的后期已经很努力地在有限的成本内做出最好的特效了，虽然还是被评为“都 2015 年了，就不要用游戏的特效了，看着都吓人”。石敢当的故事流小木从小就听长辈们讲过，所以对电视剧的期待值也就很高，虽然被特效雷得外焦里嫩，但是流小木追剧的热情不减。而且这部剧的最大看点不应该是五百年前大闹天宫的孙大圣真的坐到了玉皇大帝的座位上吗（喂！震惊照见下图！），特效这种细节就不要在意啦！

Part. 2 来自三次元的恶意

有些翻拍的电视剧无论是演员、编剧还是内容并不是不好，只是原著剧情突然变成了活生生的立体的三次元剧，就总让人有一种中二病（比喻青少年过于自以为是的特别言行）还未痊愈的感觉……

《美少女战士SAILOR MOON》

“我要代表月亮，消灭你们！”这句话应该是很多爱卿童年的回忆，在2014年《美少女战士》又重新制作了新版动画，掀起了一阵水手服热。不过《美少女战士》的电视剧版却是早在2003年就开始播放了，全剧49话放送终了后又发售了特别编Video（录像带）两卷。一想到一个真人版的夜礼服假面叼着一支玫瑰在月亮下粲然一笑（抖）……能看完整部真人剧的观众绝对是真爱！

《哥哥扭蛋》

“你没有哥哥吗？真是太可怜了，我送你一个吧。”这都是什么台词……《哥哥扭蛋》是2015年1月冬季放送的奇幻深夜档电视剧，该剧讲述了普通小学女生美子通过能召唤出哥哥的扭蛋机寻找最理想的哥哥，在召唤出了S级的哥哥后生活发生改变的故事。按照一集出现一个哥哥的频率来看，流小木深深为主角家里房子够不够用而担忧……这部电视剧的原著角色走的是傻甜白、萌帅酷的路线，看原著的时候流小木曾经真的幻想有个哥哥一定是很好的一件事！但是当理想照进现实，真人版动不动就来一段哥哥们的歌舞秀是怎么回事？编剧，你的下限呢……

Part. 3 万万没想到

《金刚葫芦侠》

自从上海美术电影制片厂传出要拍摄真人版的《葫芦兄弟》的消息之后，流小木整个人都觉得不太好，而且它竟然走的不是儿童神话故事片，是偶像片！大家能想象出七个帅哥头顶葫芦、身穿树叶装饰的紧身衣的形象吗？那画面简直太美，连特效都不用加就可以吸引全部观众的吐槽火力啊！如果真的要拍，流小木第一个推荐“百变明星”王祖蓝演大娃！轻

意林品牌书系推荐

意林女生文学·《小小姐》品牌书系 为中国女生量身打造，纯正、阳光、向上，优质女孩喜爱的文学品牌

萌灵小说系列

《悠莉宠物店Ⅰ》	18.80
《悠莉宠物店Ⅱ》	18.80
《悠莉宠物店Ⅲ》	19.90
《悠莉宠物店Ⅳ》	19.90
《悠莉宠物店Ⅴ》	19.90
《悠莉宠物店Ⅵ（大结局）上》	19.90
《封印之书·九尾狐》	19.80
《封印之书·独角兽》	19.80
《玛丽晴异闻录》	19.90
《薇妮天使旅行》	19.90
《苍岛有风①·人鱼过境》	19.90
《萌物委托社①世外萌龙天然呆》	22.80

冒险励志系列

《迷藏·海之迷雾》	18.80
《迷藏Ⅱ·月影迷踪》	19.90
《迷藏Ⅲ·幻梦迷城》	19.90
《花与梦旅人Ⅰ》	19.80
《花与梦旅人Ⅱ》	19.90
《花与梦旅人Ⅲ》	19.90
《花与梦旅人Ⅵ（大结局）》	19.90
《花与守梦人①·大公的苏醒》	19.90
《花与守梦人②·占星师的眼泪》	19.90
《萌侦探纪事Ⅰ》	18.80
《萌侦探纪事Ⅱ》	19.80
《萌侦探纪事Ⅲ》	19.90
《萌侦探纪事Ⅳ（大结局）》	19.90
《迷宫街物语》	19.80
《艾蜜儿宇航日记》	19.90

幸福蔷薇系列

《蔷薇少女馆Ⅰ》	18.80
《蔷薇少女馆Ⅱ》	18.80
《蔷薇少女馆Ⅲ》	19.80
《蔷薇少女馆Ⅳ》	19.90
《蔷薇少女馆Ⅴ》	19.90
《蔷薇少女馆Ⅵ》	19.90

浪漫古风系列

《七寻记Ⅰ》	18.80
《七寻记Ⅱ》	19.90
《七寻记Ⅲ》	19.90

果绿年华系列

《蝴蝶飞过旧时光》	19.80
《第一女执政官》	19.90
《风之少女琪琪格》	19.90
《霓裳小千金》	19.90
《两生花开时》	22.00
《风云俏萝莉》	19.90

月舞流光系列

《前方江湖请绕行》	19.90
《三色堇骑士之歌》	19.90
《守望彼岸星海》	19.90

萌淑女驾到系列

《萌淑女驾到之美女训练营》	19.80
《萌淑女驾到之天使候补生》	19.80
《萌淑女驾到之人鱼的信奉》	19.90
《萌淑女驾到之天鹅公主成人礼》	19.90

星愿大陆系列

《星愿大陆①·天命巫女》	19.90
《星愿大陆②·白银蔷薇》	19.90
《星愿大陆③·幻月手杖》	19.90
《星愿大陆④·永恒星钻》	19.90
《星愿大陆⑤·夜之王子》	19.90
《星愿大陆⑥·晨光微曦》	19.90
《星愿大陆⑦·琉光暗影》	19.90

浪漫星语系列

《处女座：完美年华初相见》	20.90
《天蝎座：假面黑桃Q》	20.90
《双子座：闯进你的孤单星球》	20.90
《巨蟹座：追梦的水晶鞋》	20.90
《天秤座：优雅走过下雨天》	20.90
《白羊座：裙摆是花开的地方》	20.90
《摩羯座：寄给青春一座城》	20.90
《双鱼座：浪漫满分灰姑娘》	20.90
《金牛座：微笑天使倔强心》	20.90
《狮子座：再会，骄傲小时光》	20.90

淑女风尚馆·气质养成系列

《我要我的淑女范儿》	18.80
《优雅女孩的秘密》	18.80
《清新森女在路上》	18.80
《俏女孩的甜美主义》	18.80

小MM迷你爱藏本

《蝴蝶停在十六岁》	18.80
《焦糖玛奇朵天使咒》	18.80
《那一年，花开半夏》	18.80
《雨季微凉时》	18.80
《只穿一天公主裙》	18.80
《月色银蔷薇》	18.80
《傲娇公主的美丽回旋》	18.80

《花田明月照年少》 18.80
《亲爱的小气鬼》 18.80
《青春如诗，静谧花开》 18.80

重磅作家系列

《薄荷香女孩》 19.80
《不说再见好吗（上）》 17.90
《不说再见好吗（下）》 17.90
《风走过树林》 17.90
《忆棠的夏天》 17.90

唯美新漫画系列

《钢琴小淑女（第一季）》 17.90
《钢琴小淑女（第二季）》 17.90
《钢琴小淑女（第三季）》 17.90
《钢琴小淑女（第四季）》 17.90
《钢琴小淑女（第五季）》 17.90
《最佳女主角（第一季）》 18.80
《七寻记·鎏金龙纹镯（漫画版）》 15.00
《七寻记·夔龙黄玉佩（漫画版）》 15.00
《天鹅座·鹅黄》 18.80
《天鹅座·柳青》 18.80
《天鹅座·冰蓝》 18.80
《天鹅座·禧红》 18.80
《天鹅座·蜜粉》 18.80
《天鹅座·浅紫》 18.80

绘色缤纷系列

《淑女绘·花的学校》 22.00
《淑女绘·童话诗人》 22.00
《淑女绘·雪花的快乐》 22.00

日光倾城系列

《巧克力色微凉青春Ⅰ》 20.90
《巧克力色微凉青春Ⅱ》 20.90
《巧克力色微凉青春Ⅲ》 20.90
《浅蓝色时光舞步Ⅰ》 20.90
《女生宿舍Ⅰ·南栀向暖》 20.90

纯美小说系列

《少女果味杂志书①：甜心草莓号》 14.80
《少女果味杂志书②：蜜桃慕斯号》 14.80
《少女果味杂志书③：焦糖布丁号》 16.80
《少女果味杂志书④：香草海绵号》 16.80
《少女果味杂志书⑤：可可森林号》 18.80
《少女果味杂志书⑥：果果米苏号》 18.80
《少女果味杂志书⑦：香橙泡芙号》 18.80
《少女果味杂志书⑧：樱桃芝士号》 18.80
《少女果味杂志书⑨：蓝莓布朗号》 18.80
《少女果味杂志书⑩：薄荷方糖号》 18.80
《少女果味杂志书⑪：樱花紫苏号》 18.80
《少女果味杂志书⑫：柠檬红茶号》 18.80
《少女果味杂志书⑬：红豆奶昔号》 18.80
《少女果味杂志书⑭：芒果西多号》 18.80

蝴蝶蓝系列

《蝴蝶蓝（第一季）·千面桃花姬》 19.90
《蝴蝶蓝（第二季）·紫莲山庄》 19.90
《蝴蝶蓝（第三季）·落跑小郡主》 19.90

班花朵朵系列

《班花朵朵①·我是艺术生》 20.90
《班花朵朵②·电影初体验》 20.90
《班花朵朵③·偶像保卫战》 20.90

现在是女生时代系列

《现在是女生时代！》 28.80
《现在是女生时代！②·我们闺蜜吧》 28.80
《现在是女生时代！③·女生都是小怪物》 28.80
《现在是女生时代！④·嗨，女孩，你好漂亮》 28.80

小 MM 六周年主题书

《淑女王冠》 29.80

欢乐联萌系列

《养只萌呆镇镇宅①》 19.90
《养只萌呆镇镇宅②》 19.90
《养只萌呆镇镇宅③》 19.90
《养只萌呆镇镇宅④》 19.90
《养只萌呆镇镇宅⑤》 19.90
《萌师上线，顽徒请签收①》 19.90
《千金当道（一）》 19.90

天使在身边系列

《路过心上的哈士奇》 20.90
《当心！浣熊出没》 20.90
《萌动之森①·雪地精灵伶鼬》 20.90

公主天下系列

《清河公主·洙宛传》 22.80

小 MM 花漾青春版

《少女说①·花醒了》 22.80
《少女说②·青春里的不速之客》 22.80

极致小清新系列

《女孩子的清甜小说绘①·淡白栀子号》 20.90
《女孩子的清甜小说绘②·浅草茉莉号》 20.90
《女孩子的清甜小说绘③·鸢尾蝴蝶号》 20.90
《女孩子的清甜小说绘④·冰蓝花楹号》 20.90

意林·轻文库品牌书系

倡导校园小说阅读新潮流

绘梦古风系列

《公主驾到》 23.80
《花颜错》 23.80
《山寨世家》 23.80
《倾世迷迭书》 23.80
《凤九卿（一）》 23.80

《凤九卿（二）》	23.80
《凤九卿（三）》	23.80
《凤九卿（四）》	23.80
《凤九卿（五）》	24.80
《凤九卿（六）》	24.80
《美人千千泪西楼》	23.80
《郡主驾到·壹》	24.00
《郡主驾到·贰》	24.00
《木兰帝（上）》	23.80
《木兰帝（下）》	23.80
《俏娇小仙闹皇宫》	23.80
《连城赋（上）》	23.80
《连城赋（下）》	23.80
《千凰令（一）凤鸣倾城》	20.80
《千凰令（二）情牵一线》	20.80
恋之水晶系列	
《致淡玫瑰色的你》	22.80
《宁负流年不负君》	22.80
《世界第一的假面殿下》	25.00
《脱线萌星易容记》	25.00
《脱线萌星易容记Ⅱ》	25.00
《指尖花凉忆成殇》	22.00
《欢歌犹在意微醺》	22.00
《欢歌犹在意微醺Ⅱ》	22.00
《绯色樱花圆梦纪Ⅰ》	23.80
《见习保镖呆呆兽》	25.00
《可可少女梦想纪》	25.00
《后天男神Ⅰ》	25.00
《后天男神Ⅱ》	25.00
《后天男神Ⅲ》	26.80
《世界第一的公主殿下Ⅰ》	23.80
《世界第一的公主殿下Ⅱ》	23.80
《世界第一的公主殿下Ⅲ》	26.80
《挥手告别小时光》	23.80
《少年住在云之彼岸》	23.80
《我的青春,以你为名①偶像来了！》	23.80
奇幻仙境系列	
《彼渡少年与妖怪契约》	23.80
《神典·末夜公主》	23.80
《御灵骑士团·诺茵与彩狸》	23.80
《逆世界之瞳》	23.80
《玫瑰帝国·荆棘鸟之冠》	25.80
《玫瑰帝国·黑羽蝶之翼》	25.00
《玫瑰帝国·白蔷薇之祭》	26.80
暗影迷踪系列	
《终极推理事件簿》	22.80
《超级学园探案密码》	22.00
新炫武侠系列	
《邻家武圣》	23.80
星光璀璨系列	
《轻星球·仙女星云号》	19.80
灵气少女系列	
《星有灵犀遇见你》	20.80
《萌熊改造计划》	20.80
《守护极速甜心》	20.80
《元气星女倾城记》	20.80
《公主病》	20.80
轻舞飞扬系列	
《毛毛熊的浪漫樱花雨》	19.80
《发梢轻绾茉莉香》	19.80
《迷迭香在青春里绽放》	19.80
私人定制少女馆	
《恋恋星煌十二宫》	25.00
《守护十二生辰石》	25.00
暖爱青春馆系列	
《少年北顾，唯愿君安（上）》	25.00
《少年北顾，唯愿君安（下）》	25.00
《若你离去，后会无期 》	22.80
《想你的时候，抬头微笑 》	22.80
美少年系列	
《辰荒学院的美少年①奇异校规》	22.80

《意林·小文学》品牌书系　阳光阅读·快乐写作

成长物语系列	
《艾丽鲨半成年》	19.90
《换双翅膀飞翔》	19.90
《琥珀青春》	19.80
魅力悦读系列	
《程家兄妹·永不毕业的少年》	19.90
《逃之“妖妖”》	20.90
幻之星球系列	
《地球假日①：寻找洛神》	19.90
爆笑学园系列	
《鬼马女神捕 ①：绝密卧底（上）》	14.80
《鬼马女神捕 ①：绝密卧底（下）》	14.80
《鬼马女神捕 ②：绝命预言（上）》	14.80
《鬼马女神捕 ②：绝命预言（下）》	14.80
《天神学院·魔女见习生》	19.90
动物奇缘系列	
《萌兽报到，请多关照》	19.90
五周年主题书	
《青春，是与七个自己相遇》	26.80
独家策划系列	
《长大，是不期而遇的温暖》	26.80
《谢谢你，出现在我的青春里》	26.80